The

战争哀歌

〔越〕保宁＿＿＿著 夏露＿＿＿译

Sorrow

of War

湖南文艺出版社 博集天卷
HUNAN LITERATURE AND ART PUBLISHING HOUSE CS-BOOKY

战争哀歌
The Sorrow
of War

中文版自序

　　我第一次出国的目的地就是中国，那是1959年夏天。那会儿我父亲正在北京大学讲授越南语，我和我妹妹随母亲一起去看望他。由于时隔60年，加上那时我才7岁，所以我记不大清楚一些细节了，但童年时这段经历一直萦绕在我心里。从广西凭祥到北京的路上，除了夜晚进入梦乡之外，我的眼睛几乎就没有离开过火车的车窗。中国的万千风景和悠久历史随着奔驰的列车在眼前掠过，就像一幅幅画，一首首诗。

　　经过三天三夜的旅行，我们到了北京火车站，由于我所熟悉的河内那时还很小，城市设施简陋，所以北京火车站的雄伟和美丽使我非常惊讶。我父亲说，北京火车站是刚刚建成的，是为中华人民共和国成立10周年庆典准备的十大工程之一。在北京的一个月，我父亲带着我们去参观了这十大工程：人民大会堂、民族文化宫、农业展览馆等。当然我们也到了天安门广场，进了故宫。我们不需要导游，因为我父亲熟悉北京城，而且他的汉语讲得跟中国人一样好。

我父亲生于1920年，从他出生到上大学，越南都处于法国统治之下（1884—1945），他本应该精通的是法语而不是汉语。但由于我的曾祖父和祖父都是儒士，他们都是在阮朝科举制度下考中的科举，因此他们教我父亲学习汉语。不过，我曾祖父和祖父只能读懂汉文，可以与中国人进行笔谈，但是不会讲汉语，我父亲却可以讲。因此，1958年，我父亲受北京大学邀请，来中国讲授越南语。

与今天相比，当时包括教授和大学生在内的中国人民的生活都非常艰苦，但是，北京大学依然给予来自社会主义国家的教授优待，给予他们最高的生活标准。教授们住的房子位于一个很漂亮的花园里，宽敞，设施齐全。外籍教授的工资也很高，因此很多人把全家都接过来一起住。星期天的时候，学校会派车送教授及其家人去参观北京以及北京以外的地方。那时候，我去过颐和园、钓鱼台和万里长城的起点山海关。

1964年，我父亲回到越南后想教我学习法语和汉语，可是我学习外语的能力太差，加上1964年之后越南卷入了战争炮火之中，我读完中学，17岁便入伍参加了抗美战争。从1969年到1975年，我最好的青春都是在战场前线度过的。不过，由于父亲藏书量很大，而且种类丰富，我识字不久就有机会阅读翻译成越南语的中国文学作品。从司马迁的《史记》到中国古典文学的四大名著，以及20世纪的中国文学作品，尤其是鲁迅的作品，我都读过不少。我父亲特别仰慕这些伟大的作家，因此，他买了他们全部的作品，其中包括1949年以前印行的一些作品。

由于战争和时局的剧烈变动，我父亲没有机会重返中国。当然，他非常怀念中国，特别是北京，他怀念那里的同事和学生。他有不少学生到越南来担任越南战争的经济和军事专家，也有不少学生到中国驻越南的大使馆工作。他们经常到我家看望我父亲。1998年，我父亲收到北京语言大学的一个会议邀请，但那时他已经得了重病，无法成行。第二年父亲便去世了。

今天，《战争哀歌》经夏露博士翻译成中文并在中国出版，我非常高兴，也非常荣幸。尽管我不懂中文，但看到自己的作品被翻译成中文，就像我自己也继承了我的家族从曾祖父到祖父再到我父亲以来的汉学传统。

我父亲生前非常喜欢唐诗，他的书柜里收藏有李白、杜甫、白居易、崔颢、张继等诗人的诗集。我记得《战争哀歌》在越南出版时，我父亲倒了一杯葡萄酒来祝贺我，喝酒时还朗诵了王翰的《凉州词》给我听：

葡萄美酒夜光杯，

欲饮琵琶马上催。

醉卧沙场君莫笑，

古来征战几人回。

　　他先用汉语朗诵，又用汉越音读给我听。至今，那动听的诗歌似乎还在耳边回响。

战争哀歌
The Sorrow
of War

战后，第一个旱季迟迟不肯光顾B-3前线的北翼后方根据地。10月过去了，接着11月也过去了，这里却仿佛还在雨季里。波谷河在雨季积蓄的河水还在不停地向两岸溢出，一点消退的迹象都没有。

　　天气晴雨不定。白天阳光灿烂，夜晚却总下雨。淅淅沥沥的小雨，下个不停。

　　雨雾中，山冈朦胧起来。树木是潮湿的，丛林是寂静的，只有水汽不分昼夜地蒸腾。白雾茫茫犹如大海，却又透着树叶的绿光，飘荡着腐烂的气息。

　　现在已经进入12月了，丛林里的道路却还像雨季里一般泥泞不堪，寸步难行。和平之后，这里被抛荒了，草木愈加茂盛，渐渐覆盖了地表，令人辨不清道路。

　　在这种天气条件和路况下开车，其中的艰辛非笔墨所能形容。从沙泰河东边的鳄鱼湖盆地穿过67县，再前往位于波谷河西岸的圣价坡的那个三岔路口，这一段路总共不到50公里，却让一辆马力十足的吉尔牌苏式军用卡车艰难跋涉了一整天。直到薄暮时分，才抵达当年被阿坚他们称为"招魂林"的那片丛林的入口处。那里荆棘密布，旁边有一条较宽的溪流，溪边堆积着朽木，汽车就在那里停下。

当晚，司机在驾驶室睡下，阿坚则在车厢里挂上一个吊床，躺了上去。

半夜，又下起了雨。这回是毛毛细雨，轻柔如雾，悄悄坠落，几乎没有声响。卡车上的防水雨布破旧不堪，简直是千疮百孔。雨水就顺着破洞一点点地渗漏下来，缓缓地滴落在车厢板上的尼龙袋上，而袋子里装的是阵亡将士的骸骨。

浓重的湿气，像无形的手慢慢伸向吊床，捕获每一处空隙。绵长的细雨，令人忧伤，又如时间的长河在缓缓流淌，让人坠入半梦半醒之间。风，带着潮湿的味道，似乎在发出长长的叹息。

朦胧的湿气中，沉沉的暗夜里，躺在吊床上的阿坚陷入了如梦似幻的境地。他觉得卡车仿佛突然离开了原地，缓缓地发动起来，开始无声地行进。没有发动机，也没有司机，汽车自动带着他在崎岖的丛林道路上梦游。

河水在低吟，丛林在轻叹，听起来是那么遥远虚无，像是从某个时代传来的回声，又像是远古时金黄的落叶坠入绿草丛中的声音。

这一片招魂林，阿坚熟得不能再熟了。正是在这里，在1969年的旱季之末，他所在的27独立营被敌人围困，惨遭不幸。在那恐怖的战斗中，他们营几乎全军覆没，只有10个人幸存下来，他是其中一个。

那年旱季，每天烈日炎炎，狂风四起。敌人往丛林里洒下浓浓的汽油，刹那间绿色的丛林化为一片火海，烈火迅速蔓延，仿佛地狱之火般恐怖，将士们不得不逃离工事，头顶却又不时有擦着树梢飞过的敌机朝他们扫射。他们被火海和枪林弹雨弄得晕头转向，部队一下子被打得七零八落。营长好几次想重新聚拢整合，无奈部队却一次又一次被分开。一时间，鲜血四处飞溅。最后，将士们纷纷倒在了火海里。至今，丛林中那些梭形的空地上都还没有长出草木，好像它们还惊魂未定，不敢冒头。也难怪，那上面还堆积着许多身首不全的尸体，在炎热的天气里，仿佛还在呼呼地冒着热气。

"宁死不投降……兄弟们，宁死不投降啊！"营长的话犹在耳边。

当时营长面色苍白，一边大声吼叫着，一边举起手枪，在阿坚面前朝脑袋开枪自杀了。

目睹那一幕的阿坚，惊得瞠目结舌，想大声叫喊却又不能喊出声。

接着，美国佬冲了过来，用机关枪朝两边扫射。密集的子弹像无数的黄蜂扑面而来，阿坚惊恐万分。他把枪放低，侧身卧倒，慢慢地滚下山坡，直滚到干涸的小溪中央。他的身上一直在流血，滚到哪里，哪里就沾染鲜血。

后来接连几天，乌鸦遮天蔽日。

美军撤走以后，大雨倾盆，淹没了地表，将战场刹那间化为沼泽。地面的积水被鲜血染成了棕红色，残缺的尸身与丛林中野兽的尸体一同漂浮起来，混杂在那些被大炮轰断的大大小小的树枝中。

当积水退去，灼热的阳光再度照射在厚厚的泥土上时，尸体开始散发出腐臭的气味。

阿坚沿着小溪挪动着自己的身体，嘴里和伤口都还在不停地流血。血是那样的冰冷和黏稠，仿佛是从尸体上流出来的似的。毒蛇和蜈蚣爬满了他全身，死神似乎近在咫尺，触手可及。

从那以后，没有人再提起27独立营。

那片他们惨遭失败的阵地，亡灵不时显现，阴魂在丛林里游荡，在溪边漂浮，就是不肯归天。

后来，这片雾霭沉沉的无名丛林就得名"招魂林"，这名字听起来令人毛骨悚然。

人们说，亡灵有时候会在纪念日聚集起来，重新组成营队，集合点名。溪水流淌的声音，山里呼呼的风声，仿佛就是荒野的孤魂在向人间倾吐心事。

阿坚听说这片丛林里有一种特别的鸟儿，它们的叫声如泣如诉，但只有夜行的人才能听到。不过，人们只闻鸟鸣，不见鸟影，因为那些鸟儿从不飞出来，只是藏在林子里一味地哀鸣。丛林里还有一种红竹笋，红得像血，乍一看像正汩汩冒血的骨头，很可怕。这竹笋只在招魂林里生长，西原地区其他任何地方都没有这一品种。此外，丛林里的萤火虫也大得出奇，有人看见某些萤火虫的光晕像钢盔那么大，甚至更大。

招魂林的夜晚尤其吓人。每当夜幕降临，这里的草木就发出令人不寒而栗的低吟，仿佛在与风声合奏鬼魂曲。而那鬼魂曲千变万化，在丛林不同的区域有不同的版本，而且夜夜不同。听了那些鬼魂曲，你简直要疑心创造恐怖的战争传奇的，是这绵延的山峰，是这招魂林，而绝不是人类自身。

胆小的人，是无法适应这片丛林里的生活的，他们一定会被吓得发疯，甚至会被吓死。

正是这个原因，1974年雨季，当部队决定在这片丛林藏身时，阿坚他们侦察排特意设了供桌，秘密组织祭拜27独立营的将士。从那天起，供桌上就昼夜不熄地燃着香。

人们相信招魂林里也飘荡着当地老百姓的亡魂。就在离眼下军用卡车停靠点的不远处，曾有小径通往一个村庄，据传，村里曾流行麻风病。

很久以前，当阿坚他们第3团抵达村庄附近时，村里已经荒无人烟，恶疾和严重的饥荒已经吞噬了全村人的生命。战士们走进那里都会不由自主地想象到村民们活着时的悲苦，想象到村里尸体横陈的可怕景象。一想到那些，就仿佛闻到了尸体的臭味，觉得阵阵恶心。为防止细菌感染，他们用汽油放火烧了村庄。即便如此，大伙儿依然感到害怕，不敢再次靠近那个村庄。唉，又是鬼魂，又是传染病的，谁不怕呢？

一天，1营的小盛子壮起胆摸到村里，猎杀了一只猿猴。他找了三个人帮忙，才把它拖到了侦察排的营房。当他们宰杀那只猿猴，扒光它厚厚的一层毛之后，那东西看起来就像一个肥胖的女人。它浑身呈灰白色，双眼圆睁，仿佛死死地盯着大伙儿。阿坚他们全都吓得失魂落魄，丢下锅碗瓢盆，鬼哭狼嚎地跑开了。

团里没人肯相信这事，但这的确是有过的。

阿坚把那个像人的猿猴埋了，认真地给它培过墓。可是他们团好像依然因此遭了报应。猎杀猿猴后不久，小盛子就死了，接着全排的人一个接一个地死去，最后只有阿坚活了下来。

这回忆中的一切，仿佛发生在一个久远的时代，其实，不过就是去年以前的事情。

那年雨季，在向南方挺进攻打邦美蜀时，阿坚所在的部队差不多在招魂林驻守了两个月。如今，丛林的景色依然如故，连树木的数量都没多没少。当年侦察排搭建的临时营房——"草庵"，也在小溪旁边，距离现在他们的卡车停靠的地方不过步行10分钟的路程。那条往日时常走过的小径，阿坚也还能从草丛中辨认出痕迹来。

溪流经过山脚时一分为二，变成了两条小溪。说不定在那个三岔路口，他们的草庵还在，盖在屋顶的尖尖的芦苇也沾满了水汽吧。那时，草庵还曾经作为后方根据地安置前线收兵回来的人。草庵也是政治教育的基地。政治思想灌输不断，早上是政治教育，下午是政治教育，晚上还是政治教育。"我们胜利，敌人失败；北方丰收；这世界分成了三大阵营。"这类教育没完没了，所幸对侦察员没有这么严格。他们比较受优待，不必总是参加学习。所以，在返回战场之前，他们能得到充分的休息，也能好好享受生活，可以去打猎、布陷阱，甚至打扑克牌。而且，他们几乎每晚都玩牌。在这之前，阿坚还从未疯狂玩过牌。

士兵们通常是一吃完晚饭就开始打牌。潮湿而炎热的空气中，飘荡着一股熏蚊子的刺鼻的浓烟味，同时混杂着破烂的红色扑克牌上赌鬼们的汗腥味，委实令人觉得乌烟瘴气。他们总爱用几包闻着很怪的同胞牌香烟下注，要是输红了眼，就用老挝烟、打火石或魔玫瑰，又或者用干粮和照片做赌注。照片上是各式各样的女孩：西方女孩、越南女孩，丑的、美的，甚至是某人的女友。这些全部可以用来做赌注。当所有赌注用完，实在是没什么可拿来赌的了，就刮灯上的烟灰，或在对方脸上画胡须以示惩罚。赌博的场面欢乐而鼓噪，有参战的，也有观战的。他们有时甚至连续几天通宵达旦地赌。那段时间，大家仿佛过着平静而幸福的生活，恣意妄为，无忧无虑。

由于整天下雨，几乎没有战事发生。侦察排的13名战士，当时还一个都不少，包括小盛子，他死前也在那里快活了一个多月。那时阿乾还没当逃兵，阿永、阿盛、阿渠、阿莹以及"大象"阿造也都还好端端地活着。

如今，除了那副缺角的、脏脏的，似乎还留着死人指印的破烂扑克牌之外，阿坚手里没有任何侦察排的纪念物了。

"九！十！J！"

"小王！大王！老A！"

这些纸牌现在偶尔还出现在他的梦里，梦中他总是一个人玩牌，总是大喊着："红桃！方块！黑桃！"

他记得牌友们当时还把行军歌改为打油诗：

条条道路通死神，
玩命打，玩命打，
打牌多么好玩呀！
活一天就痛快一天呀！
可别轻易当枪靶子呀！

可后来，他们一个接一个地被带离了人生的牌桌。阿坚记得，那副扑克牌最后一次使用的时候，整个侦察排只剩四个人，那是阿慈、阿清、阿云和他自己。

那天，天刚蒙蒙亮，距离他们攻破西贡的那场鏖战仅有半个小时。当时美军和南越伪军正凭借蔓草堆积的荒野中的古芝防守线，启动大炮和机关枪进行火力反击。在战壕和防空洞里的北越士兵则打算在床上多赖几分钟，享受着最后的睡眠，团里四个要带头冲锋的侦察兵倒先在牌桌上"冲锋"起来。

"慢慢玩吧。"阿坚提议，"老天爷看我们这一局还没打完，说不定让我们四个活过这场战斗，过后我们就还可以接着玩。"

"你真是鬼机灵。"阿清咧开嘴笑了，"不过，老天爷又不傻，你怎么骗得了老天爷？也许牌打到一半，阎王爷就会把我们统统抓去，让我们到黄泉下去较量。"

"何必把四个人都抓去？"阿慈说，"单单把我跟这副扑克牌抓去就行啦，我可以自个儿玩牌，要不就用牌给看守油锅的小鬼算命。哈！那肯定很好玩！"

晨雾仿佛突然间就蒸发了，一枚枚信号弹照亮了长空。步兵们闹哄哄地起床了。坦克发动起来往前冲击，车上的炮身摇摇晃晃的，沉重的履带碾压在地上，迎着清晨的凉风前行。

"哼，算了吧！"阿坚把牌一甩，恼怒地说道，"我想打慢一点，是觉得没准儿那样会带来好运，而你们几个真不可思议，竟然个个都想输掉这一局！"

"哇！"瘦猴子阿云一拍大腿，开心地说，"他妈的，老子以前怎么没发现扑克牌这么好玩啊。老子要苦练牌技，勇攀高峰！要是老子死了，你们哥儿几个千万要在老子的棺材里放一副纸牌啊！"

"我们总共只有一副牌，阿云你这小子竟想独吞，真自私！"阿清喊了一句，不过他的声音淹没在远处传来的几十人的吼叫声里了。

在那之后大约半个小时，阿云就被活活烧死在T-54坦克车上，那是他们部队打头阵的一辆坦克。阿云的血肉之躯瞬间化为灰烬，根本用不着墓穴了。而阿清则牺牲在棉花桥上，也是被烧死在T-54坦克车上，跟他一起殒命的还有一组坦克司机，那辆坦克俨然成了他们的钢铁棺材。

开战前还在热火朝天打牌的四个侦察兵，一转眼，朋辈成新鬼，只剩下阿慈和阿坚了。

而后来攻打新山一机场5号门时，阿慈也牺牲了，那是1975年4月29日深夜，是长达十多年的越南战争中的最后一场战役，距离4月30日清晨的总胜利只有几个小时。

牺牲前，阿慈把那副纸牌从包里掏出来，交给阿坚，对他说："我肯定活不过这场战斗了，所以，你拿着牌吧。如果幸存下来，就用这副牌跟你的未来赌一把，……一对二、一对三、一对四……这牌上附着我们侦察排的灵魂，我们会保佑你百战百胜，好运连连的。"

呼呼的风从招魂林深处吹来，在寂静的山坡上幽幽地掠过，那声音听起来是那么孤单，那么漂泊不定。

今夜，是谁在为谁招魂呢？

山还是山，丛林还是丛林，溪水和河流也还依旧，不曾有任何改变。毕竟才过去了一年，时间并不太长。

一年的光阴，按道理是可以安排在人生之书的同一个章节的。可就是这一年，把生活变成了两个世界。一年前，在打仗，而现在，已经和平了，这是与过去截然不同的世界，截然不同的时代。

阿坚陷入了深深的回忆中。

那年8月末，溪流两岸的丛林里，魔玫瑰在雨中盛开，吐出洁白的花瓣，香气馥郁。到了夜晚，花香更为浓郁，更为甜蜜，仿佛渗透到大家的睡梦里，牵动着快乐迷人的美梦。清晨醒来的时候，花香变淡许多，却在每个人的心里都留下了一种既爱又怕的神秘情愫。一开始大家都不知道花香来自何方，直到过了好久，战士们才弄清楚令他们夜夜沉入美梦的是魔玫瑰的香味。

这种魔鬼似的花，阿坚在玉灵山西侧的山谷中见过，也曾在柬埔寨境内丛林深处的塔惹见过，但是都没有这里的繁盛，不如这里的香气浓郁。小的魔玫瑰花瓣类似蔷薇，但略小一些，花期长一些，其藤萝通常在溪边生长。当地有一种鱼，因为长期食用魔玫瑰的茎叶，鱼肉十分鲜美，很容易让人上瘾，但是人如果吃多了这种鱼会致命。此类鱼产生的毒素可能超过专门吃马钱子的鱼。有人说，魔玫瑰长得最茂盛的地方，往往带有浓厚的死亡气息，不少人会因此丧命。也就是说，魔玫瑰是一种嗜血的植物，这很难令人相信，因为它闻起来是那么甜。

后来，阿坚所在的侦察排无所事事的时候还曾把魔玫瑰晒干，把根和叶子剁碎混在土烟丝里，抽起来那感觉妙不可言，只要吸上几口就感觉飘飘然，仿佛要飘入云端一般。

战士们都有抽魔玫瑰烟的独特秘方，他们靠它来逃避残酷的现实世界。魔玫瑰烟有奇特的作用，会让他们把现实与幻觉糅合在一起，那感觉就像在调一杯鸡尾酒，亦真亦幻，令人沉醉。抽魔玫瑰烟时，战士们会暂时忘却眼前的军旅生活，忘却饥饿痛苦，忘却死亡，甚至把未来也忘得一干二净。阿坚抽这种烟时，常常陷入清醒时内心无法感受的神话般的美梦里。抽着那烟，他觉得空气分外清新,天空异常高远,阳光和白云就像年少时代的梦境般纯美无瑕。而美丽的天空似乎映射出他心中的河内,他仿佛看到夏日午后的西湖,看到湖边火红的凤尾花树,甚至能听到黄昏时湖边周遭响起的蝉鸣声,能感受到湖上微风荡漾,轻柔的波浪亲吻船舷的情景。朦胧中,他似乎觉得阿芳与他一起待在船上,她的头发随风飞舞,面庞是那么年轻美丽,神色无忧无虑。

他的战友们沉醉于魔玫瑰时,也都会产生各种幻觉。比如阿慈,每次喝用魔玫瑰根泡的酒或抽魔玫瑰烟的时候,就仿佛中了毒似的,进入一种格外消沉的状态。不可思议的是,白天大家聚集在一起听他讲幻觉里的场景时,都会跟他一起感动得泪流满面。而阿永呢,总是梦见女人,他经常绘声绘色地给大家描述他在幻梦中跟女人疯狂做爱的情形,尤其是那些令他觉得趣味横生、快乐无比却又让女人羞涩的高难度动作。"大象"阿造呢,在魔玫瑰的刺激下,总是特别惦记食物,他可不光想吃饱,还常常幻想出在一张长长的餐桌上摆满各种精美诱人的菜肴的情形。

由魔玫瑰带来的麻痹作用,从他们侦察排开始,蔓延到整个团。后来政委不得不下令严禁服用魔玫瑰。遍布招魂林的魔玫瑰很快被斩草除根。

在赌博和享受魔玫瑰烟的那段时间,各种谣言也四处散播。

谣言的内容与当时魔玫瑰引起的幻觉有些关联,都是些荒诞不经的事情。有人说,他们看见了很多长着翅膀和双乳的长毛怪兽，以及超长尾巴的蜥蜴，甚至闻到了它们的血腥味，听到过它们在升天隘脚下漆黑的山洞里大声咆哮或吟唱。还有人说，他们亲眼见到一些无头的美国黑人大兵，高举着马灯从林边走过。

下雨的清晨，有时候他们会突然听到令人毛骨悚然的呼唤声。大家怀疑那哀鸣声是猿人在呼朋引伴，那是传说中仅存于越南西原地区的最后一批猿人。

这些怪事，自然都被归结为大难临头的前兆，大家认为必将有一场劫难，到时候将血流成河，惨烈程度可能要超过戊申那年。而这厄运正一步一步向我们这个阵地上的每一个人靠近。

相信神秘事物或是谙熟紫微垣的人都偷偷地给自己的战友算命。整个团，各营都有供桌祭祀战友的亡灵。在呛人流泪的烟火中，士兵们都低头祈祷：

……生苦，死亦苦，
这就是我们军人共同的宿命，
……祈祷亡魂保佑兄弟们。
让我们能在战斗中取胜，
为成仁的兄弟们雪耻。

天总在下雨，日复一日。战事似乎要被这雨季里连绵无边的雨海淹没掉了。不过，你若留心倾听森林上空雨滴掉落的声音，凝望雨季里阴暗灰沉的天空，你唯一能想到的就是两个字——

战争。

　　到处都是湿漉漉的，到处都是沉重的雨雾。山峰是灰暗的，树林也是灰暗的，一切都是灰蒙蒙的，仿佛充满饥荒和痛苦。整个西原地区，从北翼的高山到中翼、南翼的宽阔草原，都笼罩在无边的沉寂中，只有偶尔传来的几声零星的枪声。

　　对B-3前线的步兵来说，1973年签署《巴黎协定》之后的日子实在是漫长难熬。连续几个月撤退、反攻、冲出一条血路，之后又接着反攻。战役一场接一场，没完没了，令人绝望。

　　在雨中能听到从100公里外传来的加农炮开火的回声，这就是该死的旱季的前兆。昆诺战役、芒登战役，接着是芒布战役，9月，我军开始攻打昆嵩镇的防守线，炮火声震天动地，仿佛要把北翼的每一寸土地都撬开运走。

　　那是1974年，第3团埋伏在招魂林里，士兵们都提心吊胆地等候命令行军迎战，心情都在生死之间强烈摇摆。灶火旁回响着起起落落的吉他声，士兵们在唱歌，悲怆的歌词使得战场的夜晚显得格外寒冷：

　　　　死亡的气息充满天涯，
　　　　士兵们无尽的坟墓啊，
　　　　就像起伏的波浪在翻滚。
　　　　战争无休无止，
　　　　这是一场没有终点的战争。
　　　　今天或明天，都是一样。

告诉我宿命吧，告诉我，我何时会死……

一天下午，快到傍晚的时候，阿乾当了逃兵。那是一个潮湿的、百无聊赖的秋日午后，阿坚正在溪边钓鱼。那场雨下得不算大，是没完没了的细雨，阴阴的，令人愁肠百结。流水倒是湍急而喧闹，好像要冲垮两边的溪堤。

在阿坚坐着钓鱼的地方，光秃秃的树根附近，有一个静悄悄的漩涡，只露着被湍急的河流深深吸进去的无底的缺口。阿坚缩在蓑衣里，抱着膝盖，呆呆地望着旋转的水流，什么都不想，也什么都不愿意想。

那时已经没有魔玫瑰了，他满腹心事无所寄托，只能漫无目的地神游。每天，他都在溪边木然地坐上几个钟头，让溪水带着他的痛苦一起流向远方。

那年的秋天是那么令人懊恼，雨季拖得漫长，粮食供应不足，士兵们的配给被大幅削减。饥饿的折磨，痢疾的蔓延，让士兵们纷纷得了贫血症。他们的脸色像青苔一般难看，衣服也都穿破了，有的露出身上的脓疮，这些令他们看起来毫无侦察兵的神采，反而像麻风病人一般。这种令人崩溃的境地，让士兵们充满了厌世的情绪，感觉生不如死。有时候，阿坚强打起精神，逼着自己去思考。他努力回忆过去的一些事情，可是无论他怎么极力去抓住回忆，似乎都是徒劳。他从童年到参军之后的全部生活，好像已然与此时决裂，留给他的只是大段的空白。

阿坚刚入伍的时候被人取过一个"愁神"的绰号，而此刻他那愁容满面的样子，用"愁神"二字形容才更恰当。"秋风秋雨愁煞人，寒宵独坐心如捣。"身处雨季里的招魂林，他打不起精神来，总是一副垂头丧气的模样。对周围的人，周围的一切，他都很冷漠。他仿佛在暗暗地跟自己永别，在等待死亡来临，即使他明白死是一件最平常的事情，毫无意义。他用一种伤感而又不屑的姿态在迎接死亡，上个星期与山那边的敌军探子短兵相接时，阿坚实际上已经差点与死神见面，可命运的安排往往出人意料。

当时双方军队迅速散开阵势，以最快的速度冲向树丛后面的掩蔽处，然后朝对方胡乱开火。只有阿坚一个人从容地继续往前走，敌军不断从他头顶的树后射击，他却迎面而上，一副轻蔑而又威风的样子。树丛后有一名伪军士兵不断扫射，子弹在阿坚耳边呼呼而过。敌人AK步枪里的30颗子弹一下子打光了，可居然没有一颗射中阿坚。他既不反击，也不开枪，即使是在距离那个敌人只有几步远的地方，他也依然不开火。似乎他想给那个敌人幸存的机会，让对方有充足的时间装填子弹，甚至是有充足的时间瞄准射击。可正是阿坚这极度厌世的态度，使那敌人惊慌失措，手颤抖起来，最后连枪都掉到地上了。

"废物！"阿坚愤愤地啐了他一口，用AK步枪瞄准射击，那家伙一下子从树丛后弹了出来，倒在地上。

"妈呀，啊，啊……"那垂死的家伙失声叫了起来。

阿坚打了一个激灵，继续向前冲，完全不顾子弹像雨点般从树丛里飞射过来，他咬紧牙关，站着朝那个血流如注、痛不欲生的家伙狠狠地开了几枪，结束了他的性命。鲜血喷得他的裤子上到处都是。他继续往前走，在草地上留下了血红的足迹。接着，他慢慢向那几个躲在丛林里的探子开枪射击，结果夹在腋下的机关枪不小心走火，划破了上衣。可他仍然没有一丝一毫的害怕，也没有露出凶恶的样子，只是隐隐地感到疲劳。

没料到这天中午，有人把阿坚叫到团里的干部人事处，告诉他，已将他列入长期学习的名册里，预备派他去北方的陆军军官学校学习，现在只等师长那里的命令下来。

"这场战争还要打下去，没有人知道要打到什么时候才能结束。"干部人事处处长声音有些沙哑，面带愁苦，"就像是在歉收的年份，即使挨饿也要保证留下一些好谷子待来年耕种，我们要保住种子军官，否则就会被统统消灭了……等你们集训完回来，我们现有的这些指挥官很可能就一个都不剩了。我们团乃至整个战争就靠你们了。"

阿坚一言不发地听着。这事要是搁在几年前，他可能会得意忘形，为这份幸运雀跃不已。但是现在，他觉得受够了。他一点都不想去集训，一点都不想成为这无休止的战争里的什么种子军官。他只求安稳，只想静静地等待死亡，跟战场上的虫子和蚂蚁一样安静地死去。只有跟那些来自农村的普通士兵一起生活，只有跟他们在一起他才愿意战死沙场。因为他们身上有一种凛然不可侵犯的战斗力，他们有着朴素的人生观，他们为人温和，而又充满情义。而且，很显然，这些友善单纯的战士，也同样准备承受灾难性的结局，虽然他们从来都不主张打仗……

有人从后面走了上来，但是阿坚没有回头看。那个人走到阿坚身旁，悄悄地坐了下来。溪流对岸竹林的长影倒映在水中，黄昏就要来临了，短暂的雨季白昼很快要结束了。

"钓鱼啊？"那人开腔了。

"嗯。"阿坚淡淡地应了一声，顺着来人的声音望过去。原来是阿乾，他是甲二班的班长，人长得瘦小，家乡在咕咚桥，人称咕咚桥乾。

"你用的什么鱼饵？"

"蚯蚓和唾沫。"阿坚有气无力地回答他，接着又从牙齿缝里挤出一句，"不是说你在发烧吗，干吗出来淋雨？"

"一条都还没钓到吗？"

"哦，钓翁之意不在鱼，消磨时光罢了。"阿坚喃喃自语。真是见鬼，他心想。阿乾显然是准备来跟自己谈心的。他厌倦了听人袒露那些骇人听闻的心思，因为最近的日子实在是痛苦不堪。要是全团的人都来找他倾诉，他肯定是要一头撞进瀑布里去的。

"北方也在下大雨。"阿乾继续跟他聊着，声音里充满悲伤，"收音机里说的，说雨从来没有这么大过。我老家又被洪水淹没了。"

阿坚嘟噜了一声。雨下得更大了，气温越来越低，天色也几乎完全暗下来。

"听说你很快要到北方去了，是吗？"阿乾问。

"嗯。"阿坚答道，依然拉着脸，"那又如何？"

"没什么。问问罢了。祝贺你啊！"

"祝贺什么啊？"阿坚勉为其难地笑了一下，迸出这么一句。

"不，阿坚，不要以为我是在忌妒你，我是真心祝贺你。你不喜欢我，但是，难道真的一点都不了解我的心吗？在我们兄弟里，不管是谁，能活下去，能去北方，都是可喜可贺的事情啊。你只管去，去了再说，管他呢，免得死在即将来临的旱季里。老天给你的，你就接着，你承受得已经太多了。何况你出身书香门第，本来就不应该在这里抛头颅洒热血。又何况，说实在的，谁都不想死，不是吗？"

"人人都会死，这才是真的。不要逃避，也不要把责任转移到别人身上。我其实哪里都不想去，你不必祝贺我。"

"我可跟你不同，我一直希望有这么个机会。说实在的，我一直梦想去参加这个军官培训。难道不可以吗？我比你小几岁，也读过高中，还立过战功。我严于律己，恪尽职守，从不违纪，这你都是知道的。我努力完成任务，从不跟上级讨价还价，不喝酒，不抽烟，不打牌，也不搞女人，连粗话都不讲，可到头来全是一场空。说实在的，我不忌妒你，我只是有点难过。我真的好想活下去，我从来都没有好好活过。如果可以去北方生活一个星期，我愿意随时放弃一切。"

"要是这样的话，我跟人事处去说换人。"阿坚嘲讽道，"别在这里叫苦连天了，回营房躺着去吧！"

"不，阿坚，你别这么说好吗？我是在跟你讲真话，没有其他的意思，我要自救，只是这么想罢了。我不怕死，但是无止境的杀戮让我觉得自己早就一点一点地走向死亡了。最近，每天夜晚我都梦见自己死了，我的灵魂从躯体上游离出去，变成吸血鬼，到处去吸人血。你还记得1972年的波莱古那一战吗？还记得那里遍地尸体的情形吗？鲜血从肚子里、从大腿上流出来……我告诫自己不要用刀和刺刀杀人，但是手已经习惯了。想想我小时候，我还差点考进那里的一所学校呢。"

阿坚狐疑地看着阿乾。在部队里，偶尔也会碰到几个像他这样思想反叛的。他们思绪混乱，说话颠三倒四，残酷的战争严重摧残了他们的身心。但奇怪的是，一起并肩战斗这么多年，阿坚从未发现阿乾竟然是一个富有哲理的人，之前总觉得他就是一个地地道道的农民，特别适应战壕里地狱般的生活。

"既然来到B-3前线了，还老大呼小叫干吗？！你太容易伤感流泪，这实在不像话呀，阿乾。你如果总是这个样子，肯定是要离开侦察排的。"

"我常扪心自问，"阿乾继续倾吐苦水，"我到这里来到底是为了什么？！老母亲在家无依无靠，日夜因为思念儿子而伤心哭泣……入伍的时候，我们村被洪水淹没了，我费了好大劲才把我妈扶上河堤。我妈一直求我想办法逃跑，不要让征兵的人找到我。可是，怎么可能逃走啊！我哥已经上战场了，按道理我可以像独子那样免于当兵的，可是我们乡里不肯。多少混账白痴在从容地享受战争的好处，却狠心让农家子弟抛弃风餐露宿的老母亲到战场上送死。所以，阿坚啊，你说说看……"说到这里，阿乾哇地哭出声来，他把脸深深地埋在膝盖上，肩膀不断地抽搐着，瘦削的背部早就湿透了。

阿坚收起鱼竿，站起来，皱着眉头看了看阿乾，说："我看你是受敌军传单的毒害太深了吧。你这倒霉的家伙，要是有人把你讲的这些汇报给上级，你就完蛋了。莫非你这家伙是想开溜？"

阿乾没抬头，只是低声嘟囔，那声音几乎要被雨声和河水声吞没了。"如果真是这样的话怎么办呢？我真的打算逃跑……你是好人，你理解我，我找你只是想通过你跟兄弟们说几句告别的话。"

"你疯了吧，阿乾！第一，你没资格这么做；第二，你是不可能逃脱的！你会被抓回来，然后等着你的是军事审判，你会吃枪子儿的，那样更倒霉。听我说，你先静下心来，我会守口如瓶，绝不告诉任何人。"

"我已经把背包藏到林子里了。"

"我不会让你走的。回营房去，尽量再撑一些日子吧，这场战争迟早是要结束的。"

"不，我要逃。不管这战争是赢还是输，是早打完还是晚打完，都与我无关，对我来说毫无意义。你就让我走吧！"阿乾叫起来，"我的生命在一点点地消失，但是不管怎么样，我要再看我妈一眼，再看我的村子一眼……你不会阻拦我的，是不是？你怎么可以阻拦我呢？"

"你一定要听我的，阿乾！你这么逃走等于自杀，而且要蒙受耻辱。"

"自杀？说真的，我已经杀了太多人了，现在亲手结束自己的生命也没什么下不了手的。至于耻辱什么的，我从来没有想过。"阿乾慢慢地站起来，站到阿坚面前，直直地盯着阿坚看，"自从我当兵参战以来，这么久了，说实在的，我从没感到这个游戏有什么荣耀的。但是因为心里还残存着希望，所以我还一直忍受着。回到老家更可怕，我知道的，不会有人让我活下去。但是，最近几个晚上我都梦见我妈在叫我。也许是我哥已经死了，我妈伤心生病卧床了。我不能再拖下去了，因为这次军官培训选的是你……我一定要回老家。只希望看在同为一个团的战友分儿上，你能理解我，体谅我。如果你们几个侦察排的战友不追我，不会有任何人能把我抓回来。尤其是你，阿坚，你让我走，我才能走得了……我对不住弟兄们了……我的老家你是知道的，河南省（越南一个省份）平陆县……以后说不定有机会……"

夜色中，阿乾伸出冰冷而瘦弱的手紧紧握住阿坚的手腕。过了好久，阿坚轻轻拨开阿乾，转身一声不吭地走了，留下阿乾一个人站在河边。快回到营房的时候，阿坚好像乍然醒悟过来，停住脚，抛下鱼竿转身往回跑。

"阿乾，阿乾啊！"阿坚一边大声地呼喊，一边仔细倾听是否有人回答。后来他大声吼叫起来："阿乾，阿乾啊，你等等我啊！"

可是回应他的只有溪水的低吟。

夜色中，雨下得越来越大。由于能见度低，空气压抑得令人窒息。阿坚忍不住号啕大哭。他不知道自己为什么要哭，可是泪水不由自主地夺眶而出。

那一阵子，全团都弥漫着一种开小差的氛围，逃跑的风气在不少连队都很盛行，无法遏制，抓也抓不完。但是上头专门指示抓捕阿乾，因为担心他逃到敌方去会泄露全团的行军秘密。

经过多日翻山越岭的地毯式搜索，营里的士兵在陶窝找到了阿乾。他并没有走多远，那里距离侦察排的营房不过就是步行两个小时的路程而已，离他的老家平陆县十万八千里呢……

9月底，也就是整个营打算撤离招魂林的时候，大伙儿纷纷收到了家信，那是整个雨季期间收到的第一批家信。而侦察排仅有一封，是阿乾的母亲寄来的。信中写道：

儿子啊，收到你的信，整个鹅村的人都跟我一样感到幸运，妈妈我赶紧回信给你，希望军队邮递员能快快地递送到我儿手中，让你明白若不是收到你的信，妈妈早就死了。儿啊，自从收到你哥哥的死讯，村里给他开了追悼会，办了效忠祖国的证书之后，我的宝贝儿子啊，妈妈日夜都在稻田里耕种，日夜祈求佛祖，祈求列祖列宗，求你死去的爸爸和哥哥保佑你跟你的战友在战火中一切平安……

阿坚捧着那封信一读再读，手渐渐颤抖，不知不觉中热泪盈眶。

阿乾已经死了。士兵们找到的只是他的尸体。他那瘦小的尸体已经长满脓疮，黏糊糊的，就像是被河水冲刷到芦苇滩头的死青蛙。脸已经被乌鸦啄食过了，嘴上沾满泥巴和烂树叶，看起来实在是惨不忍睹。

"真他妈臭！他妈的这个逃兵真是活该！"那个亲手埋了阿乾的卫兵回来跟侦察排的人这么说，"他的两只眼睛空空的，就像壕沟一样。看着太恐怖了。"那家伙说着，啐了一口。

从那以后，没有人再提起阿乾，也没人知道他是怎么死的。是被杀死的还是在水中精疲力竭而死的？又或者是自杀的？没有人在意给他定什么罪。他曾经伴随大家那么久，现在突然间就消失得无影无踪。

只有阿坚无法把他从内心深处抹去。每夜他都仿佛听见阿乾回到吊床上低语，重复那天傍晚在河边跟他的谈话。而那种低语又渐渐转成抽泣声，转成喊叫声，就像是掉入河流中快要被淹死的人被水哽在喉咙里发出的声音。

"我的灵魂从躯体上游离出去，变成吸血鬼。"阿坚一想起阿乾说的话就不寒而栗。每次跪在连队为烈士们设的供桌前，他都低声为阿乾招魂，呼唤这个痛苦的兄弟，这个在耻辱中离开人间、无人怀念、无人理解的战友。

这几个月，阿坚跟随收尸队的弟兄们走遍了北翼地区，重新回到往日大大小小的战场上。他们找到无数被部队遗忘已久的弟兄的尸体，那些尸体都被埋在大片丛林覆盖的热土里。人死一般高，不再有什么荣耀或耻辱之分，也没有谁该死谁该活之说。

那些尸体，有的还能想办法辨认出活着时的姓名，有的则了无痕迹，被时间冲刷殆尽；有的留下几根骨头，有的则完全融化到泥土里去了，收尸队的弟兄们用铁锹挖几下之后，仿佛能感受到从那些幽暗的墓穴底下弥漫上来的死者最后的呼吸。

随着时间的推移，死者的气息渗透到了阿坚的心中，融入他的潜意识，成为他心中的一道道阴影。一想到那些逝去的人，阿坚就忍不住回忆起那痛苦的战争生涯，无数亲切的面孔就立刻浮现在他眼前，长久挥散不去。

今夜，实在是很奇怪，这可能是他一生中最奇幻的一个夜晚。一直深埋在心底的往事与正在进行的发掘烈士尸体的工作交织在一起，令他觉得面前仿佛出现了一条绵长无尽的时间隧道，而过去正从遥远的一端回荡到眼前，使他时而热血澎湃，时而悲痛万分，时而平静无比。

天快亮的时候，他颤抖着醒来，半梦半醒之间，他仿佛听到一阵锥心刺骨的哀鸣，听起来是那么痛苦，那么恐怖。声音似乎是从山谷那边传来的，在山间回荡，久久不散。他想爬起来，但又立刻缩紧身子安静地躺在吊床上，闭上眼睛，极力让内心追随那声呼唤而去……

那哀鸣声就像去年雨季，也是在这个招魂林，在这小溪边的那场最后的战斗中听到的那样。哀鸣声从盆地的另外一个山谷传来，回响到这边。有人说，那是山里的鬼怪在叫，但是阿坚，阿坚知道那是爱情的呼唤。

那时，对，正是在这个地方，在令人愁肠百结的雨季里，三号农场侦察排度过了一段奇妙而迷人的爱的岁月。那些癫狂的、隐秘的、独一无二的爱恋，是怎么开始的，又是从谁开始的，是怎么将那些人卷入其中的，阿坚几乎完全不知情。可悲的是，他跟那几个人整天生活在一起，却被他们的情爱生活远远排除在外。

阿坚记得，他们的队伍在山脚下的小溪边的三岔路口扎营，一夜、两夜、三夜……直觉让他感到有什么不平常的事情正在分队中发生。实际上不是直觉，是他曾经听到过，而且在一晃之中瞥见过的事情。

那个夜晚也没什么特别，就是一个下着大雨的八月夜，他跑到漆黑的森林里站了一会儿，就在那里发现了一个秘密。

他那时发烧已经三天了，疲倦不堪却整夜无法入睡。就在天快亮的时候，他忽然觉得一阵不安，披上雨衣，抓起枪走出营房巡视。森林里泥泞不堪，湿滑难行。他身子缩在蓑衣里，垂着枪，摸索着往前走。

快走到1班的营房时，他站住了。

他听到了笑声，很清晰的笑声，那笑声很爽朗。营队里有谁能笑得这么开心呢？而且还是模仿女人的声音在笑，听起来像魔鬼似的。他不禁靠上营房的门，向里窥探。那时候赌局早就散了，里面一团漆黑，但是没有打鼾的声音，一切寂静得让人生疑。

他忍不住冲着里面喊道："谁在屋里笑？"

"怎么啦，阿坚？"是阿清的声音，声音里有莫大的警惕，他随后又说，"哪有人笑啊？莫非是老天在笑？"

"明明就是有人在笑，别给我贫嘴，小猴子！"阿坚呵斥道，"老子还没烧糊涂到听不到声音，阿清。"

"那排长你进来看嘛，查查是谁在笑。"

他妈的，难道招魂林里真的有鬼？阿坚皱着眉头走了。然而，当时听到的明明就是笑声，那么清晰，那么逼真。那笑声就是女孩子的笑声，不是鬼，不是梦呓。

蓦地，他身上一紧，停住脚步。在那一秒钟之间，他的心脏好像停止了跳动。

当时空中一道闪电划过，借着那亮光，他清清楚楚地看见溪水边芦苇丛中，一个女孩一闪而过。

阿坚记得她当时的样子：一丝不挂，皮肤闪耀着光泽，像波光粼粼的溪水，头发长长地垂下来，一直垂到腰间，垂到大腿。

"谁？站住！"阿坚大声吼道。他趄身向前，手指放在扳机上："口令，五！"没有回答。雨下得很大，脚步声被盖住了。正好这时雷声停止，闪电也消失了。

"站住！不然老子开枪了！"阿坚发疯似的吼叫着，"五！"

"是我啊，我是小盛子啊，坚哥。"

"什么？"阿坚愣住了，"怎么是你，小盛子？"

"轮到我站岗了嘛，发生什么事情了？"的确是小盛子的声音。

"你他妈刚跟谁一起来的？"阿坚呆呆地问。

"没有啊。哪有谁啊？"

"你刚才什么也没看见？！"

"没有啊……怎么啦？你干吗这样？"

阿坚骂了一句，他咬着牙，像是在嘲笑别人。

天空又划过一道闪电。雨还在下，溪水在滚滚流淌，树木低垂着。森林静默地立着，小盛子光着上身，只穿着一条短裤，佝偻着湿答答的身子站在阿坚面前。

"真烦，烦透了！"阿坚咕哝了一句，"搞不好又要遭什么殃了！"

他慢慢挪回营房，一屁股跌进吊床里。凭着第六感，他觉得有某种难以预测的灾祸正在向他们排靠近，这种感觉压迫着他的心脏。不，他没有看错，没有听错，但是，他看到的那个女的到底是鬼还是人？

第二天早上，小盛子和阿清都没有提前晚的事情，其他人更是完全不觉得有任何异常似的，但阿坚明显感觉到他们中间隐藏着某种秘密。他不生气，只是难过，头一次觉得自己被战友们隔离了。

他什么也没有说，绝口不提战友们的秘密。在后来的检查会议上他也一次都没有提及那件事情。但那种违反纪律的事情肯定会重演，阿坚相信这一点。只是被他发现之后，女人的身影再没有出现在排里，而是侦察兵们自己摸到她们的住处去，然后回来——半夜回来。

夜半时分，吊床上总会悄悄滑下几个人影，蹑手蹑脚地走出营房，互相串通好，一起消失在倾盆大雨下的黑暗的山林。每夜都是如此，他们离开吊床，进进出出。

直到有一天，阿坚也醒来了。但他还是静静地躺着，假装睡着。他听到他们在低声交谈，然后是泥泞里的脚步声……岗哨里的说话声……某人摔了一跤，还有极力压低的笑声。

某些夜晚，有人从他旁边的营房出去，有人从他所在的营房出去，甚至从他身旁的吊床上下去。有的夜晚暴雨倾盆，有的夜晚干爽无雨，但是夜夜都有人悄悄地出入。那些大雨滂沱的夜晚，实在是苦了溜出去约会的人，他们回来时多半不停地哈气取暖，一身泥泞地在寒风中发抖。

那时，阿坚总会醒来，然后长时间无法入睡，但他依然静静地躺着，听着那些蹑手蹑脚的人的呼吸声，直到他们中最后一个人平安归来，他才放心地长舒一口气。

可是当他跟其他人提及呼喊声时，却被告知那是山里的魔鬼发出的，他感到一种难言的忧伤和凄凉，因为他知道那不是魔鬼的声音，而是战士们和女孩们发自内心的呼唤，他们显然是通过那呼唤隔着山峰传递告别和约定的信息。

当然，阿坚知道他们侦察分队并非所有人都参与了这个行动，但是他也清楚那些夜晚的常客显然不止三个人。他们时常步行经过那条险要的山路，到对面的山峰间幽暗而荒芜的盆地里与那几个女孩子幽会。阿坚知道，在67县已经被弃置多年的营房，在那些瀑布边，其实有三个女孩还活着，她们每夜都在等待，等待那些人的脚步。

作为一个指挥官，既然深深了解这些情况，理当阻止这种无视纪律的行为，就像人们常说的，要规范、重整，重新定下纪律和道德作风，要直接把那些陷入迷途的队员拽出来，要……但是，他的内心，作为一个战士的真实内心，无法允许他那么做。他的内心要让他对此事保持沉默，逼着自己去理解他们。

侦察队除了他和阿乾，其余的都是20岁以下的年轻人，哪有什么办法阻止陷入原始的熊熊爱火中的年轻人？而且，就连阿坚他自己，到了夜晚，当他入睡的时候，也会做那些热烈的、甜蜜的美梦。尤其是在某些雨夜，故乡河内的那个貌若天仙的女孩仿佛从遥远的地方，从深深的迷雾中浮现出来，萦绕在他的梦境里。那个瞬间，他会浑身颤抖，充满欲望，想要跟那个彩虹般轻盈美丽的女孩一起来一场销魂的肌肤之亲。

"咱们两个，难道一直到死都要保持贞洁吗？"阿芳的声音回荡在他耳边，令他的心隐隐作痛。

那年他们才17岁。他当时真是混沌未开啊，假如是现在……"唉，还是赶快想想别的，想想其他的吧。"他的心悲鸣起来。

当听见从山那边传来的脚步声时，他就那样一声不吭地听着，直到天亮。在他的营房里，除了魔玫瑰的香味隐约可闻，还有一种奇特的柔柔的香味蔓延，不像是真的香味，不是男人的味道，更不是任何一位士兵的味道。是某种暧昧的味道，缠绕在头发上，衣襟上，飘散在风中。

这些幻梦敲醒了他的灵魂。原来他也有过年轻的时候，这是现在的自己无法想象的。那时，充满人性和仁爱，还没有被战争的残酷和暴力摧毁。那时他还充满了各种欲望，也会沉迷，会兴致勃勃，会茫然失措，也曾为爱情而悲伤痛苦，争风吃醋，也曾受到那么多朋友的喜爱。

呜呼！战争是一个没有家园，充满流浪、痛苦和巨大漂泊感的世界；是没有真正的男人，也没有真正的女人的无情世界！这是多么令人痛苦和恐怖的人类世界！他完全没有机会去摆脱心灵所受的戕害，他的年轻战友却要脱离，要挣脱日常的束缚去享受那最后残存的人间情谊。因为，也许明天一切都不存在了。

现在，那些曾经投入疯狂的、犯罪般的热恋中的年轻战士以及他们爱过的女孩，都已经死了。想起过去的事情，阿坚既痛苦又悲伤，既郁闷又孤单，还充满了怀疑和担忧，内心日日因惊惶而纠结不已。也许因为那时在打仗，是非常时期，所以有些事情被看得很严重，被认为是巨大的危险，是生命中的重大议题。一些平常小事，例如日常的喜悦和痛苦，在战争时期都可能是违背常理的，要在局势和缓一些的时候才行。

现在，闭上眼睛，阿坚静静地回忆过去的自己，就好像是前天中午的事情。他正站在那里，在雨中，在小小的营区的院子里，在山那边潮湿的盆地里。衣服和裤子上都是水，头发和脸也都是湿漉漉的，机关枪扛在肩上似乎要掉下来。大雨倾盆而来，雨点打在屋顶和仓库顶上，升腾起水雾。尽管雨下得很大，但是在中午，能见度还是高的。山谷里云雾缭绕，一点阳光都看不见。

"赫比！"阿坚来不及阻拦，在他身后，小盛子已经开腔大声呼喊。

刹那间，那些跟阿坚一起抵达那里的侦察兵从散落在营房各处的角落里站起来，同声呼唤三个女孩的名字。

"赫比！阿云！阿香！"

没有任何回应。

在农庄和山脚之间，在悬崖边飞流直下的瀑布上，白色的水花溅起巨大的水柱，隆隆作响且直冒泡，听起来就像是永不停歇的雷声。

风声、雨声、瀑布声使寂静的氛围增添了一丝平安的感觉……在屋子里，在那三间精巧漂亮的房间里，充满着森林的幽香，家具原封不动，还那么整齐……三套藤编的桌椅、花瓶、暖瓶和一本读了一半的书……铺着凉席的木床、枕头、被子、梳妆镜、梳子等等。

在房子外面，晾晒的衣服还是湿乎乎的。院子里还有筛子、谷子、大米、玉米和木薯等。还有晒干的竹笋、木耳、香菇、蜂蜜，各种味道扑面而来。灶旁还摆着饭盘，就像是刚刚摆好的，上面还有一个纱网罩，下面是三个碗和三双筷子，还有一碟白煮苋菜、盐巴和干鱼。大饭锅还在炉子上，灶里的灰还是热的。

厨房外面还有一个园子，种着花生、茄子、苋菜，还有黄精、香蕉和扶桑。门外的山坡下有一条溪流，一条小石板路伸向那里，一座竹桥连着房子和外面的溪流。远远地，在森林后面还能隐约看见山谷中有两个标志性的孤立的山峰。

尽管雨水连连，日夜不停，房子里的女主人还是一直都在取用河水。院子里的井水清澈见底，井上有盖子，井边还有一条防止河水灌入的排水沟。在紧靠河边的竹林里有一个浴室，从井边通往浴室的小路上铺满了碎石子，上面一根草都没有。

一开始只有阿坚一人下到河里。他站在井边，向竹林中望去。浴室的门还开着，阿坚立刻坐下来，赶紧把枪从肩膀上取下。"有人！"他猛然感觉到……

虽然是很久以前的事情了，但那一切至今还历历在目。浴室的门不是开着，而是铰链没有拴上，垂向地面。角落里有两个装着半桶水的塑料桶，一个水瓢，一双塑料拖鞋，还有肥皂。一件女式军衣，一条绣花浴巾还挂在绳子上。还有一件沾了泥土的衣服搁在浴室的墙角，旁边还有一件绿色的帆布雨衣。

阿坚还看见一块光滑的石头上有一件穿旧了的白色胸罩，在模糊的光线下看起来有点像一朵奇特的大花，有着光润而柔软的花瓣，其中一个花瓣上有一丝血迹，上面清楚地显露出胶鞋的鞋跟踩上去的花纹。

阿坚不禁打了一个寒战，忽然感到一阵眩晕，好像有人用鞭子在抽打着他的心。他眼前似乎浮现出当时的画面：几个蹑手蹑脚的绿色魔鬼悄悄地来到丛林尽头，他们蹚过小河，找到了这几间房子，然后出其不意地破门而入……而那三个女孩，一个在卧室，一个在厨房，另外一个在洗澡，她们根本连反应的时间都没有，没有喊叫，更没有开枪。

"敌探！敌探！肯定是他们干的，坚哥！"小盛子走到阿坚旁边小声说道，语调悲恸，声音颤抖。

身后的竹林飒飒地拍打着竹墙，发出让人胆战的声音。阿坚叹了一口气，紧紧地闭上双唇。

"今天早上你们听到什么声音了吗？"

"没有，什么都没听到。"

可是，到底发生什么事情了呢？这些年轻战友今早又是如何预感到山这边的不祥信息的呢？之前完全没任何危险的征兆啊。昨晚他们还在这里跟那些女孩共度良宵，享受片刻的欢娱。那时是1974年，已经不是1968年或是1969年，这场战争最惨烈的黑暗时期了。从这里到达前线要走一整天，然而今天早上，排上的小情人们就已经开始觉得不对劲，他们说服阿坚去察看一下，阿坚承认他们的预感是对的。

"你怎么知道是敌探？"

"仓库后面有鞋印，还有苍蝇牌烟头。"

"你们今天怎么会觉得有什么不对劲？"

"也没什么，就是不自觉地感到躁得慌。"

"你们到现在还不肯告诉我实情？真是我的好战友啊。你们今天谁来看过她们？"

"是有的，但是没有看到人，人影都没有。"

"人影在这里！"阿坚说着，指向浴室。

小盛子从阿坚前面走过去，慢慢地双膝跪下，他的AK步枪从肩膀上掉下来。

"这是赫比的，是赫比的胸罩啊！"小盛子喃喃地说道，两只手颤抖着把那件丝绸胸罩捧起来蒙在脸上。

"阿妹呀，赫比呀，他们把你抓到哪里去了？阿妹呀，为什么会这样，为什么突然间成了这样……现在可怎么办啊？阿妹呀，阿妹呀！"小盛子抽泣着，哽咽着，绝望地祈祷着。

后来，许多年以后，阿坚人到中年，成了一个作家，全身心地投入文学创作之中，创作了许多有关战争的短篇小说和中篇小说。在把所有有关战争的士兵生涯都收入文稿中之后，某一天他意外地看了一出哑剧。由于正沉浸在回忆当中，当他看到哑剧里一个艺术家将身体往前折曲，因绝望而蜷缩身子时，不知道有什么神奇的魔力，他骤然想起当年小盛子也是这样蹲着无助地掉泪，为赫比默默祈祷的。他静静地坐在那里，内心悲喜交加。他想要把那些记忆压抑住，他原以为那种深刻的记忆这些年因时间的剥蚀已淡化甚至消失了，可是它们反而异常生动起来。这是一个多么绝妙的爱情故事，阿坚想着，现在明白了，这正好可以作为他下一部短篇小说的题材……

他想起来，那天直到夜色降临他们才寻觅到这些敌军探子的藏身之处。他们当时就想到那些家伙肯定不是在那三个女孩住的农舍将她们杀害的，准是把她们拉到了盆地中央的丛林深处。

雨仿佛已经把所有的印迹冲刷掉了。

完全是偶然，他们在那座独立峰的山坡下碰到了杀害姑娘们的敌军，一共是7个。其中3个被他们就地用枪解决了，剩下4个被活捉。小盛子在那场战斗中牺牲了，他被子弹射中了心脏，都没来得及叫一声，就倒地死了。

"在哪儿，她们在哪儿，那三个姑娘？"阿坚极其温和地问道。

那四个俘虏已经筋疲力尽，根本用不着捆绑。他们衣衫褴褛，全身沾满泥浆和血水，已经失去了挣扎的能力。他们一言不发地直直立着，或蹭着脚，对阿坚的问题漠不关心。

"够了，她们在哪里？如果她们还活着，说不定你们还能留下狗命。"

四个俘虏中块头最大的那个，左眼被子弹打瞎了，血水混着雨水从他的脸上流下来。他用那只完好的右眼看了看阿坚，不屑地笑了，露出一口白牙："那三个小姑娘，报告长官，我们拿她们去祭了河神……那几个小女孩啊，哭天抢地的，跟疯子似的……"

阿坚的侦察兵战士们唰地一下都上了刺刀。他赶紧拦住："别！且慢！说不定这几个家伙也打算像那几个女孩一样哭天抢地地死呢，他们肯定不愿意死得这么快。"

"去你妈的，想杀就杀吧！"他们之中另外一个咆哮起来，"把我的肉吃了，快杀了我！看我的手，上面都是你们那几个小姑娘的血！"

"闭嘴！"阿坚轻声说，"放心好了，我会满足你的。不过，我要问你，你们到这里来是为了跟踪我们这些主力军，是吧？可你们为什么要攻击她们？为什么要那么残忍地杀害她们？你们为什么如此仇恨她们？"

阿坚自己也不明白为什么要浪费那么多时间，而且用如此轻柔的语调跟这几个俘虏谈话，听起来仿佛只是在责备他们。他让这四个俘虏挖了一个大坑，他们挖得很快，而且兴致勃勃，好像跟谁有约在先似的。

"不必挖那么深，一会儿让你们躺着，又不是叫你们站着，担心什么呀。"阿坚劝道，"关键是要挖得宽大一些，到时候不要把手脚伸到外面就行。还有，动作快点，天要黑了。"

四人一人一把锹，是那种特别行动队用的多功能锹，可以折叠，很锋利。四人全都是健康、肌肉结实的男人，他们用力地挖，挖出来的土都堆到一边。那个坑越来越大，越来越深，开始有泛红的水渗进来。

"行了，挖得很漂亮。上来！"阿坚下令，接着跟他们解释道，"叫你们上来是要让你们先埋好你们同伙那三具尸体，否则谁肯动手埋他们，总不能让他们烂臭在林子里吧。"

那几个家伙请求去净手，抽根烟。阿坚同意了。

"坚哥，我看你是不想动手了，你干脆把他们放了，最好还给他们每人发一块糖，还捆他们干什么呀？"

"什么放不放的？"阿坚摆摆手，"我只是受不了这四个浑蛋，他们必须像狗一样地死去。"

那四个家伙到河边仔细地洗干净手脚，把军服上沾着的泥巴和血液也洗干净了。"长官，请您抽根烟。"最年轻的那个俘虏彬彬有礼地把苍蝇牌香烟双手递到阿坚面前说道。他长着一张圆脸，白白净净，说话带着甜甜的北方口音。

"给我抽？"阿坚拨开他的手，"你还是一会儿到地下请你的战友们抽吧。"

那个伪军长长地叹了一口气，他耸了耸肩，恳求地看着阿坚，然后低声说："长官，刚才那个说话很浑的家伙是我们的指挥官。对，就是那个中尉。"

"是吗？哦，这有什么关系，管他中尉还是中将，到地下就跟普通士兵平级了，就不再是你的什么指挥官了，担心什么？"

"求长官放了我。"这个伪军喃喃地说，"我没有强奸那几个女孩，也没有用刺刀往她们身上刺，一刀都没有，我甚至连碰都没碰她们。我发誓我没干，我可是一个有宗教信仰的人。"

"你用不着跟我说。退回原地！"

那个伪军在阿坚面前跪下，双颊滚下了泪水："求您可怜可怜我吧，长官！我还这么年轻，我还有老母亲。我就快要结婚了，我们真的很相爱啊，长官，求求您了！"

他颤抖着从胸前的衣兜里摸出一张彩色照片，举起来，放到阿坚的手中。阿坚拿着照片看了一眼，那是一个身穿黑色泳装的少女，烫着披肩鬈发，站在蓝色的大海边，她开心地笑着，一手拿着冰激凌，另一只手挥舞着。女孩身材匀称而美妙，真让人百看不厌。阿坚把照片上的雨滴抹掉，然后把它还给了那个伪军。

阿坚赞叹道："很漂亮，照得不错。收好，可别打湿了。"

那个伪军喘息着，张大嘴巴，眼睛冒出光彩，说道："你的意思是说，我可以活下来，是不是？你让我活下来，是吧？上帝啊……"

"滚回坑边去！"阿坚吼道，"狗东西！点上烟，赶紧抽了，不然时间到了。你们几个也一样，动作快点！"

那个伪军坐到他们刚挖好的坑里，跟那三个人一道，躺在泥巴上，身体和四肢都交叠在一起。环绕着他们的是青色的香烟烟雾，那么浓，那么缓缓地在雨中飘散。四周是被小山包围得严严实实的盆地，夜色也渐渐从山坡上笼罩下来，河流则在沉闷地低吟。

"现在都听好了，"阿坚举起AK步枪，"给我排成一列！"

四张苍白的脸仰了起来，露出恐惧和紧张的神色。

"站起来，排成一列！"阿坚若无其事地重复了一遍，把大拇指摁在机枪保险上，"怎么样？"

"长官啊，让我们把烟抽完吧，长官！"刚才那个带北方口音的俘虏恳求道。

"站起来！"阿坚又吼了一次。

"就让他们抽完吧，坚哥！"一个侦察兵慌忙在阿坚耳边用干涩的声音说。

那四个即将被处决的人站了起来，彼此靠得很近，仿佛过于接近死亡反而让他们不再害怕。他们脸上的表情变得僵硬，心里充满着某种仇恨，但全都紧咬牙关，默默地忍耐。阿坚觉得自己快疯了，但是一种冷酷无情的超强意志使他无比清醒。

"你们想死，老子满足你们。老子会把死神喊到你们每个人面前！你们会看着自己的鲜血一滴一滴地流尽。"他说道，又吼叫了一番，然后冷笑起来。

忽然，那个北方口音的俘虏开始哭号，他冲到阿坚面前跪下，脸贴着阿坚的脚，呜咽着、抽泣着、恳求着，却一个字也说不出来。

"你情愿第一个死？"阿坚用枪口指着那人的额头。

"老天爷啊，小的求求您，小的求求各位大爷，让小的活下去，做牛做马都行，让我活下去，大爷，求您了，大爷啊！"那家伙苦苦地乞求着，声声哀鸣似乎要刻进阿坚的脑海。

阿坚用枪托重重地在那家伙头上敲了一记，使他往后退了退。这一记使他恢复了神志，也止住了哭泣，原本跪在地上的他，慢慢站了起来。他警觉地看了阿坚一眼，接着环视其他人，手还在伤口上摸来摸去，前额上的那道口子开始不断地流血，一直滴到鼻梁上。

"我甘愿用自己的身体来填墓穴，不麻烦你们，但我要把我所知道的一切告诉你们的指挥官。你们党的政策，是严惩逃跑者，宽待来归者。你们没有权利杀我，没有权利！我求求你们了！"

身后有个人碰了碰阿坚的肩膀，用颤抖的声音说："阿坚，要不暂时放过他们，把他们带回去交给上级处置……"

阿坚转过头。他突然怒火中烧，压抑着的脾气爆发出来。

"闭嘴！"他咆哮起来，接着粗暴地用枪杆子堵住阿慈的嘴，"你同情他们，就他妈跟他们站到一起去，老子连你也一起杀了。连同你，懂吗？！"

"阿坚！阿坚！你干吗这么吓人呀！"卡车司机厚重的手摇着吊床上阿坚的肩膀，"醒醒，快醒醒吧！"

　　阿坚睁开眼睛，他感到极度疲倦，梦里带来的痛苦回忆让他两边的太阳穴很难受。过了好久他才起身缓缓从吊床上爬下，从卡车后面跳到地上来。

　　见阿坚起得那么慢，卡车司机长叹一口气，说道："都怪你睡在后面，跟50来具骸骨睡在一起，一定是做噩梦了吧，是不是？"

　　"嗯，累死了，太可怕了。真是倒霉，自从进了收尸队，我每晚都会做噩梦，可是刚才这个梦最荒唐。"

　　"这个招魂林很离奇，表面看起来什么都没有，可是地下不知躺着多少人呢。可以说，这个B-3前线到处都是鬼魂。我从1973年就开始当收尸队驾驶员，已经习惯那些从坟墓里爬出来的人了。每天晚上他们都会摇醒我，要我陪他们聊天。真是恐怖至极！各种各样的鬼，有老兵，有新兵，有第10师来的，有从第2师来的，有省里的武装队的，有320机动兵，有559营。偶尔还会有长发女鬼，偶尔还会掺杂进来几个南越伪军。"

　　"遇到过熟人吗？"

　　"怎么没有？同一个单位的，还有我的同乡，有一回还遇到过1965年牺牲的堂哥呢。"

　　"那你跟他们讲过话吗？"

　　"当然要讲话啊，还叔叔伯伯地叫着呢。不过，都是按照阴间的方式讲话啦！是那种不出声的，不用语言的交谈，很难描绘，等你什么时候梦见，你就明白了。"

"不错呀！"

"不错个鬼呀！难受死了，伤心死了，真是冤死了。在深深的坟墓下，人哪里还是人。互相看着，互相明白，却什么都不能为对方做。"

"假如有办法让他们知道胜利了，不知道对他们是不是一个安慰？"

"老天，即使能说也别说这个。在阴间，人们根本不记得战争是什么东西，砍头杀人那是活人的事。"

"可是不管怎么说，现在已经和平了，和平岁月难道不是那些死人复活的大好时机吗？"

"哼，和平！他妈的，和平不过是一棵在兄弟们的鲜血和尸骨上长出来的树。那些躺在丛林战场上的人，他们才最应该活着！"

"你这话真可怕！好人到处都有嘛，而且好人还会生养后代。还有很多幸存者试着去过体面的生活，活得像个样子。不然的话，打仗就不值得了，和平也没什么意义了。"

"这样啊，嗯，当然应该怀抱希望的。但是谁知道咱们的下一代长大了是否足够聪明，而且，谁知道他们会以怎样的方式长大啊！我只知道很多好人被杀了，幸存下来的那一小部分全都在自讨苦吃。看看我们城市里的混乱场面，真让人灰心，南方北方都是任人唯亲。再看看这些坟墓里的兄弟的骸骨，觉得真是丢脸啊。"

"但是，和平总归是好事吧？"

"这种和平……哼，我看就像人们把以前戴着的面具卸掉了，真实的面孔暴露出来吓死人。多少人流血牺牲……"

"他妈的，究竟是为什么啊，阿山？"

"这他妈有什么好奇怪的呀。经过那场战争的战士啊，幸存下来就只能活在梦想破灭的痛苦中了。老兄呀，咱们的时代结束了。说实在的，这场看起来威风凛凛的胜仗之后，像你们这种战士，是无法变成正常人的了。就连说话的声音，你们都再也无法用正常的声音像正常人那样讲话了。"

"你说得太有哲理了，可听着真让人伤心。"

"谁让我是阿山啊，我也曾是一名战士。我说话会带一点哲理，你难道从来不这样，你难道不为自己的幸运而得意吗？昨天那些死人都跟你讲了些什么？"

往丛林外行进的道路上，收尸队的卡车缓慢笨重地移动着。道路十分泥泞，到处都坑坑洼洼的。卡车全程都保持在一挡，引擎声音很大，好像车子随时要爆炸似的。阿坚透过车窗，看着外面的景色，试着平复沉重的思绪。

雨停了，但是空气依然沉闷，天空还是灰沉沉的。招魂林渐渐被甩在后面，森林、小溪边的山脉也渐渐被抛在身后。但奇怪的是，好像还有什么别的东西在后面一直尾随着他，凝视着他。难道是今早那些浸透鲜血的梦魇又集合在一起要闯进他的脑海？

"阿坚啊，"为了盖过卡车的轰鸣声，阿山大声吼着说，

“运完这批骨骸，你准备干吗？”

“不知道，还要办很多退伍手续呢。”

“那阿坚你回去准备干吗？”

“我打算先把高中读完，也就是补习，然后考大学。至于什么职业，我除了会打机关枪可是啥也不会呀。”

“阿山你呢？继续开车？”

卡车爬到了一段比较干爽的山路上，阿山终于能加速了。他说：“退伍后我就不想再开车了，我想背着琴唱歌，做一个卖唱艺人，一边唱，一边讲故事：‘各位先生，各位女士，兄弟姐妹们！请听我讲述悲伤的故事！’然后，我就把有关我们那个时代的恐怖故事唱给大家听。”

“真有点改良剧的意思呢。”阿坚说道，“照我说，也许，最好劝大家忘了战争的那一切。”

“可是，怎么能忘得了呢？永远不可能忘记任何一段的，永远忘不了的。”

“当然了。”阿坚思索着，“要忘掉实在很难，什么时候我的内心才能渐渐平静下来，我的思绪才能从战争回忆的桎梏中松绑？”无论是温馨还是悲伤的回忆，到现在已经过去了一年，那些伤痕，依然还在，也许10年、20年之后还会令人心痛，永远令人心痛。可能从此他的一辈子就是这样了，暗无天日，充满痛苦，远离幸福。

或许在这半梦半醒之间，他未来的人生就像在悬崖边上的崎岖小路上行走，要越过许多艰难险阻。但是不管怎样，他在这世上还只活了28年而已。就把这段岁月当作一个秘密吧，这不是他的错，也不是其他人的错。他知道自己还能活着，从此他的生活就属于自己了。他还知道，迎接他的，不只是他自己的新生活，更是一个新的时代。

我的心仍停留在过去的岁月，我是无法改变过去的，仿佛它就是我目前的生活。直觉总是让我感到往昔依然隐藏在某处，挥之不去。每天深夜，在睡梦中，我都隐约听见自己的脚步声从遥远的过去传来，在城市里石头子儿铺成的人行道上留下回音。

　　有时候只需闭上眼睛，我就会陷入往事，完全游离于现实之外。我其实极力要翻掉过去那一页，可是，记忆是那么鲜明，那么深刻，那么悲伤，那么痛苦，它们与我如影随形，总是在不经意间轻易地把我俘虏，将我带回昔日的战争现场。过去的点点滴滴，即使是一些当时看起来很寻常、很零乱、很无趣的小事，如今似乎随时都会被记忆唤醒，日复一日，徒增伤感和无奈，使我如同生病一般难受。

　　不久以前，我又一次梦回招魂林。我清晰地看见了那条溪流，那泥泞的小路，那块空地，以及在阳光下闪闪发光的丛林入口。远远地，在西南方向，玉博瑞的四座苍翠山峰高耸入云。在这静默的山水中，我的梦境如同一本大书被逐页翻开。我仿佛重新回到了侦察排的那段岁月。那时的每一天，每一段记忆，每一个人，都清晰得像电影里的慢镜头，一一展现出来。最后的一个场景是在溪边，是即将撤离西原主战场北翼的那个下午，我们一起在小盛子的坟前集合。

"小盛子啊，你好好地在这里安息吧。我们要走了，要去另外一个战场了。"我听见自己的声音在那个午后回响，当时我代表全营在同小盛子的魂灵告别，"在这地底深处，亲爱的战友，听听弟兄们跟你告别的话语吧。永别了，亲爱的战友！你要当我们的见证人，要保佑我们完成跟敌人作战的任务。要好好地听着弟兄们的枪声如何为你报仇雪恨，我们未来一定会扭转乾坤的……"

那晚，因了这些梦，我整夜泪眼蒙眬。一幕幕往事令我难过、伤心、呼吸不畅。

哦，我的岁月，我的时代，我年轻时的光阴！

还有一个夜晚，我梦见了招魂林，梦见了阿和。她是北方人，故乡在海后，她是在被黑暗笼罩的1968年牺牲的，她当时还那么年轻，那么漂亮。

那夜是我头一次梦见阿和，在梦中听到她的声音。梦里迷雾重重，我只是隐隐约约地看见了她，心里对她充满爱意，充满深切的思念，甚至有种肌肤之亲的感觉。那种感觉，在她活着的时候我未曾有过。与她并肩战斗的那会儿，情况危急，当时我惊慌害怕，被屈辱和无助感裹挟，甚至有一种被击败的绝望。

那一整夜我一直梦见自己在1968年的战争苦海里飘荡。醒来时，窗外已经天亮了，我还记得在醒来前一刻的梦中景象，那情景真让人惨不忍睹，伤心绝望：阿和跌倒在草地上，美国佬从她身后蜂拥而上，围了过来。那帮家伙脱光了衣服，露出像猿猴般长长的汗毛。他们伸手去抓她，沉沉地压到她身上，咻咻地喘着粗气。

当我从可怕的梦魇中惊醒时，心还在怦怦直跳，紧张得就像在走钢丝；头上还冒着冷汗，身体冰凉；喉咙因吼叫过而隐隐作痛，双唇流血不止；睡袍的扣子被扯掉了，胸前还留着深深的抓痕。

自打战场上归来，重新回到河内生活后，我一直无法摆脱过去，总是轻易地陷入回忆的泥沼，难以自拔。日复一日，漫漫长夜之后还是漫漫长夜。这种情形已经持续好几年了。

有时候，大白天在繁华的闹市里，我都会突然迷失在幻梦中。一旦闻到街上的某种臭味，我就会想起腐烂的尸体，就仿佛又走到了那个被称为"炒人肉"的山坡。1972年腊月底，我军曾在那里浴血奋战。一场鏖战之后，山坡上堆满了数不清的断肢残体。

有时候在人行道上走着，我忽然感受到浓厚的死亡气息，会下意识地用手捏住鼻子。从我身边经过的人，一定以为我是个疯子。

偶尔半夜醒来，听到电扇转动的声音，我会误以为是直升机的螺旋桨在头顶嗡嗡作响，整个人会防卫性地蜷缩成一团，屏住呼吸以躲避"敌机"的强风和怒吼。

有一回，我观看一部美国战争片，心情激动得难以遏制，尤其是看到美国大兵吼叫着投身到格斗场面中的那一幕时，我竟情不自禁地想要加入电视屏幕里的混战，加入那场血与火的较量里，加入那狂野的战斗中去。那一刻，我麻木不仁、嗜杀成性，如同野兽一般凶残。我似乎沉浸在一种用枪和刺刀近身肉搏的野蛮快感中，心怦怦乱跳起来。瞪着楼梯口阴暗的角落，我仿佛看见身首不全的鬼魂，看见他们用手捂着血流如注的伤口。

我就像在乘着一叶小舟逆流而上，航向过去的岁月。然而人生已经完全变了，我早已失去了对未来生活的憧憬。因为眼前并没有什么新生活，没有什么新时代，更没有一线看到未来美好前程的希望。反倒是过去那些惨烈的战斗经历给我安慰，成为我逃避无情现实的强大精神支柱。给我信心，让我燃起生活欲望的，不是对未来的幻想，而是回忆所产生的力量。然而，即便如此，我也清楚，回忆并没有多大意义，因为从前的生活已经荡然无存，往日的一切早已被无情地磨灭。我不得不清楚地意识到，那些给我带来幸运的福星已经一去不复返，它们曾经那么闪亮，但顷刻间就消失得无影无踪。战后最初的光辉岁月，也随着后来命运的安排逐渐消失了。

逝去的人永远逝去了，幸存的人还得继续活下去。我们曾经满怀激情地要挽救时局，要去书写历史的新篇章；我们也曾经以为自己肩负上天赋予的神圣职责，要去扭转命运。可是，很不幸，战争虽然以胜利告终，但我们的理想并没有立刻变成现实。此时此刻，身处冷漠无情甚至粗暴不堪的环境，这样的生活与战争经历又有什么本质的不同？

　　无情的日子循环往复，没有尽头。现在我已人到中年。回想刚刚参军时我才17岁，10年战斗生涯后就27岁了；之后收尸队1年，等我彻底退伍回来已经28岁了。接着29岁、30岁……而过了这个冬天，我就要满40岁了。

　　年轻时的我曾经以为40岁是那么遥远，甚至都不能相信自己会活到这个岁数。如今，生活就像一阵风暴，裹挟着爱情和伤痛，从海角天涯呼呼地吹过来，吹过城市，吹过乡村，也吹老了我的人生。

　　阿坚把笔放下，伸手关了台灯，轻轻拉了一下椅子，站起来，静静地走到窗边。房间里很冷，他却感到胸闷，难受得要窒息，就像夏日暴雨即将来临时的感觉。强烈的挫败感击中了他，他觉得手中的那支笔不听指挥，写出来的东西与他想在作品中表达的意境越来越远。

　　每天夜晚，坐到书桌前，摊开稿子，阿坚总是努力调整自己的心理状态，他极力跳出固定的思维模式，极力想处理好每一章、每一页中可能出现的复杂问题及其时机，极力用自己独特的方式去完成。作品中的人物大致上要做什么事，说什么话，会遇到什么情况，等等，他都事先思来想去，做好了安排。可是，真正下笔，却常常偏离原来的设想，打乱他所有的程序和脉络。当回过头来阅读自己写出来的东西时，他感到那么陌生，甚至惶恐不安，因为他发现自己在前一页肯定的人物，在下一页又被否定，作品中的人物也常常自相矛盾，这让他很是纠结。可是，越是感到不安，他就越容易陷入令他不安的泥潭里。

　　无数个夜晚，坐在书桌前，他沉湎于思考，力图将那些思路付于笔端。他辛辛苦苦地写，时常为那些字句绞尽脑汁。可是，到了最后，他才发现自己根本就没有表达什么思想，又或者说，那些思想完全是模糊的，还游离于文稿之外，游离于他的灵魂之外，还埋在他的心灵深处，尚未揭示分毫。似乎他的心里还隐藏着许多秘密，他仿佛具有某种与生俱来的精神力量，可是那些东西从来没有表达出来，永远在某处潜藏着。

　　他觉得自己写出来的东西简直是对理想之作的背叛，是一种毁灭性的破坏。为了那些文字，他曾呕心沥血、煞费苦心，可是，读起它们却让他痛苦万分、遗憾连连，他觉得自己总是在原地踏步，总也无法完美地呈现内心的想法。只好划去、擦掉，接着再划去、再擦掉，然后又继续埋头创作。一字一句，他是那么小心地写着，就好像一个刚上学的孩童在练习拼写一样。但无论如何，他不能接受自己完全没有写作才能的事实。虽然他为此绝望过，但是从未彻底绝望。他写着、憧憬着，又接着写、接着憧憬，同时充满紧张和焦虑，内心常常泛起阵阵波澜。

　　他兀自感慨，又沉浸写作，不停地写。在这个过程中，感觉到自己在渐渐老去。那些奇奇怪怪的回忆猛烈刺激着他，强烈的挫败感压迫着他，令他难以解脱。然而，他依然坚持创作，竭力抓住灵感，让它们呈现到自己的艺术作品中。

　　尽管如此，从他开始写长篇小说那天起，他的心就像游走在悬崖边上一样紧张。他把写作当作自己的天职，对这份天职，他既充满希望和信心，又每每怀疑自己的能力。他没有勇气走近真正的自己。尽管写了一页又一页，一章又一章，但他暗暗地感到好像不是自己在写，而是他的敌人在写，在用一种对立的东西不停地违背他本人对于文学和人生的最坚定的原则，颠覆他的信念。

每天，他都情不自禁地陷入危险的、悖谬的创作怪圈，难以自拔。在小说的头一章，他就完全脱离了传统的写作，叙述的空间和时间都进入了一个不合理的轨道中。小说布局混乱，人物的生活也被他突然随兴改写。他抒写的有关战争的每一章都有随意的成分，就像那场战争是别人都不了解的，是专属他一个人的。

他把写作当作一场战斗，而且总是以一种半疯狂的状态投入这场战斗中。这是孤独的、非现实的，又充满痛苦、碰撞、迷惘的战斗。不过，即便如此，他也不能停止写作。他感到即使有10个人来攻击他，把他打得一败涂地，也无法阻止他的这项工作。之前他写过一些短篇小说，基本比较顺利，可眼下手里这部长篇小说极其难写，不得不延宕下去，仿佛这是他军旅生涯的最后一场拉锯战。现在，他被这项写作逼到了生活的悬崖边，除了迎接挑战，已无路可逃，也没有任何魔法可以拯救他。

其实，他之所以要投入写作中，还有一个更隐秘的原因。多年来，一直有一个奇怪的想法伴随着他，那想法越来越根深蒂固，渗透到了他的骨髓。他觉得自己之所以来到这个世界，完全是无法言说的、神奇的、高贵的天命所赐。这天命一直悄悄植根于他的生活中。他的童年，他的青春岁月，他的军旅生涯，大概全都是天命安排的。他40年人生中的痛苦和幸福，也都是命中注定。战争中，他之所以多次侥幸地活下来，也一定是老天暗藏了某种玄机。天命的光辉，曾多次在他的生活里出现，不过，它们总是那么突然，那么短暂，他还来不及明白，来不及留存，它们就像流星一样一闪而过。这暗中保护他的隐秘力量，多次显现在他的军旅生涯里，但他都浑然不知。他第一次感受到它，是刚刚和平时在收尸队的那段时光。他觉得自己的身体里有一种神奇的力量，带给他信心、生活的勇气以及爱情的力量，敦促他超越眼前的黑暗生活。在那以前，他从不明白，也未能感受到天命的力量，只是隐隐地觉得自己的身体里有某种东西隐藏着。随着时间的流逝，他渐渐成熟，萌发了一种强烈的渴望：他有责任去展现这种天命，要抓住它，呼唤它，把它变成文字。

5年前的夏天，在一次自由旅行中，阿坚偶然路过雅南镇，也完全是机缘巧合，他从那个镇拐进了梦坡。

梦坡是一个很小的村子。20年前，他所在的新兵营曾经在那里驻扎过3个月，进行训练和休养，等待上长B前线。

那里的一切与20年前一模一样，所有景物都仿佛逃过了时间的筛选。松树坡、桃金娘坡、竹叶草坡和狗尾巴草坡。还有那些树林，光光的白檀树，稀疏的村舍，一坡一户，景象一如从前，令人忧伤。

阿坚顺着一条岔路走入梦坡的羊肠小道，路上蔓草丛生。事先并没有打招呼，他沿着那条小路直接去找干妈的茅草房。那里曾经是他和另外两个战友的温暖的小巢，他们一起在干妈家留下了难忘的回忆。

茅草房还在那里，几乎跟以前一模一样——土墙、茅草屋顶、一个小小的院子和长满荒草的后园。后园草丛旁边还有一口水井，清澈见底、泠泠作响。只是，干妈已经过世。现在住在那里的是干妈的小女儿——茕茕孑立、形影相吊的阿兰。她认出了阿坚，而且立刻想起他以前那著名的绰号"愁神"，可阿坚甚至不记得这里曾有一个小姑娘。

"那个时候我还不到13岁，你们几个哥哥啊，我当时还喊叔叔呢。山里的女孩都是又丑又害羞又胆小的。"她说道。

但是现在，在他面前的是一个苗条标致的少妇，一双忧伤的大眼睛摄人心魂。

他告诉她，从前"三三组"的另外两个人——阿光和阿雄已经长眠于战场，阿兰的眼里立刻噙满了热泪。

"那段日子真是太残酷了，"她说，"而且那么长，那么长，不知卷走了多少人的性命。那个时候好多新兵都曾驻扎在我家，视我妈为亲妈，视我为亲妹。我的两个哥哥、我的同学、我的爱人后来也都参军了，可是他们都再也没有回来，到现在为止，只有你回来了。"

阿兰带阿坚去山坡上的坟头祭拜了她母亲。由于那天下午下过一场大雨，梦坡上的绿草变得湿漉漉的，反射着阳光，亮晶晶的。坡下有一条河流，河流顺着山谷蜿蜒曲折地流淌着，从山坡的草地上可以隐约看到河面上的粼粼波光。阿坚在干妈的坟前紧缩着身子低头默哀了好久，还极力在脑海里搜索着老人的音容笑貌。

"要是那个时候来通知阵亡信息的人不那么急，来得晚一些，来得不要那么勤，也许我妈还能活到现在。不幸的是，刚刚和平的时候，官方太着急把所有的噩耗一起送完，太可恶了。一天之内，上午和下午他们分别把我两个哥哥的阵亡证书送到了家里。我妈实在是被吓晕了，倒在地上不省人事，三天三夜昏迷不醒，后来就走了。坚哥啊，你知道吗？我妈临死前，一句话都没有说啊！"

在干妈的坟边还有一座小小的坟墓，那是阿兰儿子的。她给阿坚讲述了自己的故事，语调平静，没有哭泣。

"我儿子生下来将近8斤重，可是只活了两天。他姓农，叫阿越。我丈夫是岱侬族，他老家在遥远的河江省。他当兵驻扎在这里，不到一个月我们就结婚了，都没来得及跟上级指挥官报告。他走了半年之后，我曾经收到他的信，可并不是他自己写的，而是他班里的一个战友写的。信中说他已经牺牲在老挝边境了。我的小越在妈妈肚子里就失去了父亲，可能是这个原因使得他不想活下去的吧。唉，这就是我的人生啊，坚哥。我的身体一年一年地垮下去，但我还是生活在这里，跟这房子、这山坡生活在一起，不关心其他人，也没有谁关心我。而且也奇怪，自从那次我家来过部队以后，梦坡就再也没有什么军人来过了。然后就和平了，到现在，多少年过去了，还是如此。"

那天，阿坚留在她家里过夜。夏天的夜晚那么短暂。屋外，山林里整夜回荡着杜鹃的叫声，山坡下则是河流的低吟声。

　　第二天，阿坚走得很早。阿兰送他走过山坡，他们并肩行走，默默无语。太阳渐渐升起来，雾气渐渐消散。一夜之间，阿兰仿佛变瘦了，眼眶黑黑的。

　　"我曾经想去外面谋生，离开这里，到南方去干活。"阿兰说道，语调中充满忧伤，"但我不忍心离开。我妈和儿子还躺在这里的山坡上。而且，唉，我也不知道自己为什么要留在这里等，一直等，也不知道在等什么，在等谁。我不应该这么等待着生活，你说是不是呢？"

　　阿坚说不出话来，眼睛也转望到别处。他不明白阿兰为什么一眼就认出了他，他觉得现在的自己跟年轻时相比，样貌变化很大。莫非阿兰曾经暗恋他？可那时她还那么小，恐怕她都没意识到什么是初恋吧。阿坚勉强笑了一下，心头一紧。快到大路上时，他停下来，轻轻握起阿兰的一只手，把它举起来，然后低下头，压住她的嘴唇，慢慢地吻起她来，吻了好久好久。

　　"你留下来，好好地生活，不要伤心啊，亲爱的妹妹。你也不要把我想得太坏。"

　　阿兰温柔地抚摸着他的衣襟，吻上他已经有了白发的头顶。

　　"不要为我担心。你生活的路还很宽广，你走吧，要好好活着！而我，我要养育我收养的儿子，会平安地生活的。假如能跟你一起……哦，不，即使那样，除了伤心也还是伤心。我还是把你当作我的大哥，就当作我们一起回到了从前亲人们还在的时光。比如，就让我说句不太吉利的话吧，假如突然有一天，你遇到什么不幸，感到走投无路，那么请你记住：无论如何，还有一个地方，还有一个人，在这梦坡，在这个你曾经战斗过的地方等你。日后你若愿意，这里将永远是你的归宿和港湾。"

阿坚抱住阿兰，把她紧紧地拥到胸前，说："好了，我要走了，否则就晚了。你要想着我呀，不要把我忘了，不要忘记我这个突如其来的人啊，阿妹！"

路旁茂盛的青草已经沐浴在阳光里了，阿坚低头走着，影子越来越长。夏日的天空高远而湛蓝，却又令人惆怅。他回头一看，发现阿兰还静静地站在那里凝望着他离开的方向。但是，他再次回头的时候，阿兰的身影已经消失在山坡后面了。

几年后的一个傍晚，也是夏天，阿坚跟创作组的几个记者同事一起搭乘吉普车从边境回河内，路过北江省时，他看见那里也是高高低低的山丘，也有盆地和小河，有稀疏的森林。车里同事们都渐渐地睡着了，只有阿坚和司机醒着。阵阵凉风吹过，路两边是纵横交错的小溪，空气中散发着泥土的气息。一切是那么宁静，若不是远处炊烟袅袅，那里就好像是一片被遗忘的土地。

突然间，忧伤袭上了阿坚的心头。对，正是在这里。"还有一个地方，还有一个人……"那令人惆怅而无望的誓言天天都在他的耳边响起，令他觉得这一生已经要结束了，已经失去人生最后的希望了。这一生，他遇到过多少可爱的人，有过多么美好的感情，但是都不曾给他留下什么，不曾这么让他念念不忘。可是，最近几年他都不曾回望过去，没有时间，也没有需求，各种琐事已经埋没了那些回忆，现在想起来已经太晚了。他闭上眼睛，感觉自己的心脏在缓慢无声地跳动，让他一点点地沉沦；不过，他倒也不是完全绝望。

很奇怪，那天下午，又勾起了他对梦坡的回忆，回忆起那遥远的山坡上莫名的初恋，这似乎让他清醒地意识到了一直在催促他的天命。它用一种热切的、忧愁的方式在催促他。

"你生活的路还很宽广，你走吧，要好好活着！"

对，要写下有关战争的一切，写下自己心中最激动、最感人的事情，写下那些有关爱情的往事，那些忧伤的往事。可是，如何才能把那些遥远的过去发生的事情传达出来，统一安排在时间的链条上？尽管战争从来不是这样的，阿坚思考着。战争啊战争！

但是为什么他还要选择写战争题材而且非写不可呢？战争中，他自己的以及其他无数人的生活都实在可怕，甚至可以说，那样的日子根本就算不上生活，更谈不上美感。直到现在，他还不敢走进电影院看带有瞄准射击场面的影片。不仅如此，有关战争的文章——当然是指别人写的——他也极力回避。事实上，他非常害怕有关战争的故事。但是，他的生活就是这样，他亲历过战场，他的生命里有过炮火连连的场面，有过发生在旱季雨季的战斗，有过敌我双方在战场上的厮杀。

他根本没法写别的题材。即使采用其他题材，他也都是一心想着怎么从不同角度去描写战争。他偶尔产生了一个新思路，打算写出来，手中的笔却不听使唤。就像他开始写眼下这第一部长篇小说时，他想把故事情节都安排成战后的，这样第一章就可以写那些为阵亡的战士收尸的人，写那些即将解甲归田回家过上正常日子的士兵。可是，手中的笔却以一种无法抗拒的力量令他写下无数有关死亡的回忆，一张张稿纸无声地唤起所有的往事，点燃了记忆中痛苦的火焰，把他一步步带入战争年代的丛林。

其实，他也可以写很多看似与战争毫无关联的题材，和大家一样，现在他看待生活并不是只有唯一一个角度。

例如可以写写童年，战前那充满无尽欢乐和痛苦的童年，他脑海里还有很多尚未褪色的影像呢。他相信自己一定能够写下一些令人感慨的篇章。比如可以这么写："我在那里出生，在那里成长……那时父母还在世……"诸如此类。或者干脆写写父亲的生活，写写有关胡伯伯那一辈的故事。难道不可以吗？他们那一代人是那么伟大，又是那么悲惨。他们充满了无穷的抱负和理想，又有着高尚的品质和崇高的精神！而如今，这些精神都被阿坚他们这一代永远地埋没了。

每次回想童年，想起父亲，阿坚都感到悔恨，他感觉他没有尽到儿子的本分，没有好好爱戴和尊敬父亲。他对父亲的经历和生活可以说知之甚少。他已经不记得发生在家里的不幸，不知道父母为什么离婚，不知道父母经历过怎样的痛苦。对于母亲，他知道得更少……可奇怪的是，他对继父有深刻的记忆。继父在战前是一位诗人，阿坚只在红河边的展门附近的一所小房子里见过他一次，仅仅一次而已。那个时候继父已经老了，过着隐姓埋名的日子。

那时正是冬天，阿坚刚满17岁，父亲刚去世不久，母亲则已经去世5年多了。入伍之前，阿坚去向继父辞行。

那次见面让他永生难忘。继父的房子是灰色的，十分破旧。房后园子里的几棵木麻黄在冬日的寒风里摇曳，透着一股凄凉的味道。继父的生活很清贫。客厅的供桌上积满了灰尘，母亲的照片放在一个破碎的相框里。他的卧床也很破旧，吱呀作响。书桌上零乱地堆着书本和杯子等物品。

目睹继父独自一人勉强度日的景象，他不免伤感，但是继父本人极力保持着一种与萧索的环境格格不入的绅士风度。他头发花白，背有些驼，能够明显地看出他因病而消瘦不少。他两手有些颤抖，眼睛也看不清了，衣服有些破旧，但很整洁。他亲切地接待了阿坚，显得十分高兴，但又很得体。他泡了茶给阿坚喝，递烟给他抽，用一种略带忧伤的眼神看着他，而后又用很柔和的语气说道：

"你的意思是说，你是要当兵去了吧？我不是不让你去，我已经老了，而你还年轻，我是拦不住你的，只是希望你明白我的心。上天赋予我们生命，是要我们活，而不是去死；是要我们体验生命的过程，而不是轻易放弃生命。我不是劝你把命看得比什么都重要，我只是希望你不要用死去证明什么，要警惕那些愿望。更重要的是，孩子，你的母亲、父亲和我都只有你这一个后代了，所以我希望你能在世上好好地活下去，你一定要活着回家。你的生命还很长，还有很多的幸福和乐趣等着你。这些你自己不去体验，又有谁能代替你呢？"

　　这番话让阿坚觉得有些突兀，他不能表示赞同，却因此对继父充满了信任。尽管不能完全明白继父的意思，他却很自然地跟继父亲近起来。他感到继父身上蕴含着深刻而丰富的智慧，还饱含浪漫与热情。他的表达方式是传统的，让阿坚感到一种梦幻般的温馨和甜蜜，他的话语富有敏感性，又饱含诗意，让人着迷。突然间，他明白了母亲为什么离开父亲，跟随了这位富有深情、心地善良的男人。

　　整整一个下午，他都陪着继父，在那个母亲生活过且在那里辞世的房间里。那个冬日的下午，似乎成了他对母亲唯一的记忆，尽管他并没有在那里看见母亲。那天，继父还给他读了几句年轻时写下的情诗，然后随手取下挂在墙上的吉他，弹唱起一首文高的歌，继父说那是他母亲生前喜欢的。歌曲的节奏很慢，忧伤的曲调唤起了他对几位逝去亲人的追忆，也似乎预示着后来的不幸；但同时又提醒他不要失去希望，不应该长久地沉浸在痛苦之中，不要哀怨，因为哀怨无济于事，就只管活下去，活下去吧。

　　阿坚参军后，在雅南镇新兵连，他曾给继父写信，但是没有回音。10年后他活着回来寻找继父，人们却说他已经去世多年。继父的房子也没有人记得是什么时候被拆掉的了。

　　这样的人，这样的故事，以及其他许许多多曾在他生命中出现过的人都无影无踪了。那些亲人或陌生人，已经死去的或还在世的，他们真实的或模糊的故事，都交织在一起，萦绕在他的脑海里。

有一次，一个不愿透露姓名的陌生男人到编辑部找阿坚，让阿坚以他们夫妇为原型创作一部小说。

"你只需虚构我和我妻子的名字，其他经历都不变……对，这真是一段让人感动而又悲惨的经历啊！"他这样说道。

其实，他的故事平淡无奇，写出来简直是浪费时间，但是那些经历可能都是真的，尤其是他的真心实在难得。他之所以这么做，只是想在他们结婚30周年之际为妻子送上一份特别的礼物，而他可怜的妻子现在已经被疾病折磨得痛苦不堪。

这难道不是一件好事吗？无论何时何地，为替他人完成某种心愿而创作，都是应该的吧？创作难道不就应该这样吗？拨开寻常现象的迷雾，揭示出事物的复杂内涵，描绘出细腻而深刻的东西，这不正是艺术创作的广阔天地与无限可能吗？

还有，何不写写这栋楼呢？这楼上楼下的居民，他们的日常生活就是绝好的小说题材啊！如果把他们的生活写成一部长篇小说，描绘出他们的不同性格，揭示出他们各自的人生经历，那实在算是一首复杂的奏鸣曲呢。

这栋楼有太多的住户，显得拥挤而嘈杂。居民们的故事层出不穷，有些令人发笑，有些则令人感到难过。

炎热的夏夜，如果碰巧又停电，大伙儿常常会到院子里乘凉，直到深夜才回去。他们在一起谈天说地，一起聊家长里短。

由于三层楼共用一根水管，很多人在排着队眼巴巴地等候水一滴一滴地落下的时候，也会聊一些八卦。所以，但凡这里发生了什么事情，阿坚都能很轻易地知情，很多故事他都是从那些八卦中了解到的。

比如，住在一楼的一个老太太，她二十几岁就遭遇了丧夫之痛，她的亡夫是个老师，叫阿水，大家就叫她阿水家的。丈夫死后，她没有再嫁，而是独自将孩子抚养长大。如今几十年过去了，她很快就要退休了，也快有外孙了；可是，她突然无缘无故地喜欢上了街头卖书的老思头。两位老人都不想让别人知道，但是这事如何隐瞒，想要隐瞒爱情这种感情，简直就是自讨苦吃啊！

还有，住在三楼的阿强，每次喝酒之后都会发酒疯、打老婆，有一回竟失手打到他老妈身上，把亲妈给打死了。

住在二楼的阿赞，那个退伍兵，从前是军需处的大尉呢。现在过着穷苦不堪的日子，每次吃饭的时候家里都摩擦不断。他被这种又穷又乱的生活吓怕了，几度自杀。一次是上吊，还有一次是喝杀虫剂，但都被人及时发现，救了过来。

这位前大尉的生活够惨的了吧，可如果与莲大娘的境况相比，他还算不错的。莲大娘双目失明，是一个孤寡老人，她有过两个儿子，但都成了烈士。最不幸的是，她最后竟然被自己的侄子和侄媳妇骗走了房子，还被他们送到了邹葵精神病院。她的那个侄子呢，不仅有钱，而且十分聪明能干，为人看起来慷慨大方。他毕业于财经大学，会两门外语，经常出国。每次下班回家他都胡吃海塞，吃得特别饱，吃完饭就懒洋洋地坐在窗边休息，还时不时打哈欠。他老婆在法院工作，是一个不苟言笑的人，总是把嘴唇抿得紧紧的，从来没见过她和别人打招呼。

住在这楼里的人们的故事实在是太多了。三楼平医生夫妇的儿子阿宝，原本在火炉监狱关押多年，今年年初被特赦之后，却很快得到了楼里邻居们的谅解，甚至喜爱。阿宝虽然坐了差不多20年的牢，但看上去并不像一个邪恶的人。相反，在监狱度过青春岁月的他，看起来十分平静，如同一个虔心修行的人。出狱后没多久，这个以前的危险分子让大家都感到了意外：他的言行举止处处体现出他心地仁厚、真诚待人、单纯而天真的一面。只有一点，阿宝很忧愁，双眼透着忧伤，敦厚的笑容里充满了难言的愁苦。人们看到他的那种笑容，都会很自然地跟着惆怅不已。

如果把生活比喻成一条大河，那么这条大河流经这栋居民楼的长度也许只是一小截而已，但是这一小截形成落差，变成飞瀑，呈现出千姿百态。

世间多少事，多少不同的人生！

孩子们像雨后春笋般地出生，长大，成人，然后老去。过一年，就又离死亡近了一步。一代接一代，就像一波一波的浪潮一样。

去年夏末，河内著名的理发师俞老爷子过世了，享年97岁。这是经历了战前、战中和战后的几个时期的最后一位老人。在阿坚还小的时候，他就老了，但他一直活到了去年。玉皇大帝和阎王爷怎么不让他加把劲再活3年，活满100岁啊。临终时，他的喉咙沙哑，呼吸虚弱，几乎不能讲话，只是在阿坚来探望他的时候，他才用力地说出几句："还有好多事我都没有来得及说……但是，你们这些作家，应该努力为我写一个剧本，剧本名就叫《河内的理发师》吧，到时候，我可要去看公演啊！"

老人开始做理发师的时候，河内不少人还留着老祖宗的古老发型，就是后脑勺有一缕头发垂下来的那种。老爷子曾自豪地说："我美化过13000个人的头呢，它们之前都是毛糙不堪的，经我打理后，都变得漂漂亮亮的、香喷喷的，那时候我就觉得自己把一块块璞石雕琢成了美玉。"

战前，老人的孙子、曾孙都跟他住在一起，一大家子四世同堂，热闹非凡。尽管没有一个晚辈继承他理发的行当，但是子孙们似乎都得了"理发师综合征"，都像老人一样善良、大方，都天性乐观，爱说笑，而且都很勤快，大家庭里处处洋溢着欢乐和幸福。

在阿坚的童年记忆里，俞老爷子的理发功夫就很了得，他手中的剪刀总是利落地发出"咔嚓咔嚓"的声音，就像在演奏优美的音乐。他也记得老人家讲的好多故事，记得他偶尔用法语唱几句高亢的《马赛曲》。

对阿坚而言，在他生活里不断传来回响的，并不是战争期间各种不同的战役，而是战前平凡生活里的点点滴滴，是那些被后来暴风雨般的战事涤荡殆尽的平静生活，想起来是那么遥远，又那么令人伤感。

像俞老爷子，战前，他家人丁兴旺、充满欢乐；到了战后，家里就只剩他老人家一个男性了。再如勋伯，那个电车司机，他的三个儿子都战死沙场了。阿坚的同学阿生，在战争中伤了脊柱，半身不遂，生不如死……战争的车轮把往日的平静生活都碾碎了，却又深深地镌刻在了阿坚的记忆里，让他久久不能忘怀。比较而言，对炮火连天的战争以及战争期间发生的各种政变，他反而记得不是那么清楚。

跟他同住一栋楼的，还有不少同龄的伙伴。可他们都已一去不返了，只有那栋楼还留在那里。然而，逝去者仍影响着活着的人的生活，阿坚对他们的音容笑貌记忆犹新。例如阿幸，那个曾经住在楼梯附近的小房间里的女人，如今，她人去楼未空，房子的主人换成了阿实他们一家。不知为何，现在这栋楼里很少有人记得阿幸，更没有人知道她何时离开，为何离开。

阿幸比阿坚大，具体大多少，他也不清楚。他只记得在他还是一个小屁孩的时候，街上的男人们就对阿幸想入非非了。他们为阿幸争风吃醋，为了能够接近阿幸的房门，偶数号的住户还跟奇数号的住户大打出手。每次看到她温婉妖娆、婀娜多姿地走过，男人们就呆呆地站着，痴痴地盯着，好像一眨眼她就会像火苗一样消失。

街上的女人们对她却是又恨又怕。

"妓女！""妖精！"她们总在背后这样骂她。

不过，在阿坚的眼里，阿幸只是一个普普通通的邻居。别人对她的那种厌恶和迷恋，在他看来实在不可理喻。

"姐姐好！"每次见到阿幸，阿坚都会礼貌地问好。

"你好，小家伙，你真乖呀！"阿幸回他话的时候，就差伸手摸摸他的脑袋了。

到了春节的时候，阿幸还会给阿坚送上压岁钱，就像给其他邻居的孩子一样。她在送上那些沙沙作响的钞票时，总会说一些祝福的话语，比如："祝你学习进步！今年长高了不少啊！但是小心，只是肌肉发达的人，头脑会很笨的哟。"

但是后来，阿幸改变了对他的称呼。那年阿坚17岁，上十年级。战争临近，尽管河内还不是战区，但经常会有疏散、进防空洞、听到警报就要穿上深色衣服等情况发生。

一天中午，阿坚从学校回来，刚坐下来吃饭，就看到阿幸推开半扇门，把头探进来说："喂，小家伙，今天下午下楼给我帮帮忙吧！我想在床底下挖一个单人防空洞，晚上听到警报的时候可以直接待在防空洞里，不必跑到马路上去。行吗？"

"好的，我一会儿就下来！"

那是阿坚第一次走进一个年轻的单身女人房间。房间很小，装饰简单朴素但看上去很漂亮，很有女人味。阿坚想劝她不要打破这房子里和谐的布置，可是站在她的房间里，看着那张单人床，他竟紧张得说不出话来。他撬开了床底下的几块瓷砖，用铁锹戳穿了墙壁，然后用十字铁镐挖掘。石头、砖块一点点地被挖了出来，堆得越来越高。

阿幸做了一顿可口的晚餐招待他，还请他喝了啤酒。吃完饭，阿坚觉得既紧张又尴尬，语无伦次，词不达意，只好赶紧又接着挖。正挖着，突然停电了，他们点上煤油灯继续干活。阿坚挖，阿幸则负责运石头，把它们倒到院子外面的角落。两个人一言不发地干了很久。

"姐，我看差不多了。"阿坚说，接着深深地吐了一口气，"已经挖到我胸口这么高了，大概要超过你的下巴了，没必要再挖深了。"

"嗯，好的！但是让我下去先试试看吧。恐怕还得再让你帮我弄几个台阶方便上下呢。"

阿坚平常没觉得阿幸比他矮，但当他们一起站在那个坑中时，才发现她只到他的下巴那里。

她的身材那么纤细，在昏暗模糊的房间里看起来就像隐藏在他的身形之中。而她也没料到阿坚现在如此高大魁梧。

她的脚刚接触到坑底时不禁打了一个激灵，一丝惶恐使得她想缩成一团迅速返回坑口。但是这个坑太深，而且由于坑内过于狭窄，他们贴得太近，阿幸的颤抖就像一股电流一样顷刻间传到了阿坚身上。阿坚全身怔了一下，感到一阵酥麻，身体僵硬起来，呼吸也变得急促，在此之前他从来没有过这种感觉。这是第一次他不仅靠眼睛，而且靠全部感官感受到自己身旁有一个女人，感受到她双肩上、薄薄的衣服下以及双乳上的皮肤和汗珠的气息。

阿坚愣住了，心绪混乱，浑身因眩晕而发抖，他抓住阿幸，搂着她，疯狂地吻她的脖子和肩膀。阿幸在黑暗中挣扎着，用手摁在阿坚的胸膛上反抗他，竭力推开他。他笨拙地把她的双肩摁住，压在石墙上。她的纽扣崩裂了，裙子也被撕破了。就在那一刻，忽然好像有一根鞭子抽打了了阿坚的腰上，他清醒过来，立刻放开了阿幸，迅速地钻出了坑道，准备跑开。慌乱中他碰翻了油灯，火光熄灭了。

"阿坚？"阿幸轻轻地呼唤着，她很惶恐，"你往哪儿跑？……干吗这样？拉我上去呀！"

阿坚颤抖着俯下身把她拉了上来，刚刚被撕破的裙子此刻又破了一些。阿幸把手搭在阿坚的脖子上，气喘吁吁地说："你先回家待一会儿，然后再下来。我要……我要告诉你一件事……"

阿坚回家洗了澡，换了衣服，却不敢再下去了。但是他睡不着，躺在床上辗转反侧。黎明时，他忍不住光着脚走出了房间，蹑手蹑脚地下楼，又蹑手蹑脚地来到阿幸的房门前。

他把脸贴在木门上，静静地站着，一颗心咚咚直跳，不敢敲门。但……忽然他听见屋内有轻轻的脚步声，之后好像门上的搭钩被轻轻地挪动了。阿坚屏住呼吸，感觉阿幸的身子也正轻轻地贴近门的这边。他浑身发抖，紧张地握紧了拳头。几秒钟，然后几分钟过去了，门内仍然静悄悄的，没有任何动静。蓦地，阿坚放开握成拳头的手，后退一步，一溜烟跑上了楼，冲进房内，扑倒在床上。

从那以后，阿坚尽量避免和阿幸碰面。如果不巧狭路相逢，他总是低头嗫嚅道："姐……"就不知道接下去该怎么办了。而阿幸通常带些爱怜地看着他，轻声回答："你好啊，小弟！"她好像总想接着再跟他讲点什么，但是看到他那个狼狈样，就始终没有说出口。不知道她当时到底想跟他说什么，难道是难以启齿的秘密？

不久之后，阿坚参军了，而阿幸早在那之前就加入了青年敢死队，被派往第4军区了。等阿坚从战场上归来，阿幸的屋子早已换了主人。物是人非，他们那天在瓷砖下所挖的坑道，估计也了无痕迹了吧。

回忆起年少时的这段经历，一阵伤感袭上了心头。"你先回家待一会儿，然后再下来。我要……我要告诉你一件事……"这句话还在他耳边回响，可如今她在哪里呢？多年来，在他的心里，其实一直深藏着一份对她的深切的感恩之情，但同时也有一份永久的遗憾，一种巨大的失落之痛。虽然如此，阿坚却从来没有想过写一点有关这件事情的回忆性文字。

在他的一生中，还有其他许许多多的回忆、许许多多的人、许许多多的缘分无法忘怀，他觉得在自己有生之年是不可能把它们都写成小说的。实际上，不论是这辈子，还是下辈子，他也绝不会写，就让它们成为永远的回忆吧。

阿坚长叹一声，把脸贴在冰冷的窗玻璃上，默默凝视着黑夜。其实，他什么也看不见，因为他的窗前有一棵榄仁树，树上伸展开来的湿漉漉的枝叶遮住了他那褐色的玻璃窗。

楼下，正淅淅沥沥下着雨，零星的街灯在雨幕中晃动，灯光十分暗淡。在街道的尽头有一个湖，湖水溢出路面，荡漾开来又退回去。他把目光转移到路中央，只见在灯光照耀不到的地方，黑漆漆的树丛在风雨中飘摇，就像一些黑影在房屋上空出现。整条街上，几乎没有一户人家亮着灯，没有一辆车驶过，甚至连一个步行的人影也没有。

凌晨时分，城市静谧到了极点，仿佛能听得见天上流云的声音，他觉得自己似乎离开了真实之境，离开了眼前的世界，畅游在那浩瀚无尽的银河里。他生活的这个城市瞬息万变，但他认为最有特点、最有味道的时刻便是这午夜时分雨中的河内，就是此时的河内：大街小巷如此空旷，近似荒芜，一切又这么潮湿，这么凌乱，这么冰冷，这么令人惆怅。

　　以前在战场上，睡在丛林里的时候，伴随掉落在层层树叶上的雨声，阿坚总是梦见冬天里暗无星光、彻夜风吹雨打、树叶飘零的故乡河内。那时他不明白为什么总是会梦见这种场景。此刻站在窗前，静静凝视着雨幕和午夜的街道，阿坚似乎有了答案。

　　眼前的景象令他不知不觉又回忆起丛林里的夜晚。城市里高低错落的房屋在暗夜里既像那无边的丛林，又像深深的海洋，给他带来莫名的哀伤。深夜里街上微弱的喧闹声，伴随着他对过去的回忆，像一波一波的浪潮拍打着他的心岸。

　　阿坚想起，那年春天，河内的天气不同寻常。白天天气晴朗，大地空旷，温暖得好像是四五月份的天气。冬天里掉得光秃秃的树枝已经长出了嫩绿的新叶，不再有一丝萧条的景象。公园里百花盛开，迁徙过冬的鸟儿们返回故地，在屋檐下筑巢。其实，时令尚未到，在正常的年份，春天还要等很久才能到来。那年春天怪怪的，白天阳光普照，傍晚天空又变得灰蒙蒙的，寒风穿过街巷，细雨开始飘落，忧伤又涌上心头。

　　阿芳初冬就离开了，没有给他写信，也没有任何音信传来，似乎是想向他证明她永不归来的决心。她的房门紧锁着，寂静无人，给人一种再也不会打开的感觉。自从战后重逢以来，阿芳第一次如此决绝地离开他，如此突然，如此狠心，令他万般痛苦。

他瘦了。照镜子时，他吓了一跳：头发凌乱不堪，胡子拉碴，眼睛深陷，颧骨凸起，脸上增添了一道又一道的皱纹，整个人就是一副衰颓相。就连嗓音也变了，听起来那么低沉，那么忧伤。眼里流露出的是心灰意冷的神情。他怔怔地看着什么，眼神仿佛很专注。其实什么也没看，心里一片空虚和迷惘。到底是为什么呢，发生了什么事情，是什么原因把自己的生活弄成了这副模样？

阿芳走后，阿坚好像厌倦了学习，他退了学，不再到教室去听课，默默地结束了自己本来很顺利的大学生活。他不想再碰书本，不再阅读报纸和杂志，也懒得理会什么人生道理，只是放任自己随意地活下去。

他对生活漫不经心，对周遭的一切都无动于衷。他仿佛把自己装进了一个套子，不愿出门与人交流玩耍，也不渴望和谁聊天谈心。虽然老是缺钱用，但他还是不停地喝酒，烟也是一支接着一支地抽。

他非常怕冷，可是他开始喜欢上在寒冷的深夜游荡。他睡眠很少，因为一旦睡着，就总是做噩梦，醒来后会觉得心里像是被灌了铅一样沉重。偶尔他也在梦里看见阿芳一闪而过，但更多的是梦见那些疯狂的事情，那些从孤单和多愁的感情中衍生出来的令人害怕的事情。有时候噩梦就像是毒药一般令人惊恐。原以为那些不知何时开始纠缠他的战争阴影早就消失了，然而，数不清的记忆却像是被施了魔法一样，互相效尤，又全都复苏了。

阿坚的精神一天比一天颓废，头脑昏昏沉沉，脑海鬼影幢幢。在寒冷的春夜，那些熟悉的孤魂还会小声地和他说话，还会发出长长的呻吟和叹息。满身枪伤，毫无血色的死神弯下身子，好像要把自己的影子照进阿坚的梦里。

不知道有多少个夜晚，阿坚在梦中惊醒时，发现自己不是睡在床上，而是躺在了地板上，满脸泪水。他都不知道自己是何时滚下来的。整个人因为寒冷，因为害怕，因为凝滞在心中不可名状的痛苦而瑟瑟发抖。窗外寒风呼啸，雨点不停地拍打着屋顶，屋里湿冷的空气凝结起来。阿坚习惯性地伸手去开电灯，但那种时候好像连电灯都没有力气明亮起来。

他虽然已经竭尽全力，努力去忘却阿芳，但仍然无法忘记她。更加糟糕的是，他始终暗暗地期盼着她能回来。当然，他也知道，在当今这个世界上，没有什么能够永恒，一切都会过去，包括爱情，包括像他这样的中年男子内心的痛苦。他也深知自己所经受的苦楚折磨，其实无异于生活的天空中一缕轻薄的烟云，是那么渺小，那么微不足道。然而，即便如此，他依旧无法抑制他的痛苦。

人们说，那年春天的一个晚上，阿坚从酒馆出来时把一个叫"绿咖啡"的妓女带回了家。那个妓女是禅光湖和七亩湖一带最有名的狐狸精之一。但奇怪的是，听说后来他们待了一整晚，却没有做爱，只是一起喝酒，在融洽的气氛里一直待到沉醉。

说到他们的相遇，也颇为传奇。那个夜晚冷得就像大寒一样。阿坚经过禅光湖的时候，看见在湖边木棉树的阴影下，一对男女在撕扯扭打。男的突然从腰间拔出一把利刃尖刀，刀尖闪着寒光。不知哪里来的一股力量让阿坚迅速地跑过去，朝那个男的猛踹，一脚把那个家伙踹到了水沟里。接着，他拦下一辆三轮车，拉着那个女孩跳进车里，催促老车夫加快速度，在警察到来之前迅速消失在了街头。

"你知道我是什么样的人吗，敢把我带到家里来？"阿坚打开屋里的灯时，那女孩笑着说，语气中带着一种吓唬的意味。

她最多19岁，身材小巧，衣着单薄，却一副蛮不讲理的样子。不过，她脸色苍白，毫无生气，很明显是饿了。

"你刚才出手打他，下手也太狠了。要是被抓，至少要被罚几千块，虽然你打的是小偷。今天晚上就给你免费吧……"

话还没说完，她忽然愣住了，她认出了阿坚！怎么可能认不出来呢？刹那间，她肩膀蜷缩起来，身子开始发抖，脸色更加苍白。当然，这也许跟她此刻太饿、太冷有关。

阿坚在碗柜翻寻了半天，只找到半锅冷饭和一点猪油。他烧起锅，炒了饭。吃完后，女孩喝了些茶，又吸了支烟，静静地走到床边，慢慢地脱衣服，一边脱一边蜷缩着身体，还强颜欢笑，像是有些惊慌。当女孩弯下身子从头上褪去内衣时，她青白色的瘦弱的脊背布满了鸡皮疙瘩，脊椎上的每一个骨节都突了出来，清晰可数。女孩羞涩地瞥了阿坚一眼，勉强而又畏怯地笑着。她钻进温暖的棉被里，舒舒服服地躺下，很快就沉沉睡去。

睁眼醒来时，她惊讶地发现阿坚仍然坐在桌子边抽着烟。

"给我一支！"

阿坚点了支烟递给那女孩，然后在床边坐下来。时间一分一秒地过去，两个人都沉默着，那沉默里仿佛蕴含着哀伤。

阿坚想不起她叫什么名字，而她好像也忘了阿坚叫什么。两人都不知道该说些什么，也许在这种情况下，不管说什么都觉得会把耻辱、痛苦和亵渎深深地刻进彼此的心里。然而，一种共同的记忆却渐渐涌现出来。那是关于阿永的，他是这个女孩的哥哥，也是阿坚在侦察排时的战友。不过，他早已长眠在马德惹的山坡下了。

阿坚还记得战后的某个夏日午后，他拿着阿永的一些遗物来到这个女孩的家里探望。她家在靠近城市边缘的小村落，坐落在一片水塘和滩涂之间。村庄周围有一些零零星星的竹丛，村里到处是脏兮兮的狗，四处乱窜。蚊虫老鼠遍地都是，周围飘来阵阵难闻的恶臭。

这个村子里的人，有一半靠乞讨为生，另一半则以捡垃圾、收破烂或是倒卖赃物为生。阿永家的房子也跟村中大多数房子一样，又脏又乱，阴暗潮湿，破败不堪。

这女孩当时刚刚15岁，哭哭啼啼地把阿永干瘪的背包中的东西拿出来，递给双目失明的母亲，让她摸一摸儿子的遗物。包里有一套破旧的军服，一顶普通的帽子，一把小折刀，一只铁碗，一把开裂的竹笛，还有一个小本子。

阿坚告辞的时候，阿永的母亲用她那干枯的双手颤抖着抚摸他的脸，像是安慰他似的说："天知道该怎么办才好啊，孩子？

万事万物老天都自有定数吧，别人家的儿子都回来了，而我家的儿啊，却再也回不来了。"

"我妈就在那年去世了。从那以后我离开了家，不再干捡垃圾的行当。现在那里已经没有垃圾村，只剩下一个垃圾场了。"

女孩开始说话，阿坚也开始说话。讲的都是一些令人痛苦得要窒息的往事。过了好久，天开始亮了，女孩好像才想起什么，掀开被子，拉拉阿坚的手，脸上露出虚弱的笑容。

人生啊人生！这就是人生！

"不！"阿坚说道，"请别这样……"

"但是……你曾经为我打过架。"

阿坚摇摇头。

那天，阿坚把自己所有的现钱都给了她，同时还送给她一份前一天买回来的彩票，一共5张。女孩接受了馈赠，嘻嘻地笑了起来。

阿坚送她走了一段路。走到禅光湖的时候，女孩停住脚步，说道："好了，你就送到这儿吧，我要走了。这辈子再也不会骂你了，我会永远记住你的。你这人真逗。"

"好吧。"阿坚轻轻握住她的手说道，"你走吧。"

阿坚还想多说两句却不知道该说什么。阿永是不必再提了。女孩抽出手，转身离开了。

阿坚望着她远去的背影，那么干瘦，那么苍老，那么无助，又那么普通。那些年，等待哥哥的她是怎么熬过来的呢？

阿坚不知道自己这辈子还能做些什么。学文化、事业有成、加官晋爵，这所有的一切，从战场上归来以后，在他看来，都突然间变成了泡沫，就连暂时维持生计的工作也没多考虑。虽然还活着，但是他的精神早已在人生和命运面前乖乖地投降了。

但那个春天，到处充满了狂热的英雄主义和爱国热情。战争又来临了，可能会给大家的生活带来转折，带来突如其来的变化。几个自以为很了解阿坚的人都劝他再次入伍。他们说："在越南，军事是长久的事业，军人都很抢手。"

街上、电车上、公共汽车上、商铺前、机关里，甚至是理发店、茶水摊和酒馆里，所有人都沉迷于有关枪炮弹药的时事消息。就连在西湖边拥抱在一起的情侣也不免对边界争端说上几句。

每天夜晚，火车不断运送士兵穿过城市。坦克、大炮等许多军用物资堆满了火车车厢的地板，黑色的车厢里塞满了军人。从各个车厢门传来熟悉的军人的汗味，充满了年轻人承受着战火、饥饿、寒冷和风霜雨雪的艰辛味道。

"这种情景好像是回到了15年前刚开始抗击美国的时候。"城里一些衣着华贵的市民这么说，"当然，比起之前，我们更加英勇和强大，一定能取得更大的胜利。"

或许真是这样的。阿坚也不知道，他有些犹豫。如果非开战不可，那么就肯定是到了非武力不能解决的地步，但是不管怎样，现在似乎还没到那一步。越南不像别人谣传的是那种穷兵黩武的国家。好战的，只不过是几个四肢短小、大腹便便的知识分子和政客罢了。对普通百姓而言，刚刚结束的那场战争带来的伤痛，已经是千年难以平复的了。

话虽这么说，他却不知道该怎么办。可能对阿坚而言，他永生永世只有过去的那一场战争，就是跟美军打的那一场。那场战争一直像巨石一样沉重地压在他心头，萦绕着他，成了他生活里一切幸福、痛苦、快乐、悲伤、爱恋、怨恨的源泉。

对他来说，越南战争是他经历的第一场也是最后一场战争。那场艰苦而神圣的抗美救国战争将在他心中永存。然而，即便如此，阿坚依然感到那一切更像一段秘史。他清楚地知道，他此生的使命就是有朝一日能把那秘史公布于众。他深谙那段秘史，虽然这对于他目前的生活于事无补，毫无意义。

那年春天，看到国家又一次滑向战争的边缘，阿坚的心情起起伏伏，仿佛在经受沧海桑田的变化。仿佛有某种无比重大、无比重要的事情，沉沉地压向他。那是他没来得及完全了解的，甚至都不知道如何称呼的东西。那种感觉像是爱情，像是福音，又像是真理，令他获得新生。

正是在那个战争来临的春天，在一个寒冷的夜晚，他开始写第一篇小说。

阿坚记得，那天晚上，他去看望了住在一楼的阿生。阿生是他和阿芳的同班同学，那时已经奄奄一息，在医院医治了很久，都不见好转，现在是被送回家等死。死期已到，可是死神似乎拖泥带水的，要最后折磨一下阿生。阿坚去看他的时候，他已经昏迷了两天了。

阿生比阿坚入伍晚，但由于负了伤，退伍比阿坚还早。刚退伍回家的时候，他看起来并不像残废军人，没有任何萎靡不振。他甚至还打算结婚。

但是渐渐地，麻痹症拖垮了他，先是左腿，后来是右腿，最后半身都瘫痪了。阿坚刚从战场上回老家的时候，阿生还可以挂着拐杖颤颤巍巍地走路，可是没过多长时间，他的病情就继续恶化，最后到了卧床不起的地步。医生们都很惊讶他竟然可以在脊柱受伤那么严重的情况下活过来，而且一直到现在都还没有死，简直不可思议。"没救了。"医生们说。医生们越是想帮他缓解病情，他的情况却越糟，越受折磨，照料他的亲人们也陷入了窘迫之中。这种不幸的状况持续了4年之久。

阿生的父母已经去世了，他的大哥也成家了。他们的房间在一楼走廊尽头，低矮、阴暗、潮湿，窗户直接对着厕所。阿坚推门进来，屋子里很暗。阿生的嫂子——一个瘦小的妇人和两个小孩坐在屋子中间，忙着给糖果厂制作纸盒，他们谁都没有抬头。

"阿生怎么样了？"阿坚轻声问道。

"老样子，还有一口气。"阿生的嫂子不耐烦地回答，"来看他的人都佩服他这样能撑。"

说完，她长长地叹了一口气，打了个激灵。

阿生躺在靠近角落的竹榻上。阿坚走到他身边，一股臭气让他立刻感到了恶心。被子和席子都很脏。阿生的头发几乎掉光了，头皮黝黑，像竹棍一样干枯。干瘦的鼻梁像刀片一样挺着。

嘴唇和脸庞都模糊不清，只隐约看见两排牙和两个眼窝，都分不清眼睛是睁着还是闭着。

阿坚低下头来，问道："阿生，你还能认出我吗？"

"竟然还能认出来。"他嫂子转过来说道，"可怎么不说话呢？也是，哪里还有力气说话哟。"

"他还吃点喝点什么吗？"

"能，可是很快会都吐出来。都这个样子了，还一直撑着，真是遭罪！"

阿坚坐在竹榻边的一张椅子上。他不知道说什么，就干坐着，大约坐了15到20分钟。

他仔细盯着看，才发现阿生的被子随着呼吸的节奏在上下起伏。房里静悄悄的，只是偶尔有阿生嫂子的喃喃自语声。阿生哥哥阿训那时躺在阁楼上打着鼾，头歪向阿生这边。

阿生，我们十年级甲班的苦命诗人啊，你真是太可怜了！

夏天的时候，有一次阿坚到医院里看望阿生。那时他已无痊愈的希望，但还能动弹，也能坐在轮椅上，头脑也还清醒。与许多患了绝症、必死无疑的人不同，阿生并没有因自己无药可救而自怨自艾。他不呻吟，也不怨天尤人，也从不想方设法向他人倾诉自己的不幸。他不想让看望他的人难过，泛青的脸上总是尽量表现出一副阳光灿烂的样子。

阿坚去看望他的时候，他总是努力地微笑，表现出很温和平静的样子，虽然他说话的声音很虚弱。他和阿坚谈天说地，还主动把阿坚带回上学时的几段往事中，其中有关于同学和老师的，也有关于他自己的。当阿坚跟他讲述一些事情的时候，他时而点头，时而挑眉，露出或惊诧或陶醉或好奇或充满自信的表情，有时候他还用审视的态度说道："这样啊？真是绝了……太有趣了……嗯，她就是那样，真是可爱……啊，我记起来了，哎呀，那件事才是真有趣啊……"

阿坚推着轮椅，把阿生带到医院的花园里，欣赏夜幕降临时的风景。夏日的黄昏十分安静，空气清新。花园里如茵的绿草映照在晚霞里，一切是那么富有诗意。阿坚在一棵菩提树下停下轮椅。

"'夕阳斜分黄昏，荒园女贞双叶含愁……'呃，这才是诗啊！"阿生微微一笑，两眼稍稍眯起，"我曾经渴望成为一名诗人。参军后，我就暗暗下定决心要成为像黎英春那样的人，要像他的诗歌写的那样，'铸一座世纪丰碑'，梦想就应该是这样的。还有啊，实话跟你说，我曾经给阿芳写过一大堆情诗，我一直都怕你知道了把我痛打一顿呢。"

说完那些，他俩都沉默了一会儿。无须多言，他们默默无语却心意相通。这两个年少时的好友，在战场上拼杀多年之后，现在虽然又坐在一起，却生活在两种不同的境遇中。他们一起陷入了沉思，陷入前尘往事里。

阿坚把阿生送回病房，扶他上床后，跟他道别。他抱住阿生，轻轻地吻了他那瘦削的面庞。

"常来看我啊，阿坚。"阿生说道。

"常来啊。"阿生又说了一句，声音哽咽了，仿佛再也无法抑制心中的忧伤和悲切，"我真受不了了，真希望赶快死了算了，死了就脱离苦海了。我的命怎么这么苦？我这个样子，就好像被战争夺去了自由一般。这样活着，跟奴隶有什么两样？"

而今，在阿生的病榻边，看着垂死的好友，阿坚悲从中来，不禁掩面抽泣。离开那个半似坟墓一样的房间时，他还无法控制情绪，像逃走一般，都没来得及跟阿生的嫂子打一声招呼。到了家，他连棉衣都没脱，就仰面躺到床上，把鞋子胡乱地踢到席子上，眼睛直直地盯着天花板，眼泪无声地落下来。他感到浑身燥热，心中异常痛苦。

现在去哪儿呢？现在还能做什么呢？

他不停地咳嗽着、呻吟着，心中满是歉意，这让他很费解，让他不安。说起来，战争之后，他曾经有过幸福的感觉，至少回家那天他有过幸福的感觉。1976年秋末，他乘坐的火车在穿越（纵贯越南南北）铁路上奔驰了三天三夜，那三个昼夜可以称得上他戎马生涯当中最后的一丝快乐。

尽管如此，回忆起来，心中却是阵阵作痛。在那趟"统一"号列车上，都是回家的伤残士兵。架子上堆着又厚又紧的背包，横在车厢里的吊床则把火车变成了临时客栈。

一开始大家都觉得心里酸酸的，很不是滋味。没有迎接胜利队伍的喇叭声，没有鼓号乐队，也没有凯歌。这些都还可以勉强忍受，但是人们前前后后表现出来的不敬着实让人气愤。

火车站的景象就像黄昏的闹市一般嘈杂不堪。当局一遍又一遍地检查行李，把每个行囊和背包都翻开。那情形就好像南部有座财宝山，解放后被抢占一空，而抢夺它的正是他们这些当兵的。

每到一个站，火车刚停下，扬声器里就传来声嘶力竭的声音，唯恐那些受伤的、生病的、残疾的军人听不见似的。而播放的内容就是教育他们不要苟且偷安，要抵御糖衣炮弹的袭击，要防止堕落的南方思想的侵袭，不可居功自傲，等等。

我们这些"功臣"倒是懂得相互安慰，懂得把一切痛苦的事情都看作玩笑，看作打趣，看作笑话。等到铁路两边出现了亲爱的红河景色，所有人都像沉浸在幸福的海洋之中。长久以来深藏在内心的梦想与愿望，全都蜂拥而出，大家都幻想从此永远地生活在和平之中。

在火车上的最后一天，阿坚和一个叫阿贤的女兵度过了一段相当亲密的时光。阿贤来自南定的龙市附近，却操着浓重的河仙口音，她是1966年上前线的，在第9战区服役，也是在那里负了伤，现在腿脚不便。

那天晚上，他把阿贤抱到自己的吊床里共度良宵。火车的颠簸让吊床一直都摇摇晃晃的。附近的士兵不断起哄瞎闹，调笑他们。他们视若无睹地搂在一起，舒舒服服地睡觉，还互相说着情话。偶尔醒来，便抱得更紧，相互亲吻，在热情的拥抱中享受他们在一起的最后时光，享受他们青春岁月的最后几公里。当火车停靠在南定站，阿坚把阿贤扶下车。他也不想继续待在车上，准备把阿贤送回家。阿贤笑着把话岔开："算了！到此为止吧，让这一切都结束吧。纠缠在一起干吗呢？你也要回家的，要照看家里的房子，想想以后要靠什么谋生。回去看看，说不定还有谁在等着你呢。"

"可是，还能见面吗？"

"和平时期的事情还无法预知。会不会再打仗，还要不要再参军，这都还说不好呢。唉，以后还会不会想念对方，也只能随缘了。"

阿贤转身独自走了，她走出火车站的时候，步履异常艰难。她走动的时候，把重心都放在两根拐杖上，软绵绵的身子一瘸一拐地挪动着，看起来还有一丝轻盈和优雅。快走出拥挤的站台时，她又回头努力地寻找，想最后看一眼阿坚。她的双眼是那么清澈明亮，却又充满哀愁和悲切。她伸出一只手摇晃了一下，勉强挤出一丝笑容，然后果断转身，消失在人海里。

从那一站起到河内，火车里好像一直都十分欢快，嘹亮的汽笛声仿佛不断地向人们宣告着："幸福！""幸福！"车厢之间的连接处那轰隆隆的声音似乎也在提醒着："幸福！""幸福！"

离河内越来越近，阿坚也越来越激动，身体开始发热，心怦怦直跳。双眼因噙满了泪水，渐渐变得模糊。他曾无数次设想归乡的行程，可是，他没有想到这一天能美梦成真。

当他从草市火车站出来时，天已经黑了。穿过寂静的街道，他走进了老家门前的院子。楼房里没有一丝亮光，完全隐没在昏暗的夜色中。家家户户都进入了梦乡，唯有楼道口的那扇门不知为何没有关，好像在迎接他的归来。家里早就没人了，当然不会有人等他，绝对不会的……不过，他走上楼梯时心头忽然一紧，预感到有什么意外的事情要来临。

在暗黄的灯光下，他小心翼翼地穿过走廊，摸到家门口。看到那扇熟悉的棕色房门，摸着门上挂着的刻有父亲名字的小铜牌，他感到一阵眩晕，身子一晃，几乎都站不稳了，双手也越发地颤抖起来，幸福的泪水夺眶而出。

突然有开门的声音，从隔壁屋里走出来一个女子，她身材高挑，穿着鲜艳的睡衣，轻轻地迈向走廊。冷不丁，她看见了阿坚，差点失声叫起来。

看到她，阿坚也开始颤抖，沉睡多年的情感好像一瞬间被唤醒了，凝聚在这一刻。刚要跨出门槛的女子倒向阿坚，使他身子向后倾斜了一下。女子用她的双手轻轻地、温柔地搂住了他的脖子，叫了一声："阿坚！"

"阿……芳！"他喃喃自语，接着抱着她吻起来。这是他们阔别10年之后的一吻。这一吻深深攫住了彼此的心，仿佛永远都不会再有如此甜蜜的亲吻，令他们永生难忘。

阿芳用她的脸轻轻地摩挲着阿坚的嘴唇，然后静静地埋在他胸前的粗布军装上。

"阿芳啊……嗯，"阿坚轻声说道，"整整10年过去了，我还以为你已经不在人间了。"

"嗯……我们真是心意相通……我也是这样想的……但是从今以后我们再也不分开了，好不好？"

正在这时，不知为何，阿坚感到怀中阿芳柔弱的身躯闪过一丝惊慌，使他从无边的幸福中感到了某种异样和惶恐。他好像听见有什么人正悄无声息地在后面观察着他和阿芳相逢的一举一动，不禁咬紧了牙关。

为了缓解紧张，阿芳解开睡衣上的第一颗纽扣，取下胸前项链上那个形如十字架的坠子，原来这就是阿坚家的钥匙。

阿坚的眼睛虽然有些模糊，但他还是用钥匙开了锁，打开了房门。屋子里尘封多年的气息此刻一下子喷涌而出，如同从前美好的一切都向他围拢过来。猛地，他抓起阿芳的手，用力把她往房间里拉。与此同时，他从阿芳房间的门缝瞥见一个人影。阿芳顿时面色苍白，目光低垂。她跟在阿坚身后，但只走了一步。一刹那间，阿坚察觉到阿芳在向门槛后面打手势。

他放开了阿芳，弯腰拿起门槛外的背包，独自走进房屋，紧紧地关上了门。天哪！怎么会这样！和平、幸福、胜利的灿烂光芒、凯旋时祥和的气氛、对未来的信心、美好的理想……这一切似乎都化为了泡影。

我真是太可怜、太天真了！

日后每次回想起战后新生活的这第一个夜晚，他的心都隐隐作痛，又无处可诉。

阿坚站起来，在房间里不断地走来走去。他想不到，神圣的战争回报给他的却是巨大的损失，从此以后他要不断承受那些损失。

战争过后，他生命里的一切似乎都荡然无存，只留下了一些不切实际的梦。他和所有人都不在一个频道上了。时间越长，阿坚越觉得自己不是活着，而是被困在这人世间。

他又跌坐到椅子上，心中无限怅惘，脑海里不断闪现出此起彼伏的形象。

不！怎么会这样？战争结束后我的命运怎能这样？！命运呀，你为什么不事先给我一些暗示？！对，归来的第一天晚上发生的一切，就是命运的暗示吧？就算他和阿芳想反抗命运，可又能怎么样呢？

那天晚上，阿芳又回到了他身边。那个跟她同居并准备跟她结婚的男人当即离开了。就是眼盲的人，也知道阿坚和阿芳是怎么回事吧？

回想起那段时光，真是要多黑暗有多黑暗。他天天沉湎于酒精，千百次地求自己冷静下来，但是，一想到战后他们两人在一起共同度过的时光，他就止不住悲伤。他的生活被十年战火毁坏后，又被爱情的利爪撕得粉碎。

他跟阿芳两个人的新生活很快令彼此心碎，同居生活不久就结束了。

在酒馆的一次冲突中，阿坚把阿芳其中的一个旧情人打成了重伤。在公安局里，大家都骂他是一条疯狗。回家见到阿芳时，他哑口无言，只有泪眼双流。

"我们还没有摆脱回忆的纠缠，我们误认为这是可以跨越的小小沙粒，"阿芳离开时说道，"可我们面对的不是沙粒而是高山。那一次我应该死掉……这样至少对你来说我仍然是美好纯洁的。现在我人在你这里，却变成了你生命中的黑夜，成了你的万丈深渊，是不是？"

他一言不发，没有阻止阿芳再度走出他的生活，他认为没有必要。然而，短时间表现出强硬的态度很容易，但要一直保持这种态度就太难了。一个星期，两个星期……一个月过去了，他越来越焦虑，片刻不得安宁。他没法继续去大学里听课了，在家也是坐立不安。一有高跟鞋上楼梯的声音，他的心就会紧张得仿佛要停止跳动。

他常常站在窗边直愣愣地看着街道。有时候走在街上，他也时不时紧张地扭头看身后。无数个夜晚，绝望涌上心头，泪水横流，他不得不把头埋在枕头里，近乎窒息……他知道，唯一的解决办法就是让阿芳回来，就是看着她，一起经历痛苦……

潮湿的房间里好像越来越冷。风刮过房门，桌子上，一杯泡好的茶已经凉了，却还一口都没有喝过。旁边还有几本书、一叠纸、笔、墨水盒、烟灰缸，花瓶里插着的玫瑰已经凋谢。

不过，正是在那个春夜，他找到了生命的意义：重新沿着过去的情感道路去生活、去探索，再经历一次过往的战争生活。当然，他还没有立刻意识到这就是天命，他当时只认为这是一种解脱的方式。

"叙述那些被埋没的人的故事，抒写他们已经褪色的爱情，点亮人们曾经的梦想，这仿佛是我的救赎之路。"阿坚心想。

但是时至今日，阿坚也无法解释，为什么在那个寒冷的夜晚，当他站在窗前看着凄迷的冷雨，看着灰暗的天空，他又开始深深地思念阿芳。看着雨水顺着东北风飘落，他仿佛又突然置身北翼的雨季，又看见了玉博瑞的山坡和招魂林，侦察排里战友们的面孔也一一浮现。接着，时间退回到更久以前，停留在他们27营溃败的那场恐怖的恶战中。

这是为什么？也许永远没有答案。

他只觉得房间里的气氛很诡异，就好像被拖回过去的战场，好像上百发落在招魂林中的炮弹引起的冲击波正冲向房间，飞机俯冲的轰鸣声也时时传来，使墙壁产生巨大的震动。阿坚吓得往后退了一步，他失魂落魄，意识模糊，头脑昏沉地踱着步，突然灵光一闪，踉跄地栽坐到桌子前，机械地拿起笔。这次不是写信，而是开始写一种完全不同的东西。

他那间屋子简直不像人住的，屋子里家具十分简陋，一张床歪歪斜斜的，上面堆着破旧的寝具。墙壁四处掉灰，地板很破，而且落满灰尘，还堆着一摞报纸和杂志，横七竖八地散落着酒瓶。柜子里蟑螂爬进爬出。我们的作家就在这样的环境里，带着稍纵即逝的灵感全神贯注地写着他人生中头一部长篇小说的第一章，用他特别的方式唤醒战死在招魂林里的战士，重温那激烈的战况，回顾他所在的侦察排的悲惨命运。

他的手写酸了，开始颤抖，心像被撕裂了，肺在烟雾中要窒息，口干舌燥，说不出话，但他依旧埋头写着。他身旁回响着叫喊声和痛苦的呻吟声，耳边是接连不断的炮弹声和直升机投下的炸弹声。他笔下的人物相继倒下，当他写到为大部队撤退留守断后的主角死去，并像一块破抹布一样被搭在防御工事的边上时，河内的春风已经吹到了他房间里的每一个角落。

阿坚精疲力竭，又觉得天旋地转一般难受。

他走出房间，拖着步子晃晃悠悠地走在人行道上，像一个流浪的孤魂在太阳下行走。夜晚，炽热的感觉已经渐渐消退，但他的心好像再也无法平静了。那感觉好像是受伤失血过多，昏迷之后，刚刚在战场上醒来一样。

他眼前的世界完全变了，几乎就在这一夜之间，那奇幻的、飞速的却又漫长的一夜。而现在，他心中铭记着的，自孩提时代就十分熟悉的清雅的阮攸路、安静的禅光湖，已经不再是从前的样子。他也认不出自己的灵魂了。早晨的天空和从东北方飘来的白云明亮得就像染上了特别的颜色。灰色的屋脊在阳光下闪耀得像刚从水中捞出来一样。那一整个星期天，阿坚就像一个傻子似的在街上晃荡。悲喜交加的心情就像黎明掺杂了黄昏，映照着他的思绪。这些年来心中的焦虑、痛楚和辛酸悲苦，已经变得寻常、平淡。

"这些生活，"阿坚想，"它们对我已经没有意义了。"他相信，自己已经复活，但不是活在当下，而是退回到过去的生活里。每天都在回溯，在一幕幕回放中不断复活。他好像已经找到了自己的新生活，那正是过去的生活，是在战争的悲苦中逝去的年少时光。

傍晚，他来到公园，沿着两旁种满花草的碎石路走着。穿过水潭边的树丛，他在年轻人谈情说爱的地方发现了一张空着的石椅，便在那儿坐了整整一个小时，倾听风掠过湖面的声音。

他感到一种来自灵魂深处的孤寂和忧愁，以至于完全体会不到冷风在吹。眼前水天迷蒙,那些生与死、幸福与哀伤、回忆与梦想也好像都变得遥不可及。

早春浓郁的香气随着湖波荡漾开来,阿坚还沉浸在他的精神世界里,仿佛这与他无关。他的脑海里清晰地浮现出一些神秘的东西,那是某一段生活、某处风景、某个画面或某个人的样子,当然,都是很久以前的。紧接着,另一段生活、另一些往事又悄然浮现在眼前,与前面的思绪叠加在一起。

他忆起那个旱季的正午,阳光那么温暖,稀疏的树林里鲜花怒放。又忆起雨季的时候,他们不得不跋涉到沙泰河边的丛林挖竹笋和野菜的情形。还有河边、芦苇荡里以及荒芜的农舍里,曾经带给他们许多安慰的几个不知名的女子。早春的下午,尽管阳光普照,却还略显冷寂。往事在他的心中堆积如山,一切是那么遥远、那么宁静,却又那么热烈、那么深刻。他就那样静静地坐着,任由无边的记忆带他飞向那永恒的过往。

转眼几个月过去了，也好像是几年过去了。阿坚日日夜夜勤于笔耕，长篇小说的稿子渐渐厚起来，某天终于写到了结尾处。可是，与此同时，他日益感到书稿永远是一个半成品。

小说的后面几章与前面章节有部分重叠，有些故事框架和情节前面虽然写了，可后面又没接着写，没有结局。一切都好像是这部小说在沿着自己的走向行进，非阿坚所能操控。作品犹如河水，它自己构筑了它流淌的时间，决定了它的走向和最终停留的港湾。而阿坚仿佛只是奉命写作，他要努力地、勤勉地、静静地将自己的命运与作品中的人物交织在一起，在回忆或想象的文字洪流中载浮载沉。也就是说，他仿佛十分被动，对自己写就的章节都不甚了解。小说的脉络如何，如何行文，他好像完全受制于某种神秘逻辑。

从阿坚开始写长篇小说的那个晚上起，记忆的火炬就将他带入了深深的迷宫。他在无数弯道里千回百转，最终又回到过去的原始丛林中，回到沙泰河、升天隘、招魂林和鳄鱼湖等地方。这些地名就像阴间的山水一般模糊。接着小说中又出现了侦察排的战斗生活，战友之间深厚的感情以及那混合着青春快乐的战争痛苦。最后，小说又进入一段收尸队在战后上香的情节，他们在西原地区行进，漫长的道路上到处都是战士们的坟墓。死去的人又在他的稿纸上鲜活了起来。

可以说，阿坚的小说里弥漫着原始丛林的恐怖气氛。丛林里昏暗无比，死尸遍布，鬼影重重，充满瘴气。有时，他写到遗物和腐烂的残骸从树底下被捞出来时，会联想到丛林里流传的士兵们的生活故事。正是这些早已不在人间的战士激活了他的小说，为他的小说构筑了主要框架，形成了小说的基调、句子的节奏乃至每个字的生命。

从小说的开头就可以看出，里面没有几个人物能像阿坚一样活到胜利的时刻。战争一开始，他们便不得不采用激烈的行动反抗死亡，但是很快就被湮没在令人惊惶的战场上。

当时的景象太过残忍，令人忍不住祈求上苍别再让任何人经历这种惨剧。那些战士仿佛一直在被死神窥视，被阎王爷追赶，然后在一瞬间便被推入死亡。他们有的是一个一个被杀害，有的是成批被杀，有的是当场被子弹击中倒在地上毙命，有的是受伤失血过多而死，有的是慢慢被折磨而死，有的表面活着却整天陷入叫怕的梦魇。

当代的作家，也许很少有人像阿坚这样见证过如此多的死亡和尸体。他的书中充满了死尸的景象。他目睹一队年轻的美国大兵肩并肩躺在放置了手榴弹的坑道里，他们的身上没有一处伤痕，好像是精疲力竭，无法突围，陷入了永久的沉睡中。还有，科棱地区的丛林里那一堆士兵尸体，他们衣着还那么整齐，如果不是成群的苍蝇和蛆虫在他们身上横行，并发出阵阵恶臭的话，他们简直就像是躺在那里晒太阳。

读过阿坚小说的人都能描述出在B-52轰炸机连续扫射一晚之后的那个黎明，无数断手断脚像雨点一样从天空中掉下来，落在沙泰河边。还有，炒人肉坡，经过三天血战之后，几乎变成了一座用尸体堆积而成的城堡。某个踩到地雷的士兵像是插上了翅膀一般飞上树梢。

总之，阿坚笔下描绘的各种各样的逼真死法，旁人恐怕很难企及。他就像是一个从地底下、从梦中走出来的战士在高声向我们诉说生死，诉说离世的瞬间，甚至诉说死后的生活。在小说里，死者的灵魂常对活着的人说："请你们相信我，死亡不是进入恐怖的地狱，而是另一种生活，一种别样的生活。死亡让我们得到了真正的安宁、超脱和自由。"

对阿坚而言，死去的人自然比活人模糊和遥远。他们是那么孤单、那么平和，又如幻影一般奇妙。有时候，战死沙场的将士们的魂灵的出现，是只闻其声，不见其人。

阿坚从来没有听过那种声音，但是收尸队的其他弟兄都说曾听到逝者弹琴和歌唱。他们说，这样的事情发生在升天隘。每当夜幕降临，在那铺满落叶的原始丛林的最深处，就会传来神秘的低吟："光荣的岁月啊，无尽的苦痛……"其间甚至还有吉他的声音若隐若现。这无名的歌曲，词曲都很简单，却又很神秘，每个人听到的版本略有不同，但是大家都说自己听到过，因为它每夜都会出现。连续几个晚上听了这诡异的歌声之后，他们根据那歌声定位，找到了逝者骸骨所在的地方。他的尸骨被一辆坦克碾得粉碎，只剩下他亲手做的那把吉他还完好无损。

不管你信不信，这故事还有后续。人们说，当他们捧起粉碎的骨灰，拿起那把吉他准备给他入殓时，在场的所有人都听到了丛林深处响起的那首悲壮歌曲。葬礼过后，那音乐声就平息了，再也没有人听到过。那首歌一定从这片丛林永远消失了吧。

这个故事当然是一个传说，但它提醒着人们：许许多多的无名坟冢和尸骨都与种种传说紧密相关，而版本各异的传说共同构成了一个传奇故事的宝库。这宝库是关于抗美士兵们神圣而又充满苦痛的事业的。这事业，会被载入永恒的史册，同时也将不断地被遗忘。

阿坚记起来，有一天，他们小分队在沙泰河边的莫莱盆地开启了一座坟墓。那座坟墓凸起在河边的高地上，那是一个好地方，即使在洪涝成灾的雨季也不会被淹没。

不过，令人费解的是，棺材的里里外外并没有洒过什么药水，逝者的尸体却像活人一样。尸体装在一个尼龙袋子里，像是美军用作裹尸布的那种厚厚的袋子，不同的是，这个袋子很透明。从外面看，那死去的战士好像还在呼吸，像闭着眼睛在沉睡。他的面容年轻俊朗，看上去有一种沉默的庄重感。他的皮肤是温热的，那身苏州军服①也像新的一样光洁平整。但就在他们

① 越南抗美时期，应越方要求，中国援助了不少军服，主要是苏州等地生产的布料。——译者注

眼前，只一会儿的工夫，尼龙袋好像就膨胀起来，变成了一团白色，看起来像一大团烟雾般朦胧。接着金光一闪，仿佛无形中有某种东西超脱了。白色很快就消散开，尼龙袋瘪了下去，露出了一具完整的焦黄的尸骨。

阿坚和兄弟们都被眼前的这一幕吓得目瞪口呆，静静地站了好久才缓过神来。接着大家不约而同地跪下来，双手合十，朝着那位士兵魂归的方向祈祷。此时，在苍茫的天空中，风卷着云彩朝北翼方向飘去。一群黑色的大雁从海那边飞过来，排着整整齐齐的"V"字形。它们有节奏地挥动双翅，怡然地飞过那一片崇山峻岭。

"如果不能核实他们的身份，那么恐怕咱们有生之年都不会轻松。"师里收尸队的队长总念叨着这句话，就像是给队里的弟兄们传达某种信念。他是一位资深的行政助理，整个军旅生涯都是在办理衾殓和掩埋死尸等任务中度过的。

不过，队长的这句话对他们似乎不起什么作用，因为虽然阿坚和几乎所有收尸队的弟兄都活过了战争，可是他们的心始终都在被无边的凄凉所笼罩。想起许许多多不知名的士兵永久地离开了这个世界，他们就忍不住号啕大哭。

一天，24团的那个叫阿判的海防籍侦察兵跟阿坚讲了这样一个故事："唉，我到现在都不清楚他的名字，就连他是南方人还是北方人或是中部人也都不清楚，只知道他属于南越那边的第六特种军。因为没听他说过话，只听到他的呻吟，呻吟声哪有什么口音呢。那是1969年的雨季末旱季初，雨季来临会是什么样子就不必说了，你也是知道的。当时我们双方军队在升天隘附近进行了一场血战。战斗还没有分出胜负，双方士兵就都已经伤痕累累，疲惫不堪。可是美军不顾战场中有自己的盟友，竟然从山顶向下用大炮猛烈地轰炸了两个小时。等到炮火减弱了一些，那帮魔鬼又开始疯狂地投放炸弹。我冲进了155防空洞，躲开了那些发光的炸弹，之后就听见炸弹在周围爆炸的声音。那时我可真是处在生死攸关的境地。可就在这个时候，他转过身来，像是一捆木头似的将我扑倒在身下。我因为极度害怕，迅速抽出刀疯狂地往他胸前猛刺了两下，又在他腹部刺了一刀，接着刺向他的脖子。他大声地哀号着，拼命挣扎，眼珠子瞪得大大的。那时我才晓得，他在被我攻击之前就已经受了重伤。他被他们自己的炸弹炸掉了一只脚，身上血流不止，嘴边也满是鲜血，双手捂着露在外面的冒着热气的肠子，整个人簌簌地颤抖着。我一时不知所措，异常惊恐地望着他，心如刀绞。我帮他把肠子塞回肚子里去，又把自己的衣服撕开来给他包扎。可他的身上尽是些严重的伤口，血并没有止住多少。这种情况要是换作其他人，没他那么壮硕如牛的话，早就死了，他却只是随着时间的流逝，呻吟的声音越来越大，眼泪哗哗地往外流。我打心底里害怕，更有一种深切的同情。所以等到轰炸停下来，不再有射击声，只有越来越密集的雨点时，我扶着他的肩膀对他说：'你在这儿等一会儿，我去找一些棉纱绷带，很快就回来。'他停止了呻吟和喘息，眨了眨眼睛望向我，他的脸上被雨水打湿了，还混合着眼泪和血。我钻出了防空洞。丛林已经被夷为平地，敌我双方都已经撤离了。我四处寻觅了很久，才找到了一个装满棉纱绷带的急救包，然后立刻回去找他……但是，我真是太傻了！"

阿判开始埋怨自己，不住地摇头。冷静了一会儿之后，开始带着埋怨自己的口吻说："我太傻了，不是吗？夜晚已经来临了，天又下着大雨，丛林已经被全部毁坏了，到处都是被炸倒的横七竖八的树木，地上有几百上千个类似的炮坑，到底哪一个是我跟那个伪军一起躲过的呢？雨越下越大，雨水从山上不停往下灌，形成无数条河流。山里天黑得特别快，我越发辨不清方向。'伪军！那个伪军啊，你在哪里？'我发疯似的叫喊着，奔跑着，慌慌张张地寻找着。突然我一脚踩空，滑倒了，跌到一个坑洞里，我发现雨水已经没过了膝盖，也就是说，如果是坐着，那就已经淹没了胸部。天空中还阴雨连绵，想到他的处境，我的心像被锥刺般疼痛。那一整夜，我跌跌撞撞地一个洞接一个洞不断地摸索寻找。可是次次扑空，我筋疲力尽，心力交瘁。天亮之后，雨势稍歇，呈现在我眼前的景象让我一下子心凉了半截。所有的弹坑炮坑都满满地充斥着血水。我惊慌失措，快速奔了过去，那个时候我可能真是发疯了。脑子里想象着他慢慢被折磨死去的情形，那跟深陷泥淖的人有什么分别！水由齐腰漫上了双肩，然后没到了脖子，触碰到了他的下巴，他的嘴唇，之后是人中，再之后贴近了鼻孔……他就开始呛水。最后的时刻他极其渴望我会出现……但居然……他最后肯定就是这样死在某一个坑洞中了。如今很多年过去了，一看到下大雨的情景，我的内心就会像被锥刺般痛苦。我就会想起那个伪军，想起我的愚笨和残忍。我当时要是痛快杀了他可能还好一些，真没想到因为我的缘故，他要那样屈辱而痛苦地死去。"

不知道过了这么多年平静安宁的生活之后，现在，阿判的内心是已经平复，还是依然充满着愧疚？那个在注满雨水的坑洞里死去的伪军是否还一直让他内心纠结痛苦呢？阿坚常常这么追问，就像是扪心自问。

在一个战士的内心深处，战争的痛苦竟然和恋爱中的痛苦那么相似，又像是某种对故乡的思念，像是夜晚在茫茫大海上漂流的船只的孤独。

那是一种忧愁，一种思念，一种淡淡的痛心，它能够将人带回过去的光阴里。

战争的痛苦无法指定具体是哪个地点、哪个事件或哪个人造成的。一旦要把这痛苦锁定在某个点的话，那就不再是普通的悲伤了，而会成为内心的一种撕裂般的疼痛。要避免这种痛苦，就要特别注意不能把焦点放在死人身上。

但是无论如何，在阿坚的有生之年，他是无法忘记他的第一个班长阿广了。那是1966年的旱季，在东沙泰战役中，阿坚当时还是一名新兵，也是第一次参加战斗。整整三天三夜，他跟随着阿广一起与敌军空降兵激战。阿广带着他，帮着他，也掩护着他。无论是站着、躺着、翻滚着，还是射击、冲锋、奔跑的时候，阿坚都一直紧紧跟着阿广。可是当全连横穿一片通向300号高地的树林以靠近正从直升机上空降的美国大兵时，突然，一颗

106式炸弹在阿广脚下爆炸，他被炸飞，之后重重地摔了下来。阿坚跑到他倒下的地方，跪在他身旁，看到他肚破肠流的样子，惊慌失措得不知道该如何包扎。更可怕的是，阿广的骨头似乎都断了，胸膜向内凹陷，双手摇摇晃晃的，两条腿已经变成青紫色。

可能是因为太痛了，阿广只昏迷过去一小会儿就很快醒过来了。阿广的老家在芒街，渔民出身的他极其健壮，人长得高大魁梧，又朴实热心。他在战场上不畏艰险，勇往直前，平常他总是默默忍受苦痛，这时候他却尖叫起来："别碰我！不要！别给我包扎！不！不要啊！"

阿坚还是想方设法要为阿广的双腿包扎。

"停！停下！老天！"阿广抽泣着，鲜血从他的嘴里汩汩流出，接着又昏迷了过去。半晌，他微微动了动头，睁开了眼睛。

"阿坚，阿坚！开枪，杀了我吧！"阿广哭泣着，吼着，"开枪！"

"阿坚，我命令你立刻杀了我！天哪！你快开枪，冲着我，开枪！你妈的，开枪啊，老天爷！"

森林里的战斗依然激烈。砰！砰！砰！此起彼伏的枪声与烟雾围绕在林间，似乎要将森林翻转一遍。阿坚浑身发抖但还是竭力照料阿广。他小心翼翼地包扎着，希望班长能暂时晕过去，那样他至少能忘却痛苦。阿坚能体会到他那剧痛的折磨，但死神似乎一定要让阿广醒着，生生承受煎熬。

紧接着，敌人又在他们身旁投下炸弹，瞬间击碎了树枝，扬起尘土，把他们两人埋在了泥土下面。

过了很久，阿坚才从土里挖出阿广。他还活着，还有知觉，嘴里都是血，也还有呼吸，可是他一呼吸，嘴里就冒血沫。阿广眼睛圆睁着，就像想闭闭不上一样。嘴唇微微动了一下，像是有什么话要说。

阿坚俯下身子，听他说道："你可怜可怜我吧！不要拖延了，我好难受，骨头都散了，还有肠子……也断了。"他的声音微弱得跟蚂蚁似的，那痛苦的神情让阿坚毛骨悚然，痛心不已。"让我死吧……一枪而已……一切就都结束了。"

阿坚惊恐万分。忽然，阿广集中余力，伸出胳膊抽出阿坚腰间的枪。

"哈！"阿广高呼着，如同得胜一样，欣喜若狂地大笑起来，声音粗哑恐怖，"哈哈！快退后！阿坚，给我退得远远的！哈哈！"

阿坚跳了起来，后退，后退，眼睛盯着枪口，随后他转过身去，撒开腿就跑，跑过那些被炸得七零八落、冒着焦烟的树丛。"哈哈哈！"狂乱的笑声间夹杂着抽泣声，从他身后不断传来，"哈哈哈！"

9年以后，收尸队有一个人说，他曾经在某天晚上听到了从沙泰河岸边的300号高地传来的笑声，那笑声很癫狂，他觉得像是妖怪。他激动地讲给大家听，围在他身边的人都吓得面如土色。

"我猜这就是那些当地人所说的鬼神或是魔鬼的笑声吧，总之绝对不可能是人发出的声音。那笑声很狂乱、很恐怖，在300号高地回荡。笑声持续的时间不是很长，但是足以让我浑身发冷。

我试着去寻找那笑声的源头，看到在森林中间有一根长长的肠子围着一只动物。太他妈吓人了！然后我发现一间茅草屋，一阵风吹来，还闻到了焦煳味和烤木薯的味道。我猜那里可能有人，可是在晦暗的光线下，我看到的只是一个毛茸茸的身影，说他是人吧，又觉得更像一只动物。他胡子和头发都很长，赤身裸体地坐在一棵枯倒的树上，直直地望向我藏身的树丛。我还看到他手中握着一枚手榴弹，吓得我匍匐着后退，不料碰到树枝，让那妖怪注意到了。他站起来，仔细看了看，然后走了过来。我跳起来撒腿就跑。突然间，那恐怖的笑声又响起来，紧紧追随着我。"

"是野人吧？"一个人问道。

"野人怎么会有武器呢？又怎么会住茅草屋呢？又不是哪个村落留下的遗迹，除了我们自己部队耕种的那块山地外，没有坡地的痕迹。不过最重要的是，人的笑声不可能是那个样子的。"

"说不定是阿松呢？阿坚，你觉得呢？"

"哪个阿松？"阿坚问道。

"还能是哪个阿松，疯子阿松呗，你忘了，那个卫兵团的。他疯了以后，1971年，咱们团回营地的路上，快走到90号公路的丁字路口的时候，他就躲到森林里去了，离这里特别近。"

"啊，阿松……想起来了。差点忘了，那家伙发起疯来就狂笑，听起来让人冒冷汗。"

有人说，树林中有些诡异的溪流，喝了里面的水就会生病，甚至发疯。但是阿松变成疯子是因为弹片打进了脑子，团里的医生是这样说的。阿坚想起他们团曾遭轰炸，死伤惨重。唯有阿松毫发未损，只是不停地喊头疼。医生给他开了感冒药，但是并无好转，反而更疼了。

一天晚上，全团被阿松的笑声吵得难以入眠，大家全体出动搜捕他，想送他去医治。别看阿松是个疯子，躲藏的能耐可不小。偶尔从树丛中传来他的笑声，像是在嘲笑大家，可笑声中充满忧愁，让人无比伤感。搜索追捕了一个月后，毫无结果，他藏进了森林深处，完全没了踪影。人们说，弹片在人脑里不会静止不动，而是游离其中，在大脑的沟沟壑壑间来回穿插，让人癫狂。

然而，现在谈起300号高地脚下的魔鬼的笑声，阿坚很难再想起阿松，他想到的是阿广。9年前也是在同样的地方，那份苦痛深入心田，生根发芽，哀思久驻，悲情不散。

总的来说，现在阿坚已经开始相信鬼影魂魄之说，相信深山丛林处传来的奇怪笑声是真的。

当阿坚和另外一些人快到茅草屋时，那个鬼影发出了笑声，惊悚的笑声像是一种警告，让一行人止步不前。

"你是谁？"阿坚大声问。

"出来吧，我们是你的战友。我们已经找了你很久，找遍了丛林。"

他们对着那茅草屋喊话，可是没有任何回音。周围林木参差，林间空地上则野草丛生，一片荒芜景象。只有山间的河水声传来，汩汩不断，犹如祈愿声。

"我们想告诉你，已经打完仗了，和平了。"阿坚轻声说道。之后，他能感觉到那个孤魂野鬼的眼睛透过茅草墙壁扫过人群，最后落到了自己身上。

"让我们带你离开这个鬼地方吧。"阿坚又说了一句。

话音刚落，传来了一阵可怕的笑声，令人毛骨悚然。

那是在笑，还是在哭泣吼叫，或者是失去理智后的呼号？那笑声绵长不断，听起来狂野不羁，又牵扯着大伙儿的心，好像并不只是笑声，粗哑之中还有微微颤抖。

他们就这样一直等待着，不知过去了多久，直到这笑声减弱了几分，阿坚才镇定地走到茅草屋边。

茅屋嘎吱嘎吱作响，阿坚他们都看不清里面有什么。屋中有些东西从后门跑掉了，他们——也就是说不止有一个黑影，蹿出去飞跑，消失在齐人高的草丛中，在草上留下了一线痕迹。黑影所经之处，惊鸿嘶鸣。

"那边！"一人脱口而出。

在一片草木交接的空地上，瞬间出现了一个衣衫褴褛的鬼影，不可言状，充满神秘，在阳光下一掠而过，又黑又长的头发凌乱地飞舞着。还有一个鬼影，但是由于它伏地而跑，只露出如鳝鱼一般黑漆漆的后背。

现实和幻觉交织在一起，像深绿色的林间交汇的两股流水。

在寂寥无人的森林，阿坚依稀有些怅惘，他停在房门外的一个箱子前，里面存着少许稻米、食盐和药物。但是，他走了几步又折了回来，觉得很不解，箱子还留在那里，恐怕没有人碰过。

"他们怀疑是陷阱，"有个人说，"他们害怕，所以不敢碰我们给的东西。"

"'他们'？也就是说是人了？"

透过门上的小孔，大家看向屋内。睡觉的地方放着一些美国佬用的那种草垫。三个大石块在墙角垒成了一个灶台，四周散落着木薯皮和玉米芯。空气中弥漫着呛鼻的烟味，微微夹杂着人住过的气味。

"这个……"阿坚近乎虔诚地从草垫上捡起一把用飞机上的铝片做成的梳子，梳子的齿缝间夹着几丝又长又软的头发。

"看来不是鬼，也不是野人。"

"那是谁？"一个人悄声问道，"是伪军还是逃到山林里的我方军人？"

无人应答。

之后的很长一段时间，全组都尽力寻找他们。但那两个疯子好像凭借树林的掩护，神秘地隐藏了起来。虽然有时似乎能听到随风飘来的笑声，但始终无法判断他们的方向。有人怀疑他们是一男一女，是一对野鸳鸯。

一次，搜寻组有个人说他看见了那个女的，看见她傍晚时分在河边洗澡。他走近时，女人爆发出一阵笑声，依然是那种可怕的笑声，然后就消失了，也不知道是躲进了河边的树丛中还是跳进了河水里。

"看来只剩她一个人了，男的可能已经离开了跑远了。但是，也许她不仅仅是一个人，我猜她怀孕了。"

阿坚觉得这是那位老兄想象出来的，他肯定认为加上一个小孩，那么这对苦命鸳鸯的故事就不那么骇人，听起来就不那么匪夷所思，就有了一些温馨色彩，就能看到希望的曙光了。那位老兄一定是这么想的，所以他补充道："精神病不会传给婴儿，孩子会长大，人们会找到他，或者她会找到其他人。"

"希望如此啊，"另一个人说，"总待在这深山老林里真不是办法，总得有一个出路啊。唉，类似的事情恐怕还有不少呢，有的比这更惨。"

"嗯，对，就像那些亡魂，他们更惨，他们也应该能找到救赎的方式。"阿坚想道。

他突然觉得自己这些年来完全沉沦了，总沉浸在耻辱、怨恨和愚昧中。他不能永远这样，必须有一条自我救赎的道路。但是那条道路在哪里？他已经找到了吗？

还有一件难忘的事情发生在西贡，而不是在西原。那是4月30日的傍晚。

虽然小说还没写完就被阿坚搁在一边，书中的战争已经混杂着或真实或想象的事件，成了散落的碎片，但是，真实的战争终究是以胜利结束了。

天上下着雨。是的，在取得全面胜利、振奋人心的那天午后，酷热难耐的西贡下起雨来。大约半小时后，雨过天晴，太阳驱散了乌云，在薄雾中出现。南越的特种部队尽管还固守新山一机场，但失败是难免的，何况他们还被切断了和主力部队的联系。

阿坚拖着脚步从主跑道边回到候机大厅，寻找他的部队。整个侦察排只有他一个人活了下来。

远远地，市中心依然传来疯狂的枪声，机场里却是一片死寂，不过，战斗的余烟还在。一场雨后，空气沉静下来，烟雾迷蒙。整个机场横七竖八地躺满了士兵。士兵们的第一件事就是美美地睡上一觉。

阿坚踉跄着跨过一具浸透雨水的敌军尸体，拖着身子上了台阶，走上了铺着黑漆砖像磨漆画一样的站台。桌子上、吧台上、售票口、长凳上、窗台上、沙发上，到处都是睡梦中的士兵，此起彼伏的呼噜声像一个特别的合唱团发出来的，这让阿坚的眼皮又沉了一些。他坐在海关检查室的门槛旁点了一支烟，可还没抽两口，他就躺倒在地板上睡着了，烟杆也从手中落下。不过，他刚睡没多久，就被喧闹声、火焰的热气和食物的香味唤醒了，他双手撑地，缓缓地坐起来。旁边是一伙坦克兵，他们正用坐垫和上了漆的木地板当柴火做饭，火烧得噼啪响，一口大锅里熬着香气四溢的食物。

"哎哟，鼻子真灵！"其中一个瞥了一眼阿坚，"也是，太诱人了，是吧？起来吃吧，这个很好吃的，伪军叫它方便面什么的。"

"妈的，都什么时候了？赶快吃完，还要去找东西。他妈的，不快一点去搞些古董的话，就等着跟这帮步兵一样受穷吧！哦，对了，不好意思，步兵同志，你知道行李室在哪儿吗？"

"知道！"

"太好了，吃完带我们去吧。我们的车空了好一阵了，一点战利品都没抢到。看那边，天啊，看那个人，他睡在尸体旁边，还是具女尸，这样也能睡着，不觉得臭吗？"

阿坚一副爱理不理的样子探头向后一看，没错，他身边一具尸体。一具惨白的女人尸体，胸部挺起，双腿像剪刀一样分开，头发垂下遮住了半边脸，几乎横挡在海关检查室的门口。女子还很年轻，眼睛微微张开，身下没有血。

"刚刚太困了，没有注意到。"阿坚说。

"把她拖远一点，不要那么碍眼。"

"算了，就要吃东西了，动手碰她干吗。别管她，就要和平了还去碰尸体，会倒霉一辈子的。"

"那为什么她光着身子？"

"不知道。中午我们的坦克车进攻的时候压死的几个伞兵就躺在这院子里，我那时看见她就是这样躺着了，真奇怪啊。那几个伞兵立马就臭了，而这个女人却还像没死一样，也许是她干净，要久一点才会烂吧。"

"闭嘴，你这家伙，吃饭说这些不干净的东西干吗，太恶心了。"

猛然传来倒地声，然后是脚步声。

一个长得像护法神一样五大三粗的男人，头戴钢盔，从海关检查室里摇摇晃晃地走了出来。他看起来像高射炮兵，手里还提着两瓶啤酒。他只顾抬头走，不料跨过门槛时被尸体绊了一下，身子一斜倒了下去。啤酒瓶也哐当一声落下来，摔得粉碎，黄色的啤酒流了一地。

战士们都笑了，阿坚撇了撇嘴。这个士兵觉得很丢脸，摸着尸体爬了起来。他恼羞成怒，横眉怒目地瞪着嘲笑自己的人，然后唾了一口唾沫，气冲冲地朝挡着自己路的东西踢去，一边踢一边吼道："你妈的，臭娘儿们，你在这儿挺着胸让他们看啊？你算计你大爷我啊！你他妈祖宗八辈都丢死人了！谁喜欢看你我管不着，但是现在我要收拾你！"

骂到这里，那个"志飘[①]他爹"抓住死尸的一条腿，噌噌地拖走了。

见此情景，那些正吃着饭、谈笑风生的人都像被抽了一鞭子似的，愣在那里。

那个混蛋一点也不怜香惜玉地将姑娘的尸体拉下三级台阶，尸体的头发垂下来，脑袋像一只球一样砰砰地在地上弹跳着。

"天啊！"有人忍不住抽泣。

那个狗娘养的粗鲁地将可怜的尸体拖在布满雨水的水泥地上，然后叉开双腿一扭腰，用惯性将尸体使劲扔了出去。那苍白的尸体被高高抛起，在阳光下转了一圈，然后扑通一声掉在了几具还没人清理的伞兵尸体旁。腰刚撞到地上，那具女尸好像活过来似的，忽然坐起来，双手举起，张开嘴好像要大叫，然后歪倒在一旁，头垂了下去。

---

① 志飘，越南作家南高的同名小说中的主人公，被誉为越南的"阿Q"，但实际上他比阿Q有反抗精神，一度成为横行乡里的愣头青。——译者注

那个畜生大摇大摆地走开了，还像英雄一样抬了抬手。几个坦克兵起身跑到院子里去，阿坚不知所措，也匆忙跟着他们跑过去。

"畜生！"头上绑着绷带的坦克队队长骂了一声，气急败坏地将肩上的AK步枪摘下要打死那家伙。

阿坚冲过去，把他的枪托往上推。正好子弹打出枪膛，斜斜地射向空中，热烫的弹壳溅到了阿坚脸上。

当时，庆祝胜利的枪声在机场上空此起彼伏。官兵们走来走去，熙熙攘攘。有的人向他跑来，有的人往后跑，拆卸声、敲打声不断，嘈杂不堪，像集市一样乱哄哄的。因此，没有人注意到刚才发生的事情，就连那个戴钢盔的家伙也不知道死神刚刚光临过。

"干吗，就因为这个，你就想杀了他？"阿坚愕然。

那个人一言不发地把阿坚的手从枪托上打掉，瞪了他一眼，目光透着凶狠，就像看着仇人似的。

为什么这样呢？阿坚觉得奇怪，想不明白，只是对他说道："那个人绝对不是个普通老百姓，可能是个通信兵或者空军什么的。"

"你闭嘴！"

"你说什么？！"

"你瞎说什么，给我闭嘴！"

阿坚瞪大眼睛握紧了拳头，怒气冲冲地想打人。

"算了，算了，得饶人处且饶人嘛，今天是胜利的日子，咱们都是坦克兵兄弟嘛。"

"现在就先放下过去的恩怨吧，大家一起动手把这个放尸体的地方清理干净，让它看起来舒服些，这才是当务之急，何必为了一个祸害在这儿歇斯底里的。"

"是呀，把他们清理干净吧，怎么说他们也是人哪，用门帘给他们入殓吧。"

"我们给那姑娘穿上衣服，啊，那边箱子里有一堆女人的衣服，我去拿来。你们谁会盘头就帮她把头发盘上吧。"

阿坚压住火气留下来跟他们一起收拾，快到晚上才收拾完。所有的尸体都入殓了，并且扛到飞机跑道上排成一排，等着车子来运走。他们帮那个姑娘穿上了漂亮衣服，把她的头发盘起来了，还有人帮她把脸洗了。

"这就行啦！他妈的，永别啦！"一个炮兵严肃地骂道，每个人都摘下了帽子致敬。

"你原谅我吧，"那个头上绑了绷带，刚才还气势汹汹地对待阿坚的坦克兵，过来道歉了，还跟他解释说，"我们坦克兵其实都怕尸体，看见尸体就要发晕。有时候在战场上坦克链条夹住了一些人体碎片，就一定要到河边冲洗一遍外壳，以免发臭。可刚才那个混蛋那样虐待一个人，而且是一个女人，实在是让我看不下去。杀他是为人类除害，不过要不是你，我已经犯下命案，成杀人犯了。怎么说都和平了嘛，让他吃子弹的确没道理。你也是，难道我们已经这么铁石心肠了吗？在一具尸体旁吃喝拉撒睡都像是没事人一样，还要争辩那个浑蛋是士兵还是百姓……"

"行了，你别说了。"

"不，我说的是真心话。下午那个畜生已经提醒我们：要当心并且重新审视人性。"

阿坚皱了皱眉，转身走了。

人性！多奇怪的东西！

他想起了阿莹的死。他已死了一个多月了，就在他们团攻打邦美蜀警察司的时候。

人性！他妈的人性！

文职警察们抵抗的力度不输战士，交火近一个小时，他们才攻入主楼。

"看见白衣服的就杀，黄衣服的就放过！"战士们互相传着话，也不知道这话是谁说出来的。

大家扣扳机扣得手都累了，但穿着白衣服的人仍然像乱了巢的鹳一样从房间里拥出。

阿坚和阿莹清理了中间的房间，便上三楼打头阵。他们一起跳了上去，沿着走廊，每个房间放了一枚小炸弹。那些南越警察用手枪回击，坚持不投降。

阿坚记得在三楼的走廊尽头的一个房间，三个穿着白色军服的身影冲出来，像闪电一般直冲到通往四楼的楼梯的角落。

"是女的！不要开枪！"阿莹喊道，但阿坚的AK步枪仍然砰砰砰响了三声，然后才停下来。

阿坚机械地大喊："投降就饶命，反抗就杀！"

那三个女人在铺着绿地毯的走廊上跪下了。其中两个人已经中弹，当场死亡，几股暗红的血像从喷嘴里喷出来一样，第三个女的跌坐在墙角。

阿坚和阿莹一个箭步冲上去。空气中的火药味和血腥味依然压不过香水味，那个姑娘的鬈发垂在脸上，好像在用双手遮着脸，她朱红色的双唇撇了撇。

整栋楼里充斥着震耳欲聋的枪声、炸弹声、呼喊声、跑步声。阿坚闪到楼梯口，阿莹则快速地对缓缓站起来的姑娘说："下到院子里去，把双手举起来就没人打你了。"然后迅速提起那装满了石榴形手榴弹的袋子，紧紧地跟上阿坚。

其实，阿坚并没有听见手枪声，因为四周都是机关枪的声音；他也没有听见阿莹中弹后的叫声，什么也没听见。阿坚之所以没死，也许是因为那个女人手中的P-38手枪没有子弹了，或者是突然卡弹了。

他躲到外墙边上，打算告诉阿莹别忙着冲上楼梯，要先用子弹压住上面，但……

阿莹中枪了，是那个女人开的枪，她是要偷袭阿坚和阿莹的，是阿莹用他的腰挡住了所有的子弹。

阿莹倒下之后，那女人依然用双手握着枪，屈膝瞄准阿坚的脸。

两人相距大概只有三米，这个距离，阿坚是必死无疑了。

她枪口冲着阿坚，扣动了扳机，不料枪并没有发出声响。然后阿坚开枪了，他走得很近才开枪，面对面，复仇式地扫射。恐怖的是，当她被差不多半个弹夹的子弹打到飞出去的时候，仍然用手撑着地板，仰起头，好像要坐起来。阿坚接着又开枪，不是一发，而是又差不多半个弹夹。六七毫米的弹头蹭在她身躯下用雕花装饰的大理石地板上，她身上的白色衣服也被染红了。

阿坚垂手在四具尸体旁颓然坐下，干呕起来。十年激战，从当新兵开始到现在，他还是第一次这样……

人性？人情？阿坚苦笑了。

他把装满白兰地的酒杯扔到墙上。整个晚上他都在航空港里游荡，看士兵拿着酒杯聚在一起吃吃喝喝，搞得一片狼藉。这是一场盛大的聚会，却缺少欢乐，更确切地说，是毫无欢乐。

桌子被推倒、砸坏，裂成几块，横七竖八地倒在地上。钱被抛得乱飞，到处都是，陶瓷杯、玻璃杯被摔得粉碎。

士兵们用那破碎的杯子盛着酒精浇灌着他们痛苦的心灵。冲锋枪、手枪被争相抛起来，打碎了许多彩灯。大家都在酒精中放纵自己，酩酊大醉，不省人事。

很多人一会儿哭一会儿笑，有人大叫起来，然后放声大哭，全身抽搐。和平来得措手不及，天摇地动，扭曲了人的心灵，让人感到茫然和迷失，痛苦远远超过了欢乐。

阿坚坐在法国航空公司的一家小店里，楼道一角出现了售货员的面孔，他静静地喝着酒，一杯接着一杯，打着嗝，脸上却毫无苦色。

有人喝得气势汹汹，有人边喝边咒骂自己的生活，很多人都喝得歪歪倒倒了，还不顾一切地喝个不停。

这是一个寒意袭人的夜晚，是一个可怕的夜晚。整个航空港，从外面到室内，隆隆的枪声不绝于耳，绿色、红色、黄色、紫色的信号弹和照明弹把天空点缀得色彩纷呈。

这一切就像是一场地震，像是一场惊天动地的闹剧。不知为何，阿坚觉得脊背发凉，觉得这漫长的30年是一个特别的时代，是一个由无数生命及其山崩地裂般的经历构成的时代。

天色渐渐破晓，气氛依旧是喧闹的，阿坚却深深地感到，和平中的令人恐惧的宁静与黑暗里的喧嚣背道而驰，寂寞忽然涌上了他的心头，那是一种从未有过的孤独感。

从那以后，每当听到人们谈论电影中4月30日西贡解放的欢乐场景，他总是不禁产生一种忧伤，甚至夹杂着某种厌恶。他自己也常常在银幕上看到有关解放日的画面：欢乐的场面，彩色的旗帜，熙熙攘攘生机勃勃的人群和部队，他们欢呼，充满幸福……跟电影里的人一样，阿坚也亲历过战胜场面，但阿坚他们那帮士兵没有感到兴奋、愉悦和无尽的快乐，这是为什么呢？看到镜头中的景象，他为什么感到内心一阵苦闷，像是还没有走出战壕一般？

在那场聚会上，他一直在喝酒，喝到了天亮都没感觉，只是到了第二天早上头才开始晕晕乎乎，眼前的镜子像是化作了烟雾，地板也歪歪斜斜，摇摇晃晃。

酒精的刺激让他产生了幻觉，突然间，他愣住了，仿佛看见前一天在海关检查室门口的裸体女尸，盖在身上的门帘布滑落了，那天晚上他们给她穿戴的衣物也脱落了，她赤身裸体地朝他飘过来。

那女尸胸口煞白，头发散落，双眼爬满了蚂蚁，歪斜的嘴唇露出惨淡的笑容，看起来很吓人。在这冰冷的幻觉里，阿坚却并不感到害怕和惊慌；相反，他感到一种惋惜，心被抓得紧紧的。这是一个被屈辱下葬的女人，一个被战争轻视和戕害的女人。

不能忘记，不能忘记战争中发生的一切，不能忘记我们共同的命运，不能忘记经历过战争的人，无论是活着的还是死去的。

阿坚的心就像是被鞭子抽了一下，灼痛不已，他甚至想去拥抱那具无名女尸，他热切地安慰着那个亡魂，语调里充满悲伤。

说出来可能没有人相信，随着时间的流逝，最后那场战争给阿坚带来的委屈和阴影渐渐变成了思念，仿佛新山一机场的那具女尸不是死尸，而是他曾经遇到过的一个女人，而且是他在有生之年仅有一面之缘的女人，他在那个最痛苦的时刻遇见她，他永远无法忘记那一天她留给他的印象，因为他曾经为她伤心，又觉得她是那么亲近。

后来，我们在阿坚家阁楼上的年轻哑女的房间里，看到了堆积如山的手稿。那一页页的稿子，呈现着阿坚过去生活的画面，有些是模糊的，有些是清晰的，有些是明亮的，也有些是黑暗的。他描述的时空跨度很大，描写的人物跨越各个年龄段，他们混在几个不同的时代里，穿插在不同的事件里。生者与死者的界限是模糊的，和平与战争的界限也是模糊的。

在阿坚的小说里，战争没有枪声，也没有结束。他的人物，无论是活着的还是死去的，都依然在一个独特的世界里活着。尤其是那些亡灵，那些不被人所知的情感，似乎都在这里得到了庇护。

"很明显，这是一种半是批判半是怜惜的文章。"

"能这么批判，也正是因为这些事是真的。假如那个哑女能说话，她一定随时可以证明——这是作者在极度痛苦中写下的最乱的篇章，作者太沉湎于痛苦了。"

当然，没有任何人知道哑女会怎么想，她也没有想过用任何方式表露出来。她严守着手稿主人的一切，包括她曾经耳闻目睹的事情，包括那沉甸甸的手稿。

她搬到这座房子里已经几年了。这个三层楼房的顶层破破烂烂的，很多年都没人住，成了老鼠蟑螂的住所。修理工说，这是专门留给她的。

她一个人住在顶层。听人们说，这一层经常闹鬼，但她并不害怕，因为她的身影也像是游魂，形影孤单。她一个人孤零零的，早出晚归，轻手轻脚，少有动静。尽管年纪很轻，但是因为寡言少语，就像是跟外界没有什么接触似的，没有人知道她的来历。

在她与阿坚有所交往之前，她曾经几次在狭窄的楼梯上碰到过他，阿坚轻轻咧开嘴，点头跟她打招呼，一副满不在乎的样子，这还算是和和气气的态度。要是阿坚有所戒备，就会从喉咙里发出模糊的问候声，或者垂一下眼皮算作打招呼，连看都不看，甚至不屑于让让路。

阿坚个子高高的，肩膀很宽，但是人很瘦，皮肤不好，喉结很粗大，脸型斜看直看都不好看，脸上过早地长满了皱纹，满脸倦容，还有些忧郁。

她隐约知道他已年届不惑却还单身，他曾经的恋人是他儿时的同学，曾住在他隔壁，是一个特别漂亮的女人，她也听说阿坚是位作家。

"我们的那个街坊是个作家啊！"她常常听邻居这样说，但是，她不知道人们这样说是因为自豪还是开玩笑，或者可怜他，她以为作家这个名号是个坏名声。她又听街上的几个老兵叫他"愁神"，所以她以为"愁神"是笔名。

这意味着……不知哪儿来的感觉，可能是她早就对阿坚有了看法和认识，同时她也隐约觉得阿坚在注意她。至于为什么，她也说不上，但是阿坚肯定留意过自己，也可能是阿坚像所有人一样，对一个沉默寡言的人充满了好奇。

后来，一个夏天的晚上，他上了楼，敲她的房门，一声又一声。这时已经很晚了，她闻到有酒味，有些迟疑，但还是开了门，她生性谨慎，但是对世间的东西好像都不怕，也就是说，她常常坦然地接受一切。

"我……"阿坚语无伦次地说着，不知道是想打招呼还是想为自己的唐突进行解释，不过她已经打开门，闪到一边，露出了请他进来的好意。

阿坚摇摇晃晃地进去，碰翻了一把靠椅。

"没关系。"他一边说着，一边一屁股坐到了她的床上。

她把椅子扶起来，让他坐到桌子旁边的椅子上。

"啊，好的，对不起。"他吞吞吐吐地说，站起来，走过去，说，"你别害怕。"

阿坚的脸因为醉酒而变了形，嘴唇颤抖着，眼睛呆滞，但是看起来又是那么温良，那么容易接近。她倒了一杯水给他，他一口喝干，好像清醒了许多，变得温柔了一些，然后身子坐直，眼睛慢慢环视着她那窄小的简陋得有些空旷的房间。

"这里……"阿坚开口说，极力不打磕巴，"夏天炎热，冬天又冷，风大，我清楚。以前这里是我爸爸的画室，他是画家……嗯，这里发生过很多事情……你知道吗？"

她点了点头，然后又摇了摇头，她微笑着，带着一种信任的神色坐到了他旁边的椅子上。

"他们说这间屋子里有很多鬼，其实不是那样的，那些画中的人物，在我爸爸去世之前已经给他们举行了解封仪式，让他们脱离了画布。我爸爸把那些画作都烧了，为它们举行了野蛮而疯狂的祭奠仪式，他乱烧一通，一幅画都没有留下。"

沉默了一会儿，他用手指摁了摁额头，极力回忆着什么，然后又说："我爸去世以后，我离开过这里10年。回来后，我想：要不要收拾一下这间屋子？但是，我有点害怕，不是害怕鬼，鬼我已经碰到得够多了，我害怕看见夜晚我父亲坐在那里烧光画作的情形，我很害怕会从头想起来，想起开头，就会想起一切。"

尽管什么都不了解，但看着阿坚映在墙上的身影，她很自然地在头脑里描绘出20年前那个老人坐在火堆边烧着自己画作的情景。

"接着你来了，你不害怕，你是谁？"阿坚的舌头打结，仿佛思维有些颠倒，"除非是弄错了，我想起你是谁了，我……一是想让你换房间，我上来，你下去住；二是，咱们很熟悉了。想起来了，总之……"

她模模糊糊地明白了。此时，他可能是喝醉了，把她和另外一个人弄混了，但是她不能开口讲话，是无法纠正别人的。阿坚把那双像矿工的手一样粗糙的大手重重地放到她的手上，握住她，用略带蛮横的口吻说道："我正在写的小说里面有你，你明白吗？你要帮我想起来，现在我需要从头想起来，把一切都想起来，要从上面这个阁楼开始想起来。"

她任由他一味地说着，她知道喝醉酒的人需要自由的环境和氛围，她还任凭他拉着她的手，紧攥着，抚摸着，直到摩擦得生疼，变得红肿起来。阿坚说累了，头低垂在桌面上沉沉睡去，她也早已疲惫不堪，折腾了很久才把手从阿坚的手中抽出来。

接着，过了很长的一段时间，她都没有再见过阿坚，虽然每晚他的房间都会有灯光亮起来。

后来有一次，她在大门外碰到了他，当时的阿坚就像是刚刚远行归来，消瘦了很多，也沧桑了很多，不言不语。她微笑着，先和他点头打了招呼，阿坚望着她，却露出愕然与陌生的神情，含含糊糊地不知应答了什么。很显然，阿坚似乎已经忘记了她。他迟疑地走回家去，只留下她安静地站在原地，她感到内心一阵刺痛。

然而，有一天晚上，她的房门外又响起了咚咚的敲门声，门外的阿坚又是一身酒气，又像一个酒鬼似的。她呢，就再一次容忍他坐下来，像以前那样陪他聊天，听他讲故事，任由自己的手被他攥着，却还是完全无法理解眼前这个人的古怪语言。这之后，阿坚便又销声匿迹了一段时间。

再后来，又是某个晚上……就这样反反复复。很显然，阿坚只有在喝醉酒的时候才会想到她，只有在他醉到疯疯癫癫的时候，他才会需要她。每一次他登上楼梯，都像是在随着自己脑海中模糊的印象摸索着，接下来就是在她面前滔滔不绝地讲述那一串串故事，那都是他过去生活的印记，听起来很恐怖，又模糊不清。在他趴到桌上沉沉睡去之前，就一直都坐着独白，面色凝重，声音沙哑。

最开始她对他的故事反应有些迟钝，很难理解，时间久了，她也开始明白，他一夜夜讲述的那些冗长的故事正是他手里在写的小说内容。出于一种对新生事物怪异而又贪婪的心理需求，阿坚需要她坐在那里，倾听他的想法和小说的段落。出于男人固有的自私习惯，出于一个民间作家特有的自私，更出于一个醉酒者的混沌无知，阿坚只顾着自己，几乎不会考虑到她的想法和感受，甚至一直都忽略她的声音，仿佛她是一张不会说话的稿纸。

有时候她很痛苦，充满怨恨，她想大声喊叫，想赶走他，但似乎又沉迷于那些梦呓，沉默着接受并陷入其中。

在她眼里，阿坚就像一棵树，而她就是缠绕着那棵树的藤条。她需要那样的夜晚，需要他喝醉，望着他酒醉后疯疯癫癫的样子，静静地坐在他的身旁，任他抚摸着她的双手，听他痴痴地讲述着，描绘着。这些，阿坚是不知道的，准确地说，是毫不知情。然而，阿坚酒醉之后的胡言乱语就像是迷魂药，又像是温柔的勾魂术，使她一天天被引诱，沦陷了进去。

很自然地，邻居开始对他们的关系窃窃私语起来。

"这两人的感情可真逗啊！"

"他真是一点也不傻，那女的虽然哑，稍有些残缺，但总归也是出落得像模像样，俊俏可爱。"

"他们俩一个哑一个疯，是怎么交流的啊？"

"他们会不会结婚啊？"

街巷里的女人们都议论纷纷，男人们也都当笑话看，但哑女并不生他们的气。她只是有些害羞，因为她觉得如果真的像他们说的那样就好了。

对阿坚来说，哑女并不是一个具体的人。阿坚常常会把她误认为某个其他的人，有时候觉得她是张三，有时候觉得她是李四，甚至有时候把她当作某个死去的人或某个鬼魂。他完全不知道事情的关键在于她是一个女人。

而她，对阿坚醉酒后去找她的目的非常清楚，他之所以在那样的夜晚来阁楼，并不仅仅是因为他喝了酒，更是因为他沉迷于对某个女人的感情里。

直到现在，哑女的心中还是会偶尔涌现出那种惊慌失措而又羞愧难当的感觉。这感觉的出现要追溯到某一晚，当时的她，因为没能控制住自己，吻了阿坚。

那天晚上，是阿坚唯一一次在几乎没有喝醉的情况下来看望她，只是那么朦朦胧胧的一小会儿，他静静地坐着，有些不自在。

似乎那天晚上他想要她也说说话，他非常慎重地问她，可不可以用笔来交谈，她摇了摇头，她想就以这样的方式吧。阿坚说，他已经快要把那部长篇小说写完了，他还告诉她，自己不知道该如何处理那些手稿，这是阿坚第一次向她吐露他对这件事情的想法。他说的话简洁明了，条理清晰，就像是完全变了一个人似的。他还说，他可能会去很远的地方，他会想念她，也会想念这间屋子。

"是啊，这间屋子留有我父亲的印记，也发生了很多事情……"阿坚说道。

不知不觉中，阿坚开始讲述童年时代的故事，讲述那些或忧伤或喜悦的遥远记忆，她渐渐明白了所有的事情。随着他讲述的声音，她自然地放松地望向窗外，望向那布满星辰的苍穹，静静地聆听着风轻抚过树丛的声音，还有那从远处传来的火车鸣笛声……

然而，在这春日温润的夜里，在这舒畅自在的感觉中，还是有一些奇怪的情愫存在，要不然，她怎么会情不自禁地放纵起来呢？她突然间打断了他说话，把身子扑向他，用双手搂住他的脖子，双唇紧紧地贴向他的唇边，热烈地吻起他来，然后把他扶到床边躺下。阿坚低声嘟囔着什么，挣扎着推了她一下，把她推倒在地板上，她的脸微微闪躲着，身体因为害怕和那不顾一切的兴奋而颤抖，等待着阿坚对她进行一顿批评，或是继续做那最为疯狂的事情。

可是，阿坚却立刻从床上爬起来，双眼完全黯淡了，他缓缓地走出房间，在黑暗中摸着走下楼梯。

她感到羞愧和怨恨，但很快被忧伤的情绪压了下去，她跟在他后面，直到看着他走进他在二楼的房间，关上了门。阿坚这个样子让她想起自己小时候见到的一个场景：一个患有梦游症的邻居，一步步陷入梦的深渊时，骤然被他人唤醒。

从那之后，阿坚就再也没有来过哑女的房间，她常常惶恐不安，既忧愁，又失落，她知道他并没有像他自己所说的那样去了远方。她想，或许他已经戒了酒，再也不会喝醉了吧。

一天夜里停电了，她蹑手蹑脚地走下楼梯，来到他的房门口，他还没有睡，油灯的光线透过门缝晕染了出来。她知道他的房门从不上锁，便鼓起全部的勇气，扭动了一下门把，偷偷地把门打开了一半，酒的味道，烟的味道，还混合着油灯的味道，让她差点窒息，她仿佛听到了呻吟声，但她不敢走进去。阿坚坐在书桌前，在油灯下埋头写作，他低着头，很是沉醉，肯定没有看到哑女正望着他的目光，也没有听到门被打开时的吱呀声。他那样专注，仿佛没有任何东西可以让他的视线从面前的纸张上挪开。她脱口而出一声长叹，但他还是没有听到，她就那样在这扇半开的门边站了很久，直到夜幕散去，天色渐渐发白。

时间就这么过去了，一晃已经几个月，阿坚的那部小说似乎还是没有写完，他就像是被囚禁在了那本书中，他当然已经完全忘记了她。

夏天过去了，秋天过去了，接着到了冬天……她还是会趁着夜里没有灯光的时候，透过那狭小的门缝看他，暗暗地，怀着爱慕和敬仰，在夜晚光线的渲染中，望着似乎正在做秘密工作的他，或是他疯疯癫癫的举动。他的头发和胡子都长长了，面容消瘦，夜间的每一个时刻，他都好像在逐渐变得衰老。

也有一次，她走进房间，关上了门。那是暮冬的一个夜晚，天一黑就停电了，半夜突然又来电了，有人走上楼梯，走廊突然亮了，她飞快地闪进他的房间，把门关上，背靠门板，不断地喘气，心怦怦直跳。房间里寂静安宁，但阿坚并没有睡着，那盏美国产的灯已经没油了，灯芯烧得通红，像刚刚煅烧过的钢。阿坚不在桌边，而是跪在墙角的火炉旁，炉火时小时大，一会儿旺盛，一会儿又衰减下去，一会儿又烧起来，如此往复。她听到了撕纸的声音，她安静地走到阿坚身旁，跪了下来，一摞纸堆在两人之间，阿坚没有看她，不知道身旁有人，他从本子中扯下一张纸，撕成两半，每次往炉中添半张纸。

这件事情和过去阿坚所做的一切一样，在她看来都是神秘的，她不想也不必知道原因，不过，这让她想起了阿坚父亲焚画的事情。

"我爸爸把那些画作都烧了，为它们举行了野蛮而疯狂的祭奠仪式，……"某晚，阿坚这样说过的。

现在，她好像听到了吱吱的声音，像是来自火中的呼号。阿坚的手伸向那摞纸，准备再扯一张，她抑制住内心的害怕，握住了他的手，阿坚不觉一惊，瞬间抬起头来，深深吸了一口气，闪烁的眼神在惊讶之余还有一丝凶狠。

炉子里的纸很快烧完了，火立刻灭了，炉中的灰烬从炉口处四散飞落，在昏暗冷清的房间里扬得到处都是。

那天晚上，阿坚表现得比她还安静，后来却用一种狂暴、惨烈、强硬的方式占有了她，也把他那隐秘的孤单像刀样猛烈地刺进了她的心。

从那以后，她再也没见过他。

第二天早晨她才知道他已经走了。门忽地被吹开，又沉沉地关上，冷风吹过走廊，地板上的纸张飘在四周，几个空瓶不时滚动。她把纸收起来捆成一摞，收拾好房间，锁上了门，抱着那堆稿纸上了阁楼。她扫了一眼纸上的内容，但是什么也看不懂，纸上没有页码，纸张皱巴巴的，参差杂乱，字迹歪歪斜斜，像是森林里各不相同的大大小小的树木。

阿坚走后杳无音信，没人问她，她也无法向别人打探，渐渐地，她都不清楚自己是不是在等某个人。

日复一日，月月如此，一晃几年时光，那堆手稿上布满了尘土，像是古老的资料，这也许就是它们的命运，无法避免……

然而，这些事都是后来才发生的，在距今还很遥远的一个冬日。现在说的，还只是过去的事。阿坚，正如他一贯的样子，每晚如同风中蜡烛一般形单影只，伫立在凝固的空气中，在令人窒息的状态里，在无人理解的痛苦与醉梦中。

现在阿坚只能在晚上写作，因为只有在夜色里，他才能真正开始思考，才能写出自己想写的东西，仿佛只有借着绵绵醉意，他才能保持足够的清醒。也只有在黑夜里，他的记忆才会闪亮起来，才能文思泉涌，把记忆与诗意化为文字，并融到小说的故事情节中去。

尽管阿坚总是那么疯疯癫癫，显得那么怪异和愁苦，又像鬼魂一般捉摸不定，但邻居对他房里彻夜不熄的灯光渐渐习以为常。专门在半夜行窃的小偷以及站在禅光湖附近的角落里等待接客的"仙女"都觉得阿坚那扇四季灯光不灭的窗户格外温暖，都亲切地称那扇窗户是"Ha Le①灯塔"，阿坚当然就是"灯塔看守人"了。

"喂，老兄，你可真能守夜，昨晚又写了不少吧？"人们常这样跟他打招呼，他则微笑作答。通宵写作的日子里，天亮的时

---

① 这里的Ha Le是法国人对越南首都河内的一个著名的湖泊——禅光湖的叫法。——译者注

候，他常打开窗户迎接晨曦和凉风，这时楼下人行道上偶尔会走来一位"美人儿"，冲他吹口哨，甚至跟他开玩笑。

深夜里，当周遭万物一片漆黑，阿坚才觉得自己是生活在这个世界上的，因为黑夜正好与他内心的阴影相吻合。

现在，彻夜与明月相伴，对他来说已经是家常便饭。除非喝得酩酊大醉，他很少在凌晨两点以前睡觉，黑夜对阿坚来说弥足珍贵。他睡眠很差，白天睡吧，觉得天气干燥，无比难受；而夜里累了睡过去的话，就噩梦连连，好似火烧一般炙烤着他的五脏六腑，醒来更是难过。

有时他想，也许只有死去才能真正安宁。小时候听到过这样一句话：人生短暂，如白驹过隙，而嗜睡贪梦，就等于把人生又减掉一半。眼看时光飞逝，所剩无几，他并不惧怕死亡，他担心的是手里未完成的任务，这让他感到痛苦和沉重。

不久前的一个晚上，他熬夜到东方破晓，突然有一种灵魂出窍的感觉，仿佛他已经真切地来到了死亡面前。这种感觉是他从来没有过的，他不知道等他真正撒手人寰的时候，是否还会记得这些。但是，那一刻，他觉得自己在死去，虽然只是很短的一瞬，但真的是临死的感觉！

现在他还清楚地记得，在那千钧一发之际，他的脑中闪过一丝虚幻的、难以捕捉的东西，然后一切就瞬间凝固了，变得冷峻而尖锐，似乎那就是理智，一种化石般凝固的理智，它在不经意间像斧头一样劈开他的意识。踌躇片刻后，他内心深处的生命力逐渐倾泻出来，缓慢而又安静，体内的真气如同瓶底渗出的墨水一般缓缓流逝。

他埋在桌上迷迷糊糊地写字，突然，笔从他手中滑出，滚落到桌上。他晕了过去，但是这种状态并非昏迷不醒，也不像被炮弹所伤或高烧昏厥那样沉沉睡去，更不像人走神那样。它超越了这一切，是一种阿坚从未有过的体验，是一切状态之上的状态，一切规律之中的规律，那是生命的最后时刻。这就是死亡，阿坚知道。

有一条河，他从来没有见过，现在他的人生就化成了这样一条河。他仿佛看到自己的生命就像高坡下的一条河流，而他正站在高坡上俯瞰自己正在流逝、消亡的生命之河。在流逝的河水中，浮现出他的一生，那么朦胧，那么清晰，又那么深刻而完整地再现了他生命里的每一个阶段和他所遇见的每一个人。那些人的相貌和命运，只有他清楚，生命之河里的每一滴水都是由他生活中的一桩桩事情和一个个回忆组成，并最终汇聚成一条没有姓名、没有时间的长河。

阿坚看见战前那年春末夏初的一个下午，柚子学校的操场上的几排树被砍掉了，地上也被挖出几道深深的壕沟。

校长头戴消防员用的钢盔，豪迈地向大家宣称："在这场战争中被消灭的将是美国，而不是我们，美帝国主义是纸老虎！"

他还大声疾呼："你们年轻人正是革命的天使，你们将解救人类！"他指着那群手里拿着木棍、木枪、铁铲、锄头的十年级学生中一个面色红润的阳光男孩说："我们生在这里，死也要死在这里！"

"前进！"有人带头唱了起来。

不过，阿坚和阿芳都没有参加那次大会。他们俩躲到八角楼后面，偷偷溜到西湖边上的树林里。远方，古渔路上映着灿烂的晚霞，两旁火红的凤凰树上蝉鸣喧闹不止。

"别担心！"阿芳说。

她跪在树丛后面飞快地脱了外衣，里面的黑色泳装露了出来。

原来逃出来之前她就穿好了那套黑色的泳衣。现在的女孩子很少穿那种款式的泳装了，但那真是极其漂亮的，非常性感，尤其是她那柔嫩的肌肤在光滑的黑色泳衣对比下，更显得雪白如玉，吹弹可破。

阿坚本来就已经很紧张了，这下子更是喘不过气来，不敢直视女友美丽的胴体。

"别担心。"阿芳笑着说道，她好像为胆敢翘掉劳动课和学校大会，并且在学校里就穿好泳衣而兴奋不已。

"把那些战争啊英雄啊统统抛到脑后去，管他是老英雄还是小英雄，咱们就尽情游泳吧，游到水晶宫去都行，游到咱俩游不动，淹死为止。哈哈！"

哦，那真是一个美好、温暖而又甜蜜的四月天，在淡蓝的湖水中，两人曾有几次短暂地紧紧靠在一起，令阿坚兴奋得天旋地转，水藻在清澈的绿波中漂浮，鱼儿也欢快地穿梭其中。

阿芳将脸埋入水下，她吐气形成的一串串水泡升向水面，湿漉漉的头发随着水流摇曳，修长的双腿在轻轻摆动，一切都是那么诱人，完美得令他内心有一种刺痛的感觉。

这时，他们听到了学校操场上传来的合唱声。

"管他呢！"阿芳大声喊着，兴奋地笑着。

夕阳的余晖把湖水染成了深红色，他们俩一起畅游着，像两道波浪一样从岸边游向远处的湖心。

生命的河流静谧地流淌，但也在迅速地漂向远方，开始了一段绵长的、辉煌的旅程。那是多么漫长的岁月啊，那一场战争！

阿坚的眼前浮现出清化省火车站的景象，由于遭到敌人轰炸，火车站里火光满天，所有能烧的或不能烧的几乎都在瞬间被点燃了。

这时一辆客运列车倾倒了，乘客们不管男女老幼，一下子拥向站台，接着抱头鼠窜，有些人的衣服在滋滋地燃烧。头顶上的飞机还在发疯似的吼叫，那声音渐渐靠近，在火光中投下炮弹，然后又渐渐远去。那是阿坚头一回看到杀人，看到那么野蛮的场景，看到鲜血喷涌而出。

老大哪，就是从那时起，阿坚他们那一代人就满腔热情地，甚至是凶残地投入战争中去了。

战争不但让自己洒下鲜血，也令其他人流血。整碗的血，整条河的血，猛然汇聚起来，聚集到玉博瑞山脚下的战场里。双方将士展开了一场肉搏，拼刺刀，用枪托对抗，搏斗中不少人像苍蝇般乱跑。阿坚看见自己正举着手枪射向一个敌人，子弹十分密集，就像炸弹砸在了敌人的嘴里，又朝他的脸、左眼、颧骨、下巴开火，只听见他"啊！啊！啊……！"大声惨叫，像是在笑，又像是在哀鸣。

啊，这就是阿坚经历的时代，当时他们是如此疯狂，又是如此痛苦。那正是那场战争最激烈、最恐怖的戊申年，接着是1972年旱季的战斗，再之后就是《巴黎协定》的签订。

经历了战争的西原地区，满目疮痍，漫天飞扬着红色的尘土。在残酷的战争过后，牙莫、德耽、沙泰、玉蕊婼、玉博奔、朱坳松等战场，都凝聚着流血的记忆，诉说着战争的爱恨情仇。人们在这里不停地诉说，也充满了欢笑、呼号和谩骂，大家拼命地喝酒，也放声大哭。在清晨，在傍晚，在长夜，阿坚的心里漫溢着无尽的战争痛苦。他看到从前的那个叫宫赫热的村子，现在变得荒无人烟、破败不堪，遍地都是枪管和死尸，草原上解放区的那个叫延炳村的村子，一星期之后被炮弹炸得只剩下炮灰和尸体，还有阿坚他们营行军经过的那个位于德波西河边的村子，现在只有鬼魂像雾气一样在上空升腾。

拨开记忆的迷雾，阿坚猛然清楚地看到自己和"大象"阿造一起战斗的奇怪场景，他们两人跪在重机枪后，向伪军45团的一群残余部队进行射击，那帮家伙正在逃离邦美蜀附近的福安地区。

重机枪像疯子一样，疯狂地把一梭闪亮的子弹吞进肚子里，然后朝着奔跑过来的黑压压的人群扫射。敌军的鲜血像无数的啤酒泡沫一样咕咚咕咚地往外冒，他们发出哇哇的惨叫声。机枪因为后坐力而剧烈地摇晃起来，逐渐冷却的机枪管正冒着白烟。阿坚想要停止射击，但是死神紧握住他的手不放，穿着灰色制服的一群士兵被坦克追赶着朝他这边跑过来，阿坚一下子就把他们集体射杀了。那不是枪毙而是屠杀，他从来没有见过那么多的死尸。

"要不别打了？"阿造挂着一梭子弹站起来，摇着阿坚的肩膀，像是在哀求一样，"好了，不要再开枪了。哎呀，老天啊，住手吧……"

重机枪没有再吃进子弹，它吐出最后一颗子弹后沉默下来。疯狂的死亡在瞬间转变成游戏：一群伪军倒下了，他们俩却跪下，举起双手，两支枪也倒在一边，不再威胁任何人的生命。阿造慢慢蹲下来，双手抱着胸，就像要托住心脏，他目光呆滞，似乎充满了惊愕，身体左侧上方露出了致命的伤口，鲜血像红色的花朵一般迅速绽放在他的腰间。

阿坚看到了一切，整个战斗生涯都在他眼前浮现出来，没有漏掉任何一个细节。有些事件逐一呈现，有些则是同时显现，既像是飞速掠过又像是缓缓淌过，使人痛苦得如同在举行葬礼。

此刻，生命之河一再拐弯，曲折复曲折，阿坚看到他自己正站在河岸边，河水清晰地呈现出今天的景象，他似乎听到自己的灵魂正在发出长长的叹息。是时候了，他闭上眼睛，预备就这样不知不觉地离去，他慢慢将身子倾斜，然后倒下，在他最后感觉死神快要捉住他时，对岸突然传来一声长长的呼唤，呼唤着他的名字。

"阿坚……阿坚……"那声音温柔又哀伤，在他身边四处飘荡。

他忽然睁开眼睛，在惊醒之前，他又瞅了对岸一眼，但也只来得及看到一片翻滚着波浪的无边的紫色草原，还有霜雾，静悄悄的，没有一个人。

阿坚故意拧了自己一把，但是没用，因为他已经完全醒了。

"谁在叫我呢？"那声音听起来无比熟悉，但又想不起来是谁。

也许靠着这个呼唤声，阿坚才没有死，才走出了死亡的边缘。不过那声呼唤，以及河对岸茫茫无边又虚幻得像一个冷冷清清的天堂一样的景象到底意味着什么，恐怕只有等阿坚死后才能明白了。或许是生活中那些遗憾的回声，或者是生活中未能实现，还处于半途之中的事情的显现。

生命就是这样，它实在太宽厚、太绵长、太丰富、太生动了。不过到最后，它还是造成一种缺憾，让人在濒死时仍然感觉有一种东西在内心萦绕着，像是一笔债或者是一个还没完成的任务。对阿坚来说，那笔债正是老天蕴藏在阿坚的生活里的，那是埋藏在他内心深处的令人惋惜和遗憾的一段隐秘的历史。

假如可以不需要睡眠，假如在生活中没有那么多例行公事，假如可以将自己的余生全部投入唯一的事业——写作当中去，让它将过去的回忆定格，记录下那些一直纠缠着自己但很快会被时间淹没的事情，那么，即使到了自己生命终结的那一天，当他再次回到那个河岸上的高坡，跳下河水，走向死亡，融入等待自己的无数熟悉的灵魂中时，他将会感到多么轻松，多么坦然。

这意味着，阿坚现在最后的人生征途被限定在夜晚了。他书桌上的灯从傍晚就开始亮起来，不到天亮绝不熄灭，仿佛是墙上的影子一样，阿坚一动不动，沉默不语。其实他也就只是一个影子，是一个已经耗尽实际生存能力却又凭借着那强大而持久记忆的能力，倔强活下来的影子。把自己囚禁在如此沉重而漫长的黑夜里，并非谁都可以承受。

对阿坚而言，熬夜一方面是因为他觉得如果不努力抓住灵感，他的灵感就会消失；另一方面，熬夜似乎是他的另一项才能。这种熬夜自焚式的写作方式好像是他天生就有的，是他与生俱来的梦游症和幻想症的另一种表现方式，这可能是遗传自他父亲，他父亲一辈子都生活在幻想和梦境中。

父亲并非每天都梦游，但也不是偶尔才梦游，在梦游的那些晚上，父亲常常悄悄地爬下床，好像变得失去了重量，轻飘飘的，只剩下了灵魂。他兀自在一片寂静中慢慢地行走，紧闭着眼睛，两手自然下垂。有时在房间里，有时在院子中，有时沿着走廊上下楼梯，四处游荡，要是哪天公寓大门没关，他就会慢慢地溜到大街上。

那时候的河内，人们心地善良，会为迷路的老人让路。没有人惊扰他的梦游，甚至连小孩子都不会故意逗他，他们只有担心他掉进禅光湖时才会去阻拦他。阿坚母亲却无法忍受他父亲惯常的梦游，好像她把这看作一种耻辱，看作她男人的人生颓废没落无药可救的证据。

"一个愚蠢的家族。"阿坚想起母亲时常这么感叹，这么总结性地来一句。

当然，那时候阿坚还太小，所以他对于母亲的记忆很少，但他依然能猜想，母亲抛弃他们父子，可能正是由于父亲那人不人鬼不鬼的样子令她感到了绝望。

至于母亲离开的导火索是什么，具体是哪一年离开的，阿坚却记不清楚了，但想起来会有一种凄凉的感觉。他那时候懵懵懂懂的，对于母亲的离开，毫无感觉。

在童年平淡而凄凉的岁月里的某一天，母亲离开了，就这么简单。母亲的身影只模糊地留在几张照片里。但几张照片并不能帮助阿坚回想起关于母亲的任何事情。照片底部的字迹随着时间的流逝已经泛黄，对照片中母亲年轻时的样子，阿坚毫无印象。他对母亲的感情好像完全被时间吞噬，不知去向，只让他为自己心灵的残缺而感到自卑。

更可怕的是，阿坚还有另一种明显的残缺，他天生就有一种恶毒、狠心和冷漠，有一种不幸与卑劣的空虚，缺乏良知，等他长大后就变成分裂型人格，甚至连母亲离开时自己有无伤心，后来有无想念她，他都记不起来了。至于母亲是如何和自己分开的，是如何安慰哄骗自己的，他就更想不起来了。

"老公啊，我是一个党员，我是一个新知识分子，我不笨，也不比别人差，这一点你要给我记着啊！"

你瞧！母亲离开前回答父亲某个问题时，说的这句像谜语一样的话，他却记着。还有这句听着也有点别扭的话："现在，你已经是少先队员了，日后入了团，你就成了真正的男人，你要慢慢地坚强起来，孩子！"瞧！这样的话，他倒怎么也忘不了。而母亲的无数叮咛以及温柔的举止，他却完全没有印象了。

直到17岁那年，他快要入伍时，才想起要更多地了解自己的母亲，那时，母亲已经去世5年多了。

而父亲，好像从来都不当着阿坚的面提及母亲的事情，显然他是在逃避，逃避自己的痛苦。那些年里，父亲用极大的忍耐力支撑着父子两人平淡的生活，只不过他开始爱喝酒了，梦游的频率更高了。

后来，阿坚上了高中，长大了，很懂事了，然而，他依旧很难理解父亲的内心。他发现父亲辞了职，不再去博物馆工作，也不再像往年一样带着画夹，骑着自行车到处去写生。

父亲把公寓楼房的阁楼当作画室，好像把自己完全囚禁在了里面。他在上面默默地画画，偶尔也自言自语，在他那潮湿又脏乱的房间里，蝙蝠像在山洞中一样飞来飞去。

阿坚听别人私下议论说他父亲受了批判，被打倒了，他是一个令人警惕的对时局不满的人，是一个右派分子，又愚昧又荒诞。

阿坚每次去父亲的画室，心里都五味杂陈，既充满辛酸，又感到忧伤，还夹杂着烦闷不安的情绪。父亲画中的人物就像在模糊的灯影下死盯着他，画室里散发着浓重的酒精味，满屋飘着淡青色的烟雾。父亲蜷缩着的身子陷在一张扶手椅里，他面前是用黑布遮盖的画夹。听到脚步声，他抬起头，用沙哑的声音问道：

"谁呀？"

"是我，给您送饭来了，您快吃吧。"

"嗯。"父亲应了一声，又垂下了头，隔了一会儿，才又跟阿坚说上几句话，可是阿坚总也不明白他在说什么，就把饭菜搁到竹床上走了。就这样，阿坚每天给父亲送两顿粗茶淡饭。

他们父子的生活很拮据，由于没有收入来源，只好变卖家中的东西，渐渐地，几乎所有的东西都被卖光了，最后连母亲留下的一些嫁妆也不得不拿去卖掉。已经很久没有人买父亲的画了，他也很久没有参加过画展，他已然被美术界遗忘了。

"等着瞧！我一定会画出杰作的！"有几次他喝得烂醉的时候，曾经这么大声发誓。

可是，由于观点和立场的局限，由于他的画风与所谓劳动人民的审美观点日渐疏离，他的作品简直变成了对魔鬼的刻画。阿坚曾经在一本美术杂志上看到过有人这么批评他父亲。

"难道非得放下艺术的永恒性，加进那些庸俗的东西不可吗？非得确定山水的阶级成分吗？他们这样教训我，那么告诉我，现在该怎么办啊？"有一回，阿坚看到父亲一边愤怒地抽打画架上一幅未完成的作品，一边咆哮。

后来，在父亲的眼中，仿佛整个世界都改天换地，变了颜色。他画中的人物常常神情忧郁，脸总是很长，而且总是阴沉的样子，肢体总是扭曲的，看起来令人感到沮丧和绝望。不仅如此，画面的颜色也很诡异。父亲生命最后一段时期的创作中，不管是油画、水彩画还是绢画，不管是画人、画马还是画牛，画雨景或晴日，画晨光初微或日薄西山，画城市还是乡村，画森林还是河流，画天空还是海洋，他一律涂抹成深浅不同的黄色，除了黄色，还是黄色。画里的人物，无论男女老幼，都好像集体无意识地漫游在一条超现实的黄色河流里，一步一步沦陷下去，远离尘世，而那支队伍的最后，正是他自己苍凉的身影。

父亲是在春天去世的。阳光明媚的春天并没有让他感到轻松，反而使他异常沉重。他预言那个春天不同寻常，会带他快速离开人间，他曾略带感伤地对阿坚说："唉，我像你这么大的时候，每年春天来临都憧憬着未来，觉得自己的人生还会有无数这样美好的春天，还能享受无尽的幸福，未来的日子会充满阳光，充满艺术的灵感。"

父亲的预言准得教人难过。父亲被救护车带走的那天，阿坚还在教室里听课，医院方面派人到学校通知了他。他赶到那里时，父亲刚好醒过来，跟他交代了一些事情，没人阻拦父亲，因为他们知道，那将是他最后的话，是他的遗言。

父亲的手仿佛已经没有了脉搏，摸上去有一种冰冷的感觉，但他的精神状况还不错。父亲说话的声音很虚弱，但每个字听起来都很清晰，只是说话时的神情令人感到他内心深处充满迷惘、忧伤和痛苦。唉，真不知道他是如何挨过那困苦的一生的。

遗言并没有什么实质性的内容，不过是痛苦的呻吟和梦呓："你妈妈和我的时代已经结束了，孩子，现在只剩下你了。从今以后，你就是一个人了，你要好好活下去，新时代很快来临，那将会是辉煌的时代，不会再发生巨大的不幸事件。但是悲伤不会消失，悲伤还会延续，悲伤是会代代相传的。爸爸给你留下的只有悲伤，除了悲伤，还是悲伤。"

就连那些画，父亲也没有留下一幅，他用毕生心血一笔一笔画出来视若珍宝的作品，全都被他亲手付之一炬了。就在那个他认为死神要来召唤他的夜晚，他一幅接一幅地焚烧，直到所有的作品化为灰烬。这事过了很久，阿坚才知道。当时，坐在父亲的病床边，听着父亲的遗言，他的眼睛湿润了，却依然完全不能明了父亲的心思，父亲那些痛入骨髓的经历实在是超出了不谙世事、思想单纯的他的理解能力。

多年以后，在度过人生的花样年华，经历种种失去之痛以后，阿坚才渐渐对父亲的临终遗言有所感悟，体会到其中的苦涩，才慢慢明白父亲在弥留之际的遗言的深切用意。

回想起过去的岁月，想到父亲被痛苦逼到绝境的情景，他就深感对父亲的爱来得太迟，尤其是自己还曾对父亲暗暗地心怀不满，曾狠狠地瞪过他，甚至曾经觉得父亲让他丢脸。一想到那些，他就无比悔恨。

但是一切都晚了，他再也没有机会去体会父子亲情，没有机会在父亲面前表达对他的景仰和尊敬，没法让父亲感受到儿子的理解和温情了。

如今天上人间，阴阳永隔，唯一能做的只是在父亲的坟茔上培一抔土，敬放花圈，燃上香了。

他听到人们不断对他说着两个字——"可怜"！

在父亲的坟墓前，他是那样孤独，那样痛苦，恍若天旋地转，整个世界都凄清暗淡，他再也忍不住，呜呜地哭起来。

那是1965年的春天，一个寒冷的春天。枝头上残存的枯叶在寒风中吹落，掉在地上四处翻飞。

多年以后，他听到这样一首小调：

他还是一个婴儿时就没了母亲，

童年时代又没了父亲。

这个孩子啊，他不是孤儿，

他和城市一道成长，

经历战争的洗礼。

这个孩子啊，他不是孤儿。

阿坚不记得何时听过这首歌，但直到现在，歌声仍隐隐约约出现在他的梦里，把他带回那个凄惨的春天。

父亲去世的前夜，正是河内第一次在深夜播报空袭警报。

河内大剧院屋顶上的播音器以及草市火车站的一排汽车上的警笛一起发出震耳欲聋的声音。尽管市民们提前就得到通知说这只是演习，但全城还是陷入了恐慌。大家在这新时代雄壮而可怕的呼喊声中惊惶不已，吓得心脏都似乎要停止跳动。紧接着，就听到喤喤的推门声，下楼梯的脚步声。

这时，喇叭里传来更紧急的催促："同胞们注意！同胞们注意！敌机即将来袭！"

整座城市的灯光一下子全部熄灭了，巡逻车在市中心飞驰而过。

阿坚逆着人流向前走，摸黑进了大楼，爬到阁楼上父亲的画室。天很黑，空气中满是呛人的灰尘，还混合着淡淡的酒香和颜料味，几只蝙蝠在房间里飞来飞去。

"爸爸？"阿坚轻轻地喊了一声。

黑夜里，阁楼中充满了令人窒息的死寂，其实，整个城市都一样，仿佛都静静地屏住了呼吸。阿坚不顾禁止开灯的命令，点燃了一支蜡烛。他环顾画室，突然，整个人都僵住了。怎么回事，那些画作都去哪儿了？画架上画了一半的画呢？还有挂在墙上的、放在角落里的那些画卷，都去哪里？难道是被一阵妖风吹跑了？

结束了！不需要再怀疑什么，一切都结束了，只剩下一座坟墓。眼前的这个阁楼，见证过父亲的一生，他的身影，他生活的痕迹，他存在的证据，都曾经留在这里。但是现在，所有的一切因为他的死都被抹得干干净净，完全变了，过去的一切都变成了虚无。他告别了这个世界，在梦游中悄然与这个世界永别了，他带走了所有的画作，只把儿子留在了这个世界上。

阿坚陷入了深深的思考，就好像来这里只为给自己的人生找寻某种意义，阿坚悄悄地推开门，走到阳台外面。

他看见在东边的天际，随着报平安的警笛声，夜幕逐渐被揭开，徐徐退下。云海之间蓦然出现了一片光亮，那是无边黑夜中的一轮明月。阿坚低下头，不经意间，滚烫的泪水止不住地掉下来，未来还有很多个春天，来日方长。那个春天，他才刚满17

岁，却是多么沉重的一段岁月，那是1965年的寒冷的春天。

阿坚父亲的焚画事件，阿芳比任何人都了解。

"那是一场狂热、野蛮、混乱的祭奠。"后来阿芳跟他说起这件事情时是这样描述的，这种描述深深地刻进了阿坚的心里。她说，那是一种自我了断，是一种忏悔，是火光中的决裂，同时又充满了悲伤、寂寞。只有阿芳目睹了这一切，整栋楼的住户，包括阿坚都没有察觉。

不知道从什么时候起，应该是在她很小的时候，她就同阿坚的父亲暗自产生了一种旁人难以理解的情感。那份情感不完全是父女情或叔侄情，也不是忘年交；那份情感朦朦胧胧的，就像黄昏时的夕阳；那份情感是无形的，却让人感到沉甸甸的，而且似乎充满某种暗示。

阿坚的父亲性格怪异，面色灰暗，时常在夜晚梦游，也经常无意识地脱口而出一些奇谈怪论。他的怪癖，几乎无人能接受，然而年幼的阿芳却能理解，那些怪癖仿佛与她灵魂里的某种东西很吻合。阿坚的父亲则很疼爱这个小姑娘，那是一种无言的充满忧伤的疼爱。

他们一大一小常常会并肩坐在一起，有时候一连坐上几个小时，一句话也不说。小姑娘平时活泼开朗，却常常一言不发地观看阿坚父亲画画，静静地听他自言自语，她对阿坚父亲的一切都入迷得像失了魂一样。不过，等到她长大，特别是阿坚父亲决定隐居到阁楼上以后，他们见面的机会就很少了。尽管如此，她还是除了阿坚之外，唯一去阁楼看过他的画室的人。虽然阿坚父亲依然很少跟她讲话，但是很明显，每次阿芳来探望时，他整个人都会开心起来。她看着他干活，一遍又一遍地看他的作品，还给他买酒买烟，那些东西他都没有让阿坚买过。

偶尔还能听到他喃喃地说："你长得真美啊！"

接着还会感叹道："你有美丽非凡的姿色，可惜红颜薄命，美貌可能会让你堕落，让你飘零。唉，搞不好你将来要受苦，而且不是一般的苦。"

他说这番话的时候，阿芳才16岁，听起来有点像是在吓唬她，所以她有些害怕，也有些气恼。

他答应阿芳，等她满17岁的时候为她画一幅肖像。她生怕他到时候会把她画成他画里女人们的长脸，把她的头发画得像一簇海藻，把她的皮肤画成柠檬色。可是，在阿芳还差3个月满17岁的时候，阿坚的父亲去世了。

在他感觉到死神之手在召唤他的傍晚，他让阿芳去阳台的一角生火，然后帮他把屋子里的画都搬出来烧。阿芳知道他并不是喝醉酒了，也不是疯了，而是瞬间明白自己快要死了，就是说，他要先自行了断，再告别尘世。但是她并没喊阿坚来，而且谁都没有喊，也许只有她能理解阿坚父亲的心思，也似乎完全同意他的做法，只能毁灭死亡，别无其他选择。

火生起来了，他开始往火堆里扔第一幅画。阿芳突然觉得浑身发抖，她被这场景吓得灵魂出窍，一时间不知所措。然而，只过了那么一会儿，她就被吸引到这庄严而又诡异的氛围里，那简直跟祭神仪式一样。这仪式很奇幻，很神秘，像噩梦一样超现实，又像邪教一样狂热，她的心被熊熊燃烧的火焰所透出的那份美丽中的绝望所刺痛，那火光中分明折射出殉道者的痛苦、疯狂和幸福。没错，是幸福，那是一种天翻地覆般的极致的幸福。看着那些被焚烧的画作，阿芳只觉得一阵阵眩晕袭来，那天晚上的情景后来一直萦绕在她脑海，令她终生都难以释怀。

当然，除了画家自己之外，没人知道他为什么要毁掉所有的作品，也没人知道他为何会选择阿芳，而不是自己的儿子来见证此事，阿芳当时也不明白。但是，等她回头审视她和阿坚的人生，审视他们的爱情时，顿然觉得那夜的情景就像是一个预言，一个先兆，准确无误地预示了她和阿坚后来的命运，尽管表面上看不出他们将会有怎样的结局。

给阿坚父亲送葬那天，她原本打算把那天傍晚发生的事情告诉阿坚的，但当时她自己还沉浸在哀伤中，她不想再增添阿坚的哀痛，最终没有启齿。过了好几个月，她才把这件事情告诉他。那是阿坚准备离开河内上前线去参战的前夜，也就是他们一头栽入战船前的最后一个晚上。

那天晚上，大概是阿坚和阿芳永生难忘的时刻之一。仿佛一夜之间，他们告别了温馨、阳光、平静的青春岁月，从那以后，命运出现了拐点，说得直白一点，就是一脚踏上了战争的列车。自父亲去世以后，阿坚就好像突然长大了，长高了，也变得孤独起来。

阿芳跟他青梅竹马，他们从小是邻居，两人同岁，天天一起上学。他们同在柚子学校上学，是同班同学，而且还是同桌。战争爆发那年，他们都是17岁，阿芳已经出落成了一个亭亭玉立的姑娘，在柚子学校里就像一道美丽的闪电，人见人爱。

柚子学校是一所有悠久传统的学校，不过跟其他很多学校一样，高中学生之间谈恋爱的现象比比皆是，校方一般睁一只眼闭一只眼，不会视为严重的事情。但是阿坚和阿芳两人实在是有点与众不同，他们走得很近，而且更特别的是，两人好像除了彼此之外，都没有什么别的朋友，好像没有谁能够介入他们两人之间。

一种在他们那个年龄段有点危险的感情在两人之间萌生，那是一种稚嫩的爱情，却又好像经过了血与火、罪与罚的洗礼，饱含爱恨情仇。老师们对他们的密切关系一开始只是有些担心，后来渐渐变成了不满。其实，对于学生太过引人注目的早恋，每个学校的老师都会产生不好的印象，即便是朱文安学校①也是如此。他们的行为最后惹怒了团支部。

当时全国爱国热情高涨，爱国运动风起云涌，全社会都在提倡"三准备""三承担"，还提出"三晚"：晚恋爱，晚……可他们竟公然要与这些背道而驰。实际上，要是他们两人听话些，懂事些，可能什么事情也不会发生，但是偏偏阿芳不光美貌惊人，而且性格外向，不服管教，还常常无法控制情绪，阿坚则沉

---

① 朱文安学校，即前文的柚子学校。朱文安（1292—1370），字灵泽，是越南陈朝（1225—1400）时著名的儒学家、教育家、医学家。朱文安学校是以朱文安的姓名命名的学校，现今它是河内的顶尖中学。——译者注

默寡言，顽固而倔强。

　　"老师，我们又没做什么见不得人的事，怎么会影响别人啊？我们之间的同学情难道不是我们的私事吗？"那时同老师争辩，显然是苍白无力的。

　　两人形影不离，无时无刻不腻在一起，好像只要分开一会儿，两人就会失去彼此似的。甚至在夜晚，两人还会通过敲击墙壁来传情达意。当然，该来的结局也要来了。

　　就在4月的那个下午，蝉鸣不止，美丽的凤尾花在怒放，他们实在无法抑制内心的激情，只能任凭感情驱使。那天下午大家都在操场上挖地道，阿芳竟然找了个时机把游泳衣穿上了，挖完地道后，在等校方发起劳动竞赛的时候，她暗示阿坚逃课，溜到湖边去。

　　"别担心！"她笑着说道，"让那些英雄大声地发表豪言壮语去吧！我刚做了一件极好看的新泳衣！咱们去游泳吧！"

　　两个人游到离湖岸很远的地方，游回来时，天已经黑了。阿芳筋疲力尽，四肢酸软，必须靠在阿坚身上才能避免沉下去，阿坚呢，不知道自己有多么强壮，那就是17岁的青春啊。快到岸边时，他抱起阿芳，她身上还不停地落下带着体温的水滴。他抱着她在岸边的草坪上坐下，疲惫的她一下子就瘫软在草坪上，只有一只细嫩的小手还被阿坚握在手心。草坪上十分凉爽，当时是夏天，可是不知为何天黑得那么快，不大一会儿，繁星洒满了夜空，闪烁着璀璨的光芒。

　　"阿妹我好累啊。"阿芳轻声说道，轻轻地捅了一下阿坚。

这是她第一次对阿坚自称阿妹。后来，他们躲在绿色灌木丛后换上了干衣服，又手握手躺在松软的草坪上，湖面上吹来凉爽的风，令他们流连忘返。

西边的天际还没有彻底暗下来，还有一丝红色的光线像一条长长的影子一样垂下来。但那一丝红线后来似乎并没有下降，反而越升越高。"太阳从西边出来了啊？""有可能是照明弹。""要是这样的话，应该会有警报啊。""有的时候我们会听不到警报声，也看不见星星，只有那寂静的黑夜。"

如今，20多年过去了，湖边的一切都已经发生了变化，那汪湖水却未曾改变，还是那样浩渺，那样平静，那样悠然，那样令人沉醉。清晨还会有霜雾，黄昏时还会有夕阳洒下余晖，从湖面上也还能眺望远处的山峦。

阿坚后来再也没有重走那条从校园的院子出来的道路，而是绕过八角楼，再来到灌木丛和草坪的小径。很多时候，他只是远远地从湖边的青年路上眺望一下学校，湖面就像阿芳那闪亮的眸子一样在凝视他，带着青春时期的某种奇妙而又惆怅的表情，带着已经过去了的、走远了的爱情。

很多时候，他在下午来到湖边，呆呆地坐在那里，直到天空只剩下最后一抹晚霞。而那晚霞就好像是20年前，在湖边在树林后，在学校一角的那道晚霞的回光返照。

黑夜来临，一片寂静，夜色中一切都变得寒冷起来。该回去了，阿坚暗自想着，然后松开手坐起来。不知为什么，他感到一阵辛酸和遗憾，感觉离开那里回学校有一种自己无法承受的沉重。阿芳仿佛洞悉阿坚的心思，轻声说道："不用担心，反正学校的大门已经关了，等看门的大爷睡下了咱们翻墙进去。"

"阿芳你不累吗？"阿坚听到自己的声音就像跑调一样，"你不冷啊？"

"累啊，冷啊。"阿芳一边回答，一边微微地起身，双手搂住阿坚的脖子，让他躺下。

倏地，一种火辣辣的感觉让阿坚浑身发麻，发起抖来，继而发软，但紧接着一股强大的不可遏抑的力量充满了他的全身。他不由自主地紧紧抱住阿芳那绵软、清香、温热、真诚、盲目而又充满激情的身体。他从来没有想过要那么做，这一切太突然，就像是一声惊雷，超越了所有的痛楚，又像心底骤然发出的一声呼唤，这不是因为初吻，而是刚才在湖边被启发的那种肌肤之亲。不过，这一切持续的时间不长，一种罪恶感很快涌上来，敲打着他，提醒他不能那么做，他立刻挣脱她的怀抱，停住正在阿芳身上抚摸的手，腾地一下直起身来。他猝然松手令阿芳陷入了沉默，狂乱的激情被害怕和羞愧浇灭了。她闪到一旁，迅速捡起衬衫遮在胸前，然后轻轻地坐了起来。湖面上水波荡漾，沉静地冲刷着岸边的水草，远远地，从高射炮队驻扎的那一对对竹排上传来打更的声音。他们二人之间纯洁的保护神，不是别人，正是他们自己。

风似乎也在发出长长的叹息，悄悄地吹散一切。两个人就像刚从水底浮上来，各自在寻找方向。阿坚把手伸出来，颤抖着抓住阿芳的手腕，像要留住她。

"你害怕了吧？"阿芳走近一步，说道，"是不是害怕了？我也一样。但我刚发现害怕反而让我更坚定了。"

"我……"阿坚结结巴巴地嘟囔，"我什么都不怕，只是觉得不应该那样做，我马上要走了，要上战场打仗去了。阿芳，咱们两个人永远都在对方的心中就行了，你说是不是？"

"嗯，好了。"阿芳长叹一声，"我最害怕的是，再也不会有像此刻一样的夜晚了。"

"我会回来的！"阿坚强调道。

"可你什么时候回来呢？1000年以后？你也不想想，到那时，你已经不一样了，我也不一样了，河内也会不一样了，西湖也不一样了，那怎么办？"

"我不这么想，当然风景会变化，但是心是不会变的。"

接下来两个人都沉默不语了一会儿。

"我能看到将来，"阿芳说，"那就是破坏和毁灭。"

"有可能，但是我们可以重建啊！"

"你太天真了！你爸就跟你很不一样，你爸！"

"对，我跟我爸很不一样，但是……"

"我想问你一句话，你可不要生气，你是不是不爱你爸？"

阿坚只是瞪着她看。

"你跟你爸聊过天吗？"

"当然聊过啊，你这话问得真奇怪，我跟他话很多的。"

"那你爸有没有跟你说过他为什么不想活下去？为什么他要把自己的画作全部毁掉？"

"这倒没有，他跟我聊的是其他的事情，但是为什么要毁掉作品，我还真不明白。"

"啊，是啊。阿坚你怎么可能知道呢？可是，我知道，是你爸亲口讲给我听的，我跟你爸比你跟他还亲近。熊熊大火焚烧了所有的画作，也带走了你的父亲，甚至也带走了我的人生，因为透过那火光，我看到了自己的未来。"

"什么？你都在胡说些什么呀？你疯了！阿芳，你有胆量就给我把话说清楚点！"

阿坚不明白，阿芳为什么这么激动，变得离他那么遥远和陌生，就像今晚两个人之间发生的事情以及这西湖的湖水都已经远去。她那份激动似乎跟他将要奔赴战场，即将与她天各一方无关。

阿芳忽然说出一番阿坚无法理解的话语："自从你爸去世之后，我才真正爱上你，也才真正明白为什么会如此爱你。"阿芳说得那样小声，就好像是自言自语，或者更准确地说，像是另外一个人对着她在白言自语。"我是一个落伍的、不合群的女孩，而你是一个顺应潮流的人。既然这样，为什么我们要相爱，要这么不顾一切，不顾咱们两人之间的巨大差异，你知道吗？"

"好了，咱们回家吧，咱们……"阿坚有点害怕了，"我们说点别的吧，你怎么落伍？咱们之间有什么差异？"

"我现在知道了，"阿芳仍旧用那缥缈的声音低声说道，

"如果你爸跟我们是同龄人，如果他是你的话，那么我就会爱上你爸，而不是你。"

阿坚吓了一跳，但是阿芳不让他插话，她把手指竖放在他的嘴唇上，然后接着说："你不像你爸，越来越不像，你对战争是那么痴迷，想起战争就坐立不安，你不爱我，不爱你爸，也不珍惜我对你的感情。你只顾着想：我要去打仗，我是一个忠诚的人，我是纯洁的，我不想玷污你，等等。你有没有一点新意啊！"

阿坚听得有点难过，又有点烦闷，他完全不知道接下来应该怎么办，他觉得阿芳的话像巫师的咒语一样不可思议，又像是吃了毒蘑菇的人的胡言乱语。

"你很喜欢和我爸聊天？要知道，我爸的某些观点是常人难以理解的，而且是错误的。很多时候，他根本意识不到现在这场战争的崇高价值所在，他总是抱着旧时代的标准来评价今天的事情，我们生活在当下，为什么还要受那些奇奇怪怪的想法的束缚呢？"

"不会再有今天这样的夜晚了，我们没有时间来讨论这个问题了，你走你的路，我也要走我的路。"

"可是阿芳，你要去哪里？还有三个星期就考试了，你要上大学啊！而我去参军，还会回来的啊。"

"你真是奇怪。"阿芳长叹一口气，"战争、和平、上大学、去部队，难道这有多大的差别吗？况且什么是好的生活，什么又是坏的生活？17岁自愿参军的就比17岁上大学的要高尚吗？

既然这样，那我也不稀罕去上大学了。"

"那你去哪儿？"

"去看看战场是什么样子。"

"恐怕你只会感到害怕吧。"

"可能会死吧。"阿芳如同说梦话一般，"到那时就能睡着了，睡一个长觉。但是如果战争只意味着死亡不断，你为什么还那么兴致勃勃呢，这点令我很好奇。要不我去看看？你还真是笨。"

"你要干什么？"阿坚愕然问道。

她突然笑了起来，然后又探身抱住他的脖子，把他的头按在自己的胸前，抚摸着他的头发，温柔地对他说："以后再也不会有像今晚一样的时光了。你想要把生命献给那项事业的话，那我就决定要挥霍我的人生，让它毁于这离乱之世。你能想象咱们还能在同一个地方见面吗？今年你我都是17岁，谁知道我们将来是否还能重逢，活到什么时候，又在什么时候死去，是否还能相爱，是否还会想念对方？"她捧起阿坚的面庞，亲吻着他的双眼、双唇，然后又把他那已经涨红的脸贴在胸口。

"我爱你！就像爱你父亲一样，我就像是你的姐姐，你的母亲，从孩提时代到现在，我一直爱着你，从现在起，从今晚起，我就是你的新娘了，我要跟着你，要把你送到战场上，要看看战争到底是什么样子。除非有不可抗拒的因素把我们分开，否则我绝不离开你。今晚我们单独在一起，是因为你很快就要步入你那英雄的战斗生涯了。现在，你只需要拥有我，其他什么都不要想，也不要害怕，特别是不要为我担心。你只要记得，从现在开始，我就是你的妻子。不要害怕，你的阿芳没有疯，起码现在还没有疯。"

阿坚浑身颤抖起来，夏夜十分凉爽，他的额头和后背却布满汗水。他是那么爱她，可又充满着担心，他紧贴着她的腰，感到十分虚弱，头脑一阵眩晕，爱情，令人崇拜、令人臣服的东西，他不害怕，但是他不能，他不敢。

阿芳轻轻地躺下，然后拉着阿坚也躺下。

草坪十分凉爽，上面还有一点露珠，泥土上还残留着傍晚留下的热气。阿坚把头枕在阿芳的手上，紧紧地压在她身上，就像一个小孩子。

阿芳确实没疯，而且，她就像一个年轻的姐姐，年轻的母亲。她把手伸入阿坚的头发里轻轻地抚摸着，同时悄声给他讲有关他父亲的故事。那时阿芳的头发留得很长，柔柔地覆盖在阿坚身上，带着她的体温，散发出奇异的芳香。

阿坚从她头发的缝隙里望过去，看到下弦月已经升上来了。那一轮淡淡的弯月从湖面上空的一朵云边露了出来，然后又很快被遮住，他仿佛看见阁楼上像鬼火一般跳动的火光。他也似乎看到了父亲和阿芳在一起的样子，看到了父亲画中金黄的树叶和稻秆，以及从画面上解脱出来的幽魂。阿芳的语调柔和均匀，就像是母亲在蚊帐里讲神话故事时半睡半醒的语调。

阿坚并没有意识到自己已经解开了阿芳的衣扣，一对雪白的乳房弹了出来。月亮在湖面和草滩上洒下一缕皎洁的光。阿芳平静地躺着，没有转身，也许是已经熟睡了吧。不知不觉中，他的嘴紧紧地吸上阿芳的乳头，比小孩子还熟练。起初是轻轻地吸吮，就像刚出生时被喂奶一样，接着他心里产生了一种莫名的渴望，用尽全部力量深深地吸起来，他口中甜甜的滋味，就好像阿芳的甜蜜梦乡传递到了他身上，不过，与此同时，也有一丝淡淡的忧伤袭来。

第二天上午他们才回到学校，那是最后一天上课，全体十年级都开始放假准备复习考试，阿坚拿到紧急征兵令，5月初就启程了。

那晚已经变成遥远的过去，但是，不管岁月如何转变，那个夜晚都令阿坚永生难忘。在他内心深处，长存一轮云边的弦月，一汪夜色下的湖水，只需稍微想想过去的日子，那些回忆就会涌上心头，他也常常会梦见那晚的场景。尤其后来，在前线生死存亡的战斗中，在心中充满着不幸和痛苦的日子，他总会怀念起阿芳温暖的肉体和处女的香乳，他觉得正是那些给了他无比强大的力量，带给他莫大的幸运，使他最终从残酷的战斗中幸存下来。

不过，比较而言，他现在对阿芳的思念简直到了过去无法企及的地步。即使在那些年的战争岁月里，身处西原，远离阿芳，他对她的思念都远远比不上现在。大约当时太年轻，有强大的自我保护能力，使他能免于绵延不断的回忆的纠缠。那时候一躺下就能睡着，脑子里想的都是现实，是当下的事情，是丛林出口处，某个弯路后，对面山路旁，或者山坡背面的正在等待自己的事情。每当他脑子里浮现出阿芳的样子，对她陷入深深的思念，通常都是在他身体异常虚弱，难以支撑下去以至绝望的时候。这时也通常是他在战场上受伤，或是染了疾病，或是悲哀得不能自拔的时候。

阿坚想起他在B-3前线当兵的10年里，曾经有三次陷入对阿芳的无可名状的深深思念中。第一次好像是在穿越老挝的行军险途中，那也是他第一次感染疟疾。还有一次是1969年受伤，躺在第八医疗队的时候。当时他受了重伤，伤口散发着腐臭，感觉就像是在等死。在他处于半昏迷状态时，一度守护他的那个哑巴女护士跟阿芳颇有几分相像，让他陷入了一种不可遏制的思念中，那份思念是那么强烈，完全超出了他意志力能控制的范围，简直就像发烧一样。

当闲居在招魂林的三号农场侦察排每天玩牌享受魔玫瑰的时候，当发现自己的战友和对面深山老林中的三个女孩陷入那种渺茫而令人非议的凄惨爱情的时候，他每晚都会梦到阿芳。也正是因为思念阿芳，怀念自己的爱情，阿坚没有阻止战友和那些女孩之间的荒唐感情，同时也提醒自己不要参与他们的行为。每天晚上，几个侦察兵背着阿坚悄悄地离开营房，翻山越岭去跟情人约会的时候，阿坚似乎都在梦里跟阿芳模糊的身影一起尾随着他们，加入他们不幸的欢乐里。那是何等令人着迷的恩爱，却又痛苦地预示着巨大灾祸的来临。之后，他们抓到了杀害那三个女孩的敌军探子，他决定亲手杀死他们，让他们看着自己的墓穴死去。

　　然而到了最后一刻，当他举起枪来，手指正要扣上扳机的时候，却又放了他们。那并非因为他们的祈求，也不是因为战友的惊恐，而是因为突然他想起了阿芳的话："你要杀很多人吗？""你要变成凶残的人吗？"

　　简直难以置信，在那样一个完全不合时宜的情况下，他想起了阿芳，想起了她说的话。他立刻收回成命，饶了那几个家伙。那绝不是因为他自己的宽宏大量，完全不是他的作风，以至于后来他都不敢谈起，不敢告诉别人真实的原因，后来与阿芳重逢，他也没有提及此事。

　　但是，在阿坚在第八医疗队疗伤的漫长的日子里，他真的以为陪在他身边的人是阿芳，他确信那不是梦里的阿芳，也不是思念中的阿芳，而正是阿芳本人。当然，他的那种感觉完全是受伤引起的精神错乱，尽管是那么逼真。

　　在1969年雨季开始的时候，他所在的27营被敌人包围在招魂林的那块空地，几乎全军覆没。他在丛林里爬了一天一夜，身上到处沾满泥巴，衣服都爬破了，破洞连破洞，几乎一丝不挂了。后来，另外几个脱险的战友在森林边发现了昏迷的他，抬着他向日落的方向撤退，当他因剧痛和绝望醒来的时候，发现自己已经躺在了第八医疗队。

　　第八医疗队在随后的几个月里，也不断被围追，被攻击，所以也不断撤退，不断转移。最后，医生、护士和伤员们不得不拖着瘫软的身子互相搀扶着，暂时躲进一个靠近绵山的昏暗丛林里，大家都非常疲惫，狼狈不堪。当然，医疗队撤退时的景象和感觉，阿坚本人并没有印象，因为在他被送往211医院接受治疗前的两个月里，他都迷迷糊糊地躺在一个昏暗而潮湿的山洞里。

当时他身负重伤，腐肉的恶臭从他的胸膜、肩膀，还有两腿间可怕的伤口处散发出来，连蚊子都被熏得飞出洞去。阿坚一直处于昏迷状态，间或醒来一会儿，好像只是为了确认一下自己即将死去的事实，又好像是为了积攒一点力量继续昏迷。但每次他醒来，都会模模糊糊地看到"阿芳"和自己一起待在洞里，他忍不住呼喊她的名字，她却不回答，只微笑着俯下身子亲一亲自己满是汗水的额头。

对于"阿芳"的出现，他从来没有多想，也不曾焦虑地自问，他把"阿芳"的出现当作一种理所当然的幸福，就像是对待雨的声音，树林的声音，以及回响在大地上的枪炮声一样，他表现得坦然。女护士非常消瘦，双手也因辛劳变得干枯粗糙。可是，当她抚摸着阿坚眼角的疤痕时，虽然是在昏暗潮湿的洞里，阿坚仍然看到了那个女孩棕色瞳仁中的光芒。

"阿芳？"他咬紧牙齿，转动身体，把头扭向了一边喊了一声，还痛苦地喘着气。护士轻轻地给他换掉纱布，清洗伤口，用夹子把腐肉上的蛆虫清理干净，然后又替他盖好那床破被子，放下帘子。阿坚紧皱的脸微微舒展开了一些，好像是要在自己昏迷前尽力对那个女孩微笑。

后来，他在211医院明亮干爽的竹屋里休养了很长一段时间，他醒来的次数和时间更多更长，只是"阿芳"再也没来看望过他。当阿坚身体恢复，被转往收容所等待出院时，他开始向曾经在第八医疗队待过的伤员打听"阿芳"的消息，但他们谁都不知道那里有一个来自河内叫作"阿芳"的女护士。

"你弄混了！"一个被锯掉双腿的伤员告诉阿坚，"我和你一起在那儿待过一段时间，但我没有像你昏迷得那样厉害，所以我清楚。在那个医疗队里，除了主任医师和三个男护士外，只有一个女护士，你把那个女护士当成阿芳了。但她没法纠正你，因为她是个哑巴。她好像是岘港人，她变成哑巴据说是因为受过伤，她是一个瘦小、漂亮又贤惠的女孩，对了，棕色的眼睛！你当时昏迷成那样还能够辨认她眼睛的颜色，真行啊！不过，唉，那个女孩肯定已经牺牲了。你还不知道吗？包括你我在内的重伤员刚刚被转移后大约一两个小时，那个地方就被B-52轰炸机给轰炸了，听说留在里面的人全都牺牲了，轰炸刚结束，敌人就进行了扫荡。"

"你知道那个女护士的名字吗？"

"好像叫阿莲，还是阿柳什么的，不太清楚啊。那个时候大家都不怎么喊名字，都是称呼同志，或是叫阿妹。真是可怜啊，那么漂亮的一个女孩竟然成了哑巴。"

这件事阿坚也没有跟阿芳讲过。总而言之，两人都尽量对十年战争期间的事情避而不谈。然而，很多时候，一看到阿芳，阿坚的眼前就随时会浮现出战争时期的种种经历，就会回忆起那些痛苦，一场接一场的战斗，回忆起当兵时自己正当的或卑劣的行为。有些人物和事件虽然都与阿芳无关，却都会因为她而产生联想，甚至有时候阿坚会乍然听到过去的某一种声音，或是看到过去的某个影子，在他感到不可思议又无法完全想起那是什么的时候，本能地觉得那一定是阿芳的说笑声、歌唱声，是她的面容和目光，是她伸手梳理头发的神情，是她回首观望的姿势，是她走路时婀娜多姿的样子。

他今年已经40岁了，可是曾经的爱情和深深的痴迷依然从遥远的过去回荡到现在，像火焰一样一直在他心中燃烧。梦想依然像一朵鲜花，不断地散发着希望的芬芳，也散发着无知的气息，飞扬着一些荒诞的花粉，而阿芳已经跟他诀别了，在刚过去的初冬的一个晚上，她跟他见了最后一面就彻底离开了，走的时候连屋里的灯都没来得及关。

在那之前的几天，阿芳那间一直充满欢笑的屋子突然变得鸦雀无声，仿佛是初冬的风把秋季的一切都席卷而去了。长久以来络绎不绝的客人像变法术一样一下全变没了。当然，这其实是阿芳自己决定要为她整个秋季的欢乐日子画上句号，她那间刚刚还充满欢乐的屋子，突然间变得空寂无人。

阿坚对此并不感到吃惊，好像每年都是这样，每当她玩得闹翻了天之后，她就会突然安静下来，就像是准备出家修行一样。不过，这个时候的阿坚并不觉得特别高兴，也不会特别开心，相反，当阿芳陷入这种状况，他的心情甚至比夜夜忍受她和情人们在隔壁吵吵闹闹时还要沉重。

老天啊，城市里的生活怎么会乏味无聊到这种地步。这种肮脏破碎的欢乐，比缺衣少食的贫困生活还要可怕。

那个飘雨的冬夜，男人们站在阿芳紧紧反锁的房门前，一个接一个地使劲敲门，最后都不得不失望地离开。阿芳把自己禁锢在房间里，可以想象她一个人面对四壁时的那种绝望、厌倦和内心的折磨。

这时阿坚觉得心如刀绞，他猛地想起那天正是阿芳的生日，也想起他已经很久没去看阿芳了，没跟她见面，也没跟她说话。他们之间几乎形同陌路，漠不关心，但是，只有他知道，尽管她表面上在享受快乐，但实际上已经厌倦了那些。

他赶紧上街去买了一束玫瑰，准备约阿芳去吃顿便饭。看到他们那条街停电后，他特别高兴，因为这样阿芳就更不愿意窝在家里了。他按照阿芳留给自己的特别暗号敲了敲门，但等了好一会儿才听见里面钥匙转动的声音。门打开之后，一股混合着香烟、香水和阿芳的体香的味道扑面而来，阿坚走了进去，昏暗的房间里，桌上放着一盏煤油灯。

可是阿芳家居然有客人，是一个上了年纪的男人。

"伯伯好。"阿坚向他问候，和他握手，那是一只很清秀的手，像是被雕刻过一样，纤瘦、温暖，手指修长，显得十分高雅，以至于他觉得那只手不像眼前这个老男人的手，倒像是另外某个人的手。

老男人长相平庸，满脸皱纹，面无血色，眼睛很小且暗淡无光，嘴唇干裂，头发花白，胡子拉碴，一副萎靡不振的样子，阿坚看了觉得有些不爽。老男人嘴里嘀咕了几声，轻轻点了点头，连忙把手从阿坚那里抽了回来。

"谢谢你，阿坚。"阿芳接过花，弯腰说道，"我都忘了今天是自己的生日，只有你，一直都对我这么好。哦，我来介绍一下吧，这是阿富，他是一个画家，这位是阿坚。"

阿坚静静地站着，阿芳坐了下去，蜷缩在扶手椅子里，背对着油灯摇曳的微弱光芒，隐藏在黑暗中，桌子上放着她的吉他。

"对了，阿坚，很抱歉我不能像以前那样过生日了，实际上我也忘了今天是我的生日，你要原谅我，阿坚。"

"你怎么这样呢？"客人发话了，声音仿佛是从胸中发出的，十分低沉，"如果是惯例，已经约定了又怎么能不履行呢？"

"不，不是这样的，你不要放在心上，阿富。"

阿坚向阿芳望去，但她并没往他这边看。阿坚点了点头，向他们两人告别，然后转身离开，关上身后的门，他回到自己房里，低头点上灯。

"这可怎么办？"阿坚看着一摞手稿，自己问自己。

他思绪万千，禁不住哽咽了几下，一种熟悉的悲伤和无力感又刺痛了他的心，浸入骨髓。即使这样，他又能做些什么呢？谁又能逃避自我呢？阿坚站在桌旁，呆呆地望向窗外的雨夜。

雨密密麻麻地斜落下来，在冰冷的玻璃上滑过，颤抖一般地画出透明的轨迹。阿坚感到一阵惊慌，他倒了一杯酒，一饮而尽，然后坐在椅子上，双手抱头，试图倾听隔壁的谈话声。

背后的门突然开了，是阿芳，她轻轻地走进来，走到阿坚身边。

"阿坚！"阿芳轻声叫道，她站到他身边，轻轻地抚摸着他的头发。

"你真可怜。"阿芳说道，弯下腰在他额头上温柔地一吻。

"那就别发愁了！"阿坚抬起头说出了这辈子最愚蠢的一句话，"我们不应该忧愁了，我们应该快乐！"

"我必须来见你，你什么都不知道，不知道一个像我这样的女人要经历的一切。我现在要为我所做的事情付出代价了，我已经堕落了，有时我感觉自己就像畜生一样。"

"但是……"

"但是我再也忍不下去了，我不可能对一切都无动于衷，我葬送了自己的生活，不是吗？在享乐中，在对你的残忍中葬送了它。"

"每个人都有残忍的时刻，但是我觉得我们之间从来没有过，我的人生也就这样了，一切都完了。可是生活还要继续，我们还要继续活着，你也一样啊，阿芳！"阿坚激动地叫起来，抓住阿芳的手，"为什么我们不能摒弃过去，我们应该一起生活，只要在一起就够了！"

"行了，你不要再说了，你怎么能忍受得了？"

"我可以，你也知道，我和以前不一样了。"

"阿坚啊，按理说我们应该已经幸福地在一起生活了，但为什么会到这种地步，我也不知道，我不能这样和你生活了，我们应该分开，请你理解我。"

"没有其他办法了吗？"

"没有了，分开是唯一的办法。你别这样看我。"

阿坚低下了头。

"我只是偶然碰见他的，一个星期之前。当然不是因为这个我才决定的，因为我也不能决定什么。"

"那是为什么？"阿坚突然提高了音量。

"因为这是我离开你的唯一办法，因为我们不能再这样下去了。"

"我们哪里在一起了？你在你的房间里，有你的工作和生活，我什么都没有。这不是你跟一个老男人走的理由！如果走也是我走，你别做傻事了。当然，除非你爱那个男人。"

"老男人？你看看我多大了，你以为我还是17岁吗？"

"你打算什么时候走？"阿坚说道，好像想要打断阿芳的话。

"今晚，一会儿就走。我想说，我们再也不会见面了。"

"真是简单，轻巧，就像合上一本书一样，一本破书，对吗？"

"请别这样说！阿坚，我也很痛苦啊。"

他们站在一起，他不自觉地抱住了她，她颤抖起来，他们亲吻对方，过了一会儿，她推开了他，但是他们忍不住再一次亲吻起来。

"行了，不要这样了。"阿芳叫起来。

她走到门口，阿坚默默地跟在后面。阿芳突然转过身，背靠门，盯着阿坚说："阿坚！我也不知道我以后会生活得怎样，但是我们肯定很难再见面了，请你原谅我。"

"你爱他，对吗？"

"阿坚！我……我除了你谁都不爱的……你，你还能爱我吗？"

"当然！"阿坚答道。

他还爱她，而且将一直爱她。他觉得他这一生只有两段爱情：一次是战争前，他和阿芳之间的；另一次是在战争后，虽然跟上次很不一样，但也还是他和阿芳之间的。

半夜，阿芳和阿富一起走了。阿坚一直呆呆地站在窗前，他清楚地听到两人的脚步声，钥匙锁门的声音，拖行李的声音。接着阿芳走到他的门前，好像往门缝里塞了什么。最后他听见阿芳小声说："阿坚，我走了。"

他们一起走了。阿芳的高跟鞋轻轻地发出声响，她未婚夫的脚步有些拖沓，走路时脚底在地板上蹭，楼梯被蹭得吱吱作响。阿坚走到门边，取下那封信，那是一封很简短的信，语气冷冰冰的，像是一份电报："阿坚，我走了，永别了！这样对你好，对我也好。我只求你忘了我，此外别无所求。祝你成功！"

阿坚走到走廊上，他拉起衣领走下楼梯，来到了大街上，她还在，她永远都还在，他这么想着。

阿坚最近总在内心发誓：我一定要写作！

夜深人静，被巨大的悲痛和强烈的绝望包围的时候，他常常走到大街上，边走边想：我一定要写作！

今夜也是如此。

我一定要写！从此以后，我的生活里就只有写作！

写过去的经历是痛苦的，但是一定要写！哪怕写作像用头撞墙那么痛苦，我也要写！

一定要写！哪怕像拿起手术刀解剖自己，像剥离心瓣一样痛苦，我也要写！

一定要写！哪怕是把自己彻头彻尾由里向外翻转般痛苦，我也要写！

写作是唯一的生存方式，一定要写！要通过写作扫除心魔，让我长久以来饱受折磨的灵魂得到救赎，不再继续漂荡在伤痛和耻辱之中。

强烈的使命感和紧迫感在阿坚的心里油然而生。

当头脑不清醒或是缺乏写作灵感的时候，他就会走出去，走到深夜的大街小巷去。他喜欢黑夜中的河内，尤其是那些停电的夜晚，城市完全被黑暗吞没，整个城市漆黑一片，如旷野一样荒芜。

如果再碰上一阵凄风冷雨，给深夜的城市增添几分愁苦氛围的话，阿坚就会觉得自己跟这个城市格外相通，感觉自己被理解了，个人的悲伤似乎就能减轻很多。

特别是在静谧的小巷中摸索前行的时候，他感觉自己的心扉好像突然被揭开了甜蜜的一角，开始面对广阔无垠的天空。那些杂乱的思绪则像接受了大街小巷里清风的吹拂，令心帆高高扬起。

一定要写作！写作是为了忘却，也是为了铭记。写作是拯救，是救赎，是一种承担，更是一种信念！

不仅要写亲人，也要写街道上熙熙攘攘，无意间见证了彼此生活的陌生人。要描绘不同的生活方式，不同的灵魂，甚至完全相反的灵魂，要描写各异的建筑，温馨的家庭以及生养自己的城市。

在深夜的雨幕下，在楼阁的屋檐下，甚至是大街小巷的角落中，一盏盏斑驳的路灯下，隐藏着多少人的命运和他们独特的人生啊！

深夜的街道上，人们行走的脚步声就像是宁静的乐曲，又像是思维漫步的声音。

一辆三轮车经过，无声地溅起水花，一对情侣在交通亭里拥吻，某条小巷里隐约传来鸡鸣声。接着，突然来电了，原本漆黑的马路，一下子亮了起来。路灯一盏一盏地亮起来，仿佛是被风吹亮一样。榄仁树上的叶子落下，发出沙沙的声响，被雨水淋湿的酸果叶呼呼地在人行道上随风追逐。

阿坚感觉自己像行走在一段雄壮乐曲的节奏中，黑夜中的大街小巷让他清醒地意识到自己活着，敦促他抓紧写作，不要去追逐贪婪的生活，不要去幻想过小市民的生活。

某天夜半时分，阿坚独自在街头的一家店铺里驻足欣赏玻璃柜里的丝绸制品，丝绸颜色各异，但每一样都显得异常柔美、纯洁和雅致。他看得那么入迷，可似乎又有一些漫不经心。

"叔叔您买点什么吧？"听到那清新的问候声，阿坚看到柜台后面一张清秀又略带粉饰的面孔，那是年轻的女店主，"我们女人，不管多大年纪，都很喜欢这种丝绸礼物呢。"

阿坚尴尬地笑了笑，因为那一刻他才发现这里是女性用品专柜，真没有想到这些东西如此漂亮，如此精致。他当时的表情，让别人看来，肯定以为他是乡下来的。

女店主娇憨地笑了笑："真漂亮，不是吗？就好比清晨的天空呢，是不是？"

在人行道上，在小雨中的黑夜里，阿坚快步走着，过了很久，他的眼前还不时浮现出那些让人意想不到的新时代女性漂亮的丝质内衣。他很自然地想起西德惹地区的高棉女孩，那时她们把吊带衫穿在短衫外面当作装饰。

他也回忆起他们行军经过广平省的某个地方时，每个人的背包里都装有这类漂亮的"零件"，各种款式应有尽有，年轻的女敢死队战士们喜欢极了。当然，打仗时的姑娘们的装备肯定比现在的姑娘差远了。

哎呀，就像1973年那会儿，发生了一件可笑的事情，阿坚他们营误领了女兵服，短上衣，裤子旁边是开衩的，更奇怪的是，每个人都附加了一套"锁链零件"，士兵戏称那是"加减服"。那些东西和槟榔皮一样硬，刚好能遮住胸部，颜色深绿浅绿都有，就像是一只只巨大的金龟子。

部队里常有这些好笑的事情，但也常有让人恐惧的事情发生。生活总是这样，即使是十分细小的事情里也总是附带着痛苦。生活中总也不乏难忘却令人没有勇气诉说的事情。

阿坚过了马路，在一家饭店门口的路灯下，他看到一个乞丐蜷缩着身子站在那里，手插到腋下，不断向行人点头作揖，用低沉而又自信的声音在说："同志啊，请关心一下他人的处境吧！请体恤一下遭受水灾的难民吧，同志！"

"他妈的，一个要饭的态度还这么强硬？他妈的，不是老子们跟侵略者打上一仗，你他妈连饭都要不成！"一个衣着体面、穿短大衣的男人搂着一个穿羽绒服的美女从饭馆里出来，趾高气扬地说道，"喂，低声下气点，老子才给钱！"

穿着羽绒服的女人扑哧一声大笑起来，就好像被人挠到了痒处。

"说来也真好笑，等什么时候我要在书里写写这样的场景。"阿坚很自然地想到，或许将来还可以把这个高高在上的男子和那个乞丐写成老朋友，甚至是战友，或者是其他密切的关系。

阿坚不知道自己怎么会想到这件事。他所有的思绪都混乱起来，没有任何条理，思想和情绪交织在一起，好像是要模糊那纠缠折磨他内心的忧伤主题。尽管如此，他也知道正是这断断续续的、没头没尾的、前后矛盾的思绪在帮助他脱离内心的痛楚。

在夜色中的大街小巷穿行，令他觉得就像走在奇异的迷宫里。在这些大街小巷所遇到的人和事，表面看来没有任何联系，也没有什么意义，汇集在一起却非同一般。正如单个的阿拉伯数字，一旦串联在一起，就可以组成一个无穷大的数。无数个夜晚，他走在大街小巷里偶然"捡到"的"数字"，总是引诱着他继续整夜不停地在街上闲逛。

渐渐地，这种闲逛似乎变得必不可少，一天不去，他就觉得黑夜里的生活杂乱无序，甚至令人厌倦。他有时候会毫无目的地跟着前面的某个人走，随他穿过一条又一条街道，直到那人消失在某个房子的门口，他还会通过那人的背影极力想象他的相貌和生活方式。他努力将自己融入他们的生活中，尽管觉得那些人的生活与他是格格不入的。

他回忆起1972年，他常常和侦察兵小A以及"牛头"阿胜，这些被称为"圣地小子"的人在丛林里碰面。他们绑上吊床，躺在一起，整夜恣意谈论街头巷尾的各种事情，还会出一些琐碎的问题考考彼此。比如，某条街在哪儿？哪条街上只有一座孤零零的简陋的房子？哪条街上的房屋最多？哪条街最短？哪条街最古老？那条街为什么被称作"追街"？河内哪家饭馆专门做烤蛙？

哪个咖啡馆最好？等等。这些问题，最后总是阿坚取胜。就连三代在草市街靠开三轮车谋生的阿胜，也不得不承认阿坚比自己更熟悉河内。

可以说，没有哪一位河内籍的士兵比阿坚更了解这个城市了，阿坚能够分毫不差地描述出那些古街的细枝末节。比如，河内有大大小小多少湖泊？钦天路有多少条巷子？哪条街上的女孩最漂亮？太平洋电影院常在哪几个晚上放电影，用什么方法能够买到票？等等。

不过，大家可能想不到的是，阿坚对这些街巷的认识并不是从小累积的，而是在战争中了解到的。事实上，当兵之前，他还只是一个在读的高中生，很少在街上闲逛。当兵之后，他才真正对河内的街道了如指掌。因为他曾在几个不同的营房待过，结交过很多河内籍的士兵，正是长期到处转战的军旅生涯以及深山丛林中的黑暗岁月，让他对生他养他的故乡有了深厚的感情。

可是，现在他对河内的迷恋之情已经淡化了许多，他觉得这座城市越来越陌生了。这么多年过去，这座城市自然发生了巨大的变化，真正改变的是他自己的生活，由此他才感到心中和眼中的河内已经截然不同，也许他主要凭着记忆来维持与街巷的联系。今天在他周围发生变化的生活，似乎只有一个作用，那就是维持他内心对永不消逝的过往的记忆。

退伍回家后，走在街上，走在人群里，阿坚常常感到军队里那种融洽的氛围、心灵的感应在如今的人与人之间已经不复存在了。

孤独感常常如影相形地紧随着他，这种孤独并非只有阿坚才有，而是弥漫在整个社会。

战后许多人的命运似乎都是相似的，贫困、单调的生活与深切的孤独感交织在一起，在他们的内心形成了翻滚的江河。

喜悦、悲伤、幸福、痛苦这类的情绪在减少、淡化，变得乏味，丧失意义，但偶尔似乎又猛然在黑夜里亮光一闪，犹如商店门前那一闪一闪的微弱灯光。

行走在大街小巷，他原本是想去追寻记忆中的过去的愿望，最后却落了空，陷入深深的忧伤里。

他常常觉得所有的一切，所有的人，包括他自己都在黑夜中渐渐消失，真实的河内与他在丛林里多次午夜梦回的故乡已经格格不入。

所以，当他走在街头，常常会冒出一个念头："离开这座城市！必须离开这里！"午夜的浓黑中，风也似乎在头顶呼啸着："离开吧！离开吧！"

不知不觉中，他回忆起5月夕阳下寂静的梦坡，那个有人在等待他的小村子。想起那里，过去宁静而美妙的一切如同就在眼前，仿佛就能感受到从树林里、从阿兰家的果园后面吹过来的微风，能看到在那无垠的苍穹里闪亮的金星。

雅南镇的美啊，仿佛勾起他内心深处某个角落里的渴望，但这渴望很快又会因为绝望而熄灭。

或许，即便在他的一生走向尽头的时候，也会有这么一个地方，有一个人正在他曾建功立业的地方等着他。

之后他又想到了那年春天，B-3前线全军从潘朗沿海的陡峭山路登上悦目岭，经过多尼姆水电站，又经过了丹阳、德重，再下颐陵，进入14号国道，沿路到了禄宁，之后又急忙返回，打到西贡西部，结束了战争。

那是他步兵生涯成千上万次行军中唯一一次乘着机动车呼呼地穿过无尽的草原。当黎明降临在草原上，战士们醒来时，发现汽车表面因沾满风霜而变成白色，他们互相打听前一天晚上穿过了一些什么地方，现在正在哪儿……他们也为一路上的胜利而欢欣鼓舞。

那情那景，依旧何等清晰，又是多么幸福，多么令人陶醉啊！

可如今，它们已经变成遥远的过去。

一定要离开这里！要离开！要到远方去！

阿坚拐进了还剑湖附近的一个黑暗角落，一家名叫"de la Hiên"的咖啡馆，这是一家位于巷尾的隐秘夜店。

每次在深夜里漫无目的地游荡，他都会顺便来到这里。

这里留下了他很多回忆。这家店不像其他一些店里爱播放嘈杂的音乐，也不像禅光湖附近的店里总是男女诗人扎堆吟诗作赋。

"哈啰！你是步兵吧？"长着一个酒糟鼻子的胖老板笑逐颜开地跟阿坚打招呼。

他端给阿坚一杯咖啡，一盘中国瓜子和半瓶酒，然后认真地问他："你们军人喜欢陪酒女郎吗？"

"不。不过，最近你这里也添了这道'菜'了？"

"嘿，嘿，紧跟潮流嘛。"

咖啡馆里拥挤不堪，潮湿的空气中弥漫着烟雾。阿坚兀自懒洋洋地坐着品尝咖啡，什么都懒得想。别的桌子上的人都在抽烟、玩纸牌。

远处，湖面上仿佛有一颗朦胧的星星时隐时现，十分梦幻。不过，那也许只是栖旭桥头的一盏路灯罢了。

战争刚结束那会儿，老板瘦得像烟袋杆。他也是退伍军人，曾是一个中士，他从老挝回来时，晦暗的脸色就像是患过疟疾。那时人们称他开的这间咖啡馆是老兵俱乐部。

客人清一色是退伍回家"还剑"①的军人，大部分都还没有找到工作，新生活还没有安定下来。正像人们说的，他们大都还没有还过魂儿来。一传十，十传百，渐渐地，大家都知道了这家店，都来这里聚会。

---

① "还剑"涉及越南传说。相传15世纪初，黎朝太祖黎利在蓝山起义之前偶然得到神龟所献的宝剑，后来他凭借那把宝剑打败敌军，建立了黎朝，做了皇帝。10年后，有一天黎太祖在绿水湖上游船时，突见一只金龟浮出水面，游向船边，向黎太祖说："敌军已被打败，请皇上还我宝剑。"话音刚落，黎太祖腰部的宝剑就突然摇动，掉入金龟嘴里，金龟于是含着宝剑往湖底潜去。黎太祖与群臣非常惊讶，以为是神仙现身，就把金龟称为神金龟。为表达对金龟的尊敬，绿水湖从此更名为还剑湖。后来，湖上建了一座小塔，称为龟塔。还剑湖现位于河内市中心，是河内的一个著名景点，也是河内的象征之一。——译者注

很快，他们离开丛林鬼门关后所领的军饷都一点点流进了店老板的口袋里。

早先，这里是快乐至极的。大家一边喝酒一边大声讨论他们各自在重新开创人生道路上所遇到的艰难困苦。

那些事情现在说起来已经是司空见惯的了，在当时却都是一些闻所未闻的事情。而且从战士的口里讲述出来，着实让听众们感到又辛酸又好笑。大家听得垂头丧气的时候，只好借酒消愁。

当然，这里也有不少给大家带来希望的小道消息，例如什么地方可以找到工作啊，怎样通过行贿搞定户籍问题啊，如何办理伤残补助啊，怎么申请进入大学读书啊，还有怎么申请返回之前的企业，等等，这些问题，都会有人尽心尽力地指导和解答。

总的来说，这里虽然充满萎靡消沉的气息，但曾经是老兵们见面寒暄、消愁解闷的一个好去处。

此刻阿坚坐的地方是从前"笨阿旺"的专座。

阿旺是一名老装甲兵，家就住在火车站后面。他曾经大声炫耀："老子以前开着坦克在东部风光过整整4年！"

阿坚在这个咖啡馆遇到过无数难以从战争泥潭中自拔的退伍军人，他们时常被惊恐的战争记忆所缠绕，丧失了继续生活的热情和勇气，日渐衰颓。阿旺可能是阿坚遇到的第一个这样的人。

刚被朋友带到这个咖啡馆的时候，阿旺喝酒不多，也不闹，反而畏畏缩缩的；由于块头太大，还显得笨手笨脚。

第一次见面时，阿旺坐在阿坚旁边跟他搭讪："我想托你们帮忙找一个汽车司机的工作呢。"

接着他有些夸耀地说："什么车都没问题，不管是货车、大客车，还是小轿车，甚至压路机都行，只要是能让我手握方向盘，开车在大地上奔跑就好啦！我不喝酒，过来和你们坐坐就好。"

后来阿旺很久都没有光顾那里，等他再次出现在咖啡馆门口时，大家都惊呆了：眼前的阿旺胡子拉碴，眼睛布满血丝，走路摇摇晃晃的，嘴唇微张，脸上是茫然的惨笑。

"战友们啊！我再也不能驾车了，现在是酒在驾驭我了。"从那以后，阿旺就似乎变成了咖啡馆的一块固定风景，每次都坐在专属于他的角落，永远是一杯酒加上几盘下酒菜，自斟自饮。偶尔来了兴致，他会大声吼上一段军歌或是在先前的军人生涯里学会的某一首下流歌曲。

"跟我干一杯，步兵哥！"有时阿旺会怪声怪气地冲阿坚喊，"不喜欢我啊？还是怕我没钱？别担心，干了吧！没有我们这些人，你们怎么可能像那些将军夸耀的，是他妈的什么'世界一流的步兵'？干杯，让他妈的战争滚得远远的！"

唉，实在令人难以想象，从前那么英勇的一个战士会变成现在这样，把自己折腾得就像一扎破布一般。据说他患上了"晕马路综合征"。不过，实际情况更糟：阿旺连摇晃都受不了了。

"在坑坑洼洼的路面上开车还好，"阿旺说，"但是开到平稳的、软乎乎的路面上，我就作呕，好像马上要吐出来，会晕得抓不住方向盘。晚上回家都睡不着，睡下了就会做噩梦，在梦里大喊大叫，就像受人宰割一样，所以我只能喝酒。喝了酒还怎么能开车呢？而且，我开车还有一个毛病，特别厌恶行人和自行车。看到有人在车前面闲逛我就没了耐性，要极力克制自己才能避免冲过去轧死他们。你们都见过坦克从人身上碾过去吧？坦克那么重，可是依然会被人体硌得震动一下。坐在车里，握着方向盘，对这种感觉更加敏感，你会知道车正在从人的身上碾过，而不是轧过土堆、树根或是砖块。碾在人身上，感觉就像是把一个充满水的袋子突然碾破。天哪！"

阿旺说着说着，突然呻吟起来，露出痛苦的神色。"这些景象在晚上睡觉时一直缠着我。你们不会理解这是一种什么样的感觉。我们追击敌军18师，路过春禄的时候，坦克的履带上沾满了人肉和毛发，成群的蛆在上面蠕动，充满恶臭。车开到哪儿苍蝇就跟到哪儿。唉，所以，从那以后我就开始失眠，再也没有香甜的美梦了。"

阿旺就这么一天天地喝下去，直到病倒后才没再来。其他人估计也跟他差不多。俱乐部渐渐散了，大家的命运都很悲惨。此刻坐在咖啡馆阴暗角落的也基本上都是老兵，可是再也无法辨认出他们过去的痕迹了。就像阿坚自己，他又何尝还是原来的那个他，就连店老板也变了。

阿坚把面前的那杯酒一饮而下。这时一个姑娘走了过来，经过阿坚的桌子，她看见阿坚在看她，她头发蓬松，身穿一件大衣，衣服口袋上到处是拉链，看起来鼓鼓囊囊的，身上还有一股中国的香水味。

"请走开吧。"阿坚说道。

“你不喜欢我啊？”

“你为什么不找一个别的地方坐下？”

“哪儿还有别的地方啊？”

那女的扑哧一笑。她牙齿缺了一块，牙龈还黑乎乎的，不笑的时候倒还勉强看得过眼，那样子看上去怎么都像未成年人。

“真冷，”姑娘叹了口气，“你一个人喝酒啊？老天，你就请我喝这种毒药啊。”

“小孩子喝酒不好。”

“你才是小孩子呢！”

姑娘把手放到阿坚的大腿上。“啊！”她叫了一声，把手收回来，轻声笑了。阿坚微微张开嘴。

“唉，你这个人真是不解风情。我可不是傻瓜，我是有文化的人。你要知道，现在陪你喝酒的人是一名女大学生哟！你别笑，我没喝醉。唉，你这个人哪，算了，干了这杯酒吧！”

阿坚这一生喝酒无数，但只有极少的几次醉得厉害。一次是在胜利前夕的4月30日的夜晚，在新山一机场的法国航空公司的酒吧里；另一次是10年前，就在这个咖啡馆。

那是一个漆黑的夜晚。店主肯定还记得，当时店主还没有现在这么胖。眼前的这个姑娘那时大约还是一个站在红云店里等着吃冰激凌的小女孩吧。对，就是那个漆黑的夜晚，他跟一个人打架，把对方给打伤了。

噢，不，实际上那天他并没有喝醉。那时候，他根本不怎么喝酒，他到这个店里总是喝咖啡，偶尔才和战友们喝上几杯。人家喊他喝，他才喝一点。跟别的退伍军人比，他要幸运得多。他有房子，考上了大学，是大学生，而且就快要毕业了，快要结婚了。未婚妻是一个绝色美女，他们在战前就相爱，他打仗十年，她等了十年，一直等他从战场上归来，一直到现在。

当然，这是别人议论他的一些话，他从不去纠正旁人的说法，也从不把阿芳带到这里。不过，咖啡馆的一些常客去过阿坚家，阿坚也曾向他们介绍过阿芳。

那是一个漆黑的夜晚，一个不幸的夜晚。一场冲突之后，警察拘留了阿坚，理由是老兵手痒，打架斗殴。但事实上，跟手痒没有半点关系。那件事情的发生说起来很偶然，却带有这个没落的时代的必然性。

从那以后，阿坚就开始了一种地狱般的生活，是普通生活的地狱，是看起来太平安乐的时代的地狱，也是爱情的地狱。

从那以后，他跟阿芳之间的爱情，充满了怪异的成分，充满了伤害，让他的心日益枯竭，令他身不由己地陷入越来越深的痛苦之中，整个人似乎变成了汪洋大海中一条飘摇不定的小船。

那天，他一直在咖啡馆里坐到半夜，品尝着第二杯咖啡。其他的客人差不多都走了，只有喝得醉醺醺的笨阿旺还坐在那里哀伤地哼着小曲。店老板在柜台里算着账，阿坚坐在吧台旁边的一个座位上，离阿旺远远的，不想跟他有什么瓜葛。

这时，一帮家伙就开着车来了，他们把车停下，却并不上锁，可能就是顺路过来喝杯咖啡的。他们有三四个人，阿坚也没看太清。

这帮人衣着考究，看上去一点也不像凶恶之人，乍一看甚至像是轻音乐磁带上的歌手。但他们确实是一些不好惹的家伙，是一群衣着体面的恶棍，放荡而危险，他们看上去跟阿坚同龄，都是30岁左右。

他们那种人一般都会带着武器，不是枪就是刀。然而即使不用武器，他们也像野兽一般凶残。阿坚清楚这一点。不过，这次他们好像只是来喝咖啡，谈点什么事情。

阿旺继续在那儿哀怨地哼着，令那帮人感到厌烦。本来，他们觉得不爽，完全可以向店主反映，也可以直接请阿旺别唱了。

可是，坐得离阿坚最近的一个穿黑色皮夹克的家伙却恶狠狠地骂道："你这个废物，还他妈的充满了对战争的自豪感。他妈的胜利里充斥着蛮横无理！全是一帮茹毛饮血的东西，一帮没有进化好的土包子！废物！"

"喂，照我看来，你才是废物呢。"阿坚用一种很温和的语调不紧不慢地说。

那个黑皮夹克马上站了起来。阿坚看着他，此人长着一张大饼脸，脑袋像萝卜。听了阿坚的话，他也盯着阿坚看了一下，脸上飞快地闪过一丝诧异，又有一种忍不住想笑的神色。他吹了一声口哨，眯起眼睛。

咖啡馆老板急忙出来劝阻。黑皮夹克的同伴也过来拉他坐下，他们无意在此斗殴。

但坐了一会儿，那黑皮夹克突然起身，走了过来，拉了一把阿坚桌边的椅子，坐到阿坚对面说："你说我是垃圾、废物，那就尽管这样认为好了！而你呢？很可能你是一个值得尊敬的人。我很荣幸上个星期六在八月电影院见过你。朋友啊，你回忆一下看看，在进入电影院的时候，你身边的美人是否有过片刻的慌乱？那就是因为她发现我看见了你们俩。你可能不是垃圾，但是那天与你并肩的仙女啊，让我说实话吧，实在是个人渣！"

阿坚抿了一口咖啡，弹了弹烟灰，内心告诫自己要克制，但是他明显感觉到心跳加快，嘴里又干又苦。

"如果你觉得我在胡说八道，那么明天8点整，我把那个美人先前的姘头叫过来，让他一五一十地把详情告诉你。你无故羞辱我，我不跟你计较，因我自觉还是个正派、善良的人。不瞒你说，我不仅当过兵，而且还曾是个军官。那边那个阿旺我也毫不陌生。怎么样，就明天早上8点？至于那女的，我跟你说吧，那种眼神迷人的女人，都是轻佻、堕落的妓女，不管她们看起来有多可爱。所以你的那个阿芳，其实就是一个烂婊子。"

还没等黑夹克说完，阿坚就把整杯滚烫的咖啡泼到了他脸上。那人却动都没动。整个咖啡店里的人，除了睡着打呼噜的阿旺，都惊呆了。

"老子在洗手间等你！"阿坚说道，"用不着等到明天了，你这狗娘养的东西！"

"行。"这个穿黑衣的人擦了擦脸上的咖啡，站了起来，"我叫阿兴，你回去跟阿芳说我的名字，她肯定记得我，我还教过她现代声乐。"

听到这里，阿坚不等他去洗手间把脸弄干净，就直接在店里打了起来。没人敢过来劝架，甚至连他那几个同伙也不敢上前。阿坚发疯似的用椅子朝他劈头盖脸地砸过去，把他打得满身是血，又将他拖到外面的人行道上，把他的头摁到旁边的水沟里。警察来的时候，阿坚正准备去揍他的同伙呢。那时，他真是完全丧失了理智。

第二天早上，阿坚被释放出来。警察也不想当恶人，他们见过太多的退伍军人了。阿坚刚回到家，阿芳就来了。她已经知道了一切。阿坚沉默了一会儿后说道："真是奇怪，你怎么这么快就清楚此事了？"

阿芳竭力保持坦然地说："阿兴的朋友刚来过我家了。"

后来有两三年，阿坚都不敢光顾那家咖啡店。当他再次出现，店主依然一下子就认出了他，而且显得格外高兴。他说拜读了阿坚登在报纸上的小说，还说退伍军人里有像阿坚这样事业有成、有名望的人，实在令人开心。

唉，那是一个怎样的夜晚啊。栖旭桥头的灯就要熄了，雨依然下得很大。陪酒女郎已经睡着了。阿坚站起来，付完钱走了出去。他看了一眼手表，发现表已经停了。他猜天可能快要亮了，因为已经传来了电车的声音。

在麻行街和桃行街之间，驶来了一辆电车，车轮碾过地面，车身摇摇晃晃，还发出叮叮当当的声音，就像车里装满了碎铁块。随着一声铃响，电车停靠在了湖边的车站。

车顶上的电线还摩擦出了几星火花。驾驶室里有一只发黄的电灯，从远处看，那灯就如同嵌在司机的腹部似的。走近了看，电车实在破旧不堪，还散发着浓烈的铁锈味。早上有些清冷，司机穿着棉衣。其实，司机就是阿坚他们那栋楼里的勋伯。

勋伯的工作时间不固定，有时候上班很早，天还没亮就出门，有时候吃完午饭才下楼去上班，手里拿着一个饭盒，里面装着晚饭。他个子不高，又格外瘦，看起来就像一根细长的竹竿。他喉结突起，肩很窄，背有点驼，走路总是低着头，就像怕踩到了自己的影子。勋伯有三个儿子，但都死在了战场上。其中，老二阿全牺牲的时候阿坚就在旁边，但是勋伯并不清楚这件事。勋伯的老婆听到三个儿子都牺牲的消息之后，就一病不起瘫痪在床了。

这些年，这对可怜的夫妻每天对着空荡荡的屋子相顾无言，日子过得很凄惨。勋伯还天天去开电车。间或，他也会和阿坚闲聊。有一回他跟阿坚说："要是阿全还活着，阿芳现在就是我们两老的儿媳妇了，你们还小的时候，阿全就认准了这件事，小孩子真是可爱啊。"勋伯很感慨。

以前，小区里的孩子偶尔会坐上勋伯的电车出去玩。那时候电车还很新潮，很漂亮，不像现在这么破旧。一群小孩就挤在驾驶室看他开车。勋伯偶尔还让孩子们拉拉手刹、摁摁车铃什么的。

阿坚坐着电车在大街小巷里穿行。不知不觉，车开出了城，郊外的道路杂草丛生，到处都是垃圾，电车减了速，缓缓驶过那片脏乱的地方。

坐在电车里，阿坚又想起了小时候的事情。那年，阿坚、阿芳、阿全，还有阿生，都在一个班、一个组里念书，都是好朋友，彼此十分亲近。有一天晚上他们坐着勋伯的车出了城，勋伯半路上停下车，坐到路边的小店里去喝水，跟服务员闲聊。

那是在纸桥站附近，天很黑，四周静谧，只有此起彼伏的蝉鸣和蛙鸣。路边还有一辆废弃的电车，别的孩子都跑出去捉迷藏了。阿芳拉着阿坚往那辆空荡荡的废车跑过去。

他们两人都颤抖起来，仿佛预感会有不同寻常的事情发生。阿芳飞快地跳上台阶，猛地把阿坚拉上去，两人一下子陷入漆黑的车厢里。阿坚觉得浑身发冷，禁不住颤抖起来，呼吸变得急促，心怦怦直跳。这时，阿芳突然用手搂住他的脖子，开始亲吻他的脸、嘴和眼睛，少年人的亲吻疯狂至极，那真是充满孩子气的热情啊，那年他们才13岁。

"你们刚才去哪里了？"等他们回到勋伯的电车，阿全把他们俩堵在车厢门口问道。

"当然是跑去玩捉迷藏啊，不然去哪里？"阿芳轻松地回答。

"你撒谎！"阿全眼睛瞪得大大的，声音断裂又阻塞似的说，"你们干的事，老子都看见了，老子知道了，老子……"

"别想歪了，阿全。"阿芳急忙小声嘟哝着，"不过就是玩玩过家家扮演夫妻的游戏罢了，你要是想玩的话就不要告密。"

"夫妻怎么可能有三个人？"

"真笨，这还要问。灶公灶婆的故事不就是一妻二夫吗？"

返回市区的时候，阿芳拉着阿坚悄悄地坐进车厢。阿全依然站在他爸的驾驶室里。他们突然听到勋伯问道："怎么回事？刚刚你们是不是打架了？"

"没有啊。"阿全带着哭腔答道。

"那你为什么要哭？"

阿坚害怕地朝阿芳看。小姑娘没看他，只是看得出她也有些害怕，脸都白了。但她还是小声地安慰他道："管他呢，别怕。"然后像一个大人一样，长长地叹了一口气。

想到这里，阿坚打了一个寒战。他莫名其妙地又想起了过去生活的点点滴滴，往事从遥远的地方走来，刺入他的心胸，令他痛苦地扭紧了脸。

他低下头，用力摁住两边的太阳穴，想要用手阻隔回忆的潮流，不再让它把自己卷走。

他觉得如果不及时停止回忆，他马上就会想起那个血染的早晨，想起阿全的死，就在新山一机场的5号门，就是1975年4月30日早晨，战争结束前的最后一场战役里。

他们俩是在百多禄陵墓附近偶然碰到的。当时阿坚是步兵侦察兵，趴在最前列的一辆T-54坦克车上。阿全在他们后面那辆坦克上，他是狙击手，手持K-63机关枪。

他们在匆忙中对望了一眼，大约过了15分钟，才兴奋地大声喊出对方的名字。

他们对着敌人进行一番射击之后，敌人的反坦克飞弹也炸过来，可是没有炸中最前列的那辆阿坚藏身的坦克，却正中后面阿全他们那辆，把他们整组人都炸成了碎片。

越不愿意想起的事情，真的就越难以忘记。

痛苦仿佛如影随形，紧紧抓住他不放，从童年开始，经过战争年代，一直持续到现在，从来没有离开。

也许人就是为了受苦才来到这个世界。因为有痛苦，人们才要活着，才要去谋求幸福，企盼爱情，追求艺术，要尽情享受，要竭力忍耐，直到生命的尽头。

天快亮的时候，阿坚回家了，回到了那所阮攸路尽头的房子。

雨还在下，他望着雨幕中阿芳的窗户，淡红的窗格上映着垂落下来的严严实实的帘子。他知道屋里已经空无一人，那里已经没有他的阿芳了。她已经匆匆离开，那么仓促，那么轻易地从他的生活里消失了。

"阿芳，我爱你……你知道我有多爱你吗？"他用手扶着墙，脱口而出这句话，这是一句他不知道暗暗地讲过多少遍的话。

他泪眼蒙眬，呼吸不畅，心痛不已。人们说，能哭出来的话心里会好受一些。可是他哭也哭过了，颓废酸楚，执迷痴傻，又有什么用呢？

无数个夜晚，他站在窗边，听到隔壁阿芳屋中传来的阵阵笑声，就妒火中烧，备受折磨。他常常问自己，要不要闯进去，揍那些男人一顿，把她的琴摔掉。

可是，就算喝得烂醉，就算去打架，也不顶事，一切还会回到原点。旧日的创伤难以抚平，它们时时闪现，锥心刺骨，一次又一次，永不停息地撞击着他的内心，令他难以释怀。

现在，虽然阿芳已经远离了他，但她依然是他精神世界的全部。而他，也只剩下精神世界了。

无数的夜晚，他沉醉不醒，陷入无尽的梦幻之中。就算睡觉时有女人在身旁，闭上眼睛想到的仍是阿芳，想念她白皙的身体，她皮肤所发出的诱人香味，甜如熟果的双唇，还有晚上缠绵过后，她瘫软无力却依然销魂的姿态。

他也算阅人无数了，但是那种对成熟女人的味道和肉体的渴望，仅限于阿芳一人。

平常的日子，他的情欲就像在沉沉昏睡中，让他以为自己的身体再也不会那么炽热了。但是，每当午夜梦回之际，他的脑海里闪现阿芳的身影，所有的欲望又如同添柴加薪后的火焰一般重新燃烧起来。他在作品中醉心塑造的女性人物，说到底都只是寄托着他对阿芳的梦。

在梦里，他意识交错，层层叠叠地回忆起在那遥远而苍茫的青年时期对阿芳产生的无尽的迷恋、思念以及由此带来的种种痛苦，所以，在睡梦中他总是难以平静。

虽然只是梦，但是梦中对心爱姑娘的那份矢志不渝的眷恋以及对战争的回忆让他在现实生活中保持着爱的火焰，带给他强大的生命力，带给他诗一样的情怀，使他没有沉湎于战后悲惨的个人命运里。

不过，梦里的事情依然不过是梦罢了。一旦醒来，快乐仿佛就立刻消失得无影无踪。他又变回那个怪异孤僻的家伙，那个丧失了大好时机，一事无成的中年汉子。

假如事先有人告知他战后的命运，"我们怎么会分开？！"这是他们这些年常常挂在嘴边的话，"假如我们一直是朋友……"

当然，现在说这些已经晚了，他们之间的感情已经无法挽回。真要假设的话，应该说："假如没有相伴长大，假如没有学生时代相互倾慕的深情，假如没有共度童年时光，共有一群朋友……"

是的，当时如能及时关闭那些闸门，年轻时不着边际的想法就不会肆意蔓延甚至陷入深沟险壑。假如在入伍那天他没有再见到阿芳，他就会一口气到南方，阿芳则会升入大学，就不会是现在这样子了。

1965年，阿坚所在的36新兵营在雅南训练3个月后，得到命令立即奔赴B区，而不是按照惯例那样留出10天准备，因而他们没有时间整顿。作为补偿，士兵坐火车而不是步行前往荣市。

那时，美国总统约翰逊暂时停止了对北越的连续轰炸，我军乘机前进。从安世开始，我们的部队行如疾风。到达文典站后还要等3个小时军列才来。整个B区有十来个河内籍的熟面孔。

营长考虑了很久才决定优待城里和清池地区的人，让他们回家自由活动，但是在4点到6点半之间必须上火车，否则视为逃兵。大家觉得这个安排实在是太好了，禁不住大声欢呼起来。

阿坚和几个战友一起扒在货车车尾，跑到了大路上，这车经过火车站时没有减速，他们跳下路边时还崴了脚，一瘸一拐地走了好久。

当时阿坚归心似箭的心情实在无法用笔墨来描述。然而，更难以言表的是，他走进院子，看到灰尘满院时的那份失望。

房子已经破败不堪，木制的窗户紧闭，了无人迹，只有褪色的房屋，落寞地望着他的到来。

从前，院子里每天下午都有小孩嬉戏，有女人们在水管处洗洗涮涮。此时，一切都是那么空旷，那么寂寥。只有零碎的几块抹布耷拉在水管上和高低杠上，好像特意用一种悲伤的姿态来迎接他。

偌大的河内只有零星几户人家还在留守。其余几乎所有的房子都深锁着，有的门上还有留言。这些公开的留言，有丈夫留给妻子的，也有父母叮嘱子女的。

阿坚那三个月都没有收到阿芳的信。他走到阿芳家门前，想看看是否有她的留言。但是没有只言片语，那扇绿漆大门被一把巨大的铜锁锁着，寂静地立在那里。他的房间也被阿芳锁起来了。

在整个三层，不见一个人影。走廊里一片灰暗，布满灰尘和蜘蛛网，满眼的寂寥。

他想给阿芳写点什么，可找不到纸笔。他只好朝楼下走去，楼梯走起来吱吱呀呀地响。等他走到一楼，黄昏的浅色晚霞已经消散，天就要黑了。

"哎，我说那是谁呢？"突然冒出一个男人洪亮的声音，"你好啊，我们的战士！"

原来是阿生的哥哥阿训，他在安阜做电工。

他们握手寒暄起来。阿坚解释说，时间太紧，都没法去看望他们。阿训说，阿生已经上大学了。

阿坚还问了其他人的情况。他说都还平安，只是开始疏散了，很多家庭都四处逃散了。

"你说他们敢不敢轰炸河内？"阿训问阿坚。

但阿坚没有注意到阿训在问什么，因为他还沉浸在对阿芳的思念中，沉浸在自己跟阿芳的那段渺茫的爱情里，其他的事情都提不起他的兴趣。

他沉默了一会儿，才突然明白过来阿训刚才的问话。

他默然地跟阿训告了别，没有托他捎什么话给谁，也没有告诉阿训自己要去B区。他径自走了，不再回头。蓦然间他听到阿训的脚步声由远及近传来。

"喂，"他走到阿坚身边，把手搭在他的肩膀上说，"怎么这么不高兴？阿坚，我差点忘了你和阿芳的关系了，你是因为没看到她才难过吧？"

"是的，实在是难过，算了，请你帮我……"

"哎呀，不用求我，你自己去火车站那边看看。她在我们家阿生之前就收到了大学录取通知书，但是因为她妈妈阿德大娘去世了……哎呀，你什么都不知道吗？老人家得的是脑出血。"他接着说道，"我一个小时前看到她背着背包，和一个我不认识的同学离开家的……你到火车站那边看看去吧。"

"你确定她是去火车站了？"

"肯定是。你说背着包能去哪儿呢？她只跟我说了一句：'你帮我看着点家啊，我要去上学了。'"

"哪个学校呢？坐哪趟火车？搞不好是坐班车？"

"唉，我也不知道，没问。现在问谁去啊，阿全、阿生都去上学了。如果她坐汽车还好，如果是火车……算了，你干脆就去草市火车站找找吧，阿坚，说不定能幸运地碰到她呢，来，我骑车捎你一程。"

"不用了，谢谢。"阿坚大声说，"再见，多谢你，再见！"

跟阿训告别后，阿坚撒腿就往火车站赶，在人山人海中拼命挤到了月台上。可是一列列火车开过来，又开走，依然不见阿芳的影子。

时间过得飞快，已经过了5点，离他要上火车的时间也只有一个多小时了。

火车站里混乱不堪，就像一个市场，又像经历了一次地震后的情形。车厢好像要被人塞爆了，每节车厢都有上百号人摩肩接踵地紧挨着，几乎都快脸贴着脸了。车厢顶上还趴着人，还有的人坐在垫子上。升降门已经打不开了，大家都争相从窗户进出，月台上被人和行李塞得水泄不通。

唉，阿芳究竟来车站没有呢？她到底是坐哪趟车呢？她的火车是去太原方向，还是老街方向，又或者是沿着5号国道方向前行？

其实，在这种混乱的情形下，即使知道是哪趟车，甚至知道是哪个车厢，要在这拥挤的人潮中，看到阿芳的一根手指头都很困难。

他在人海里苦苦寻觅，一声声地呼唤着阿芳的名字，可是徒劳无功。真是令人灰心丧气，他觉得自己就像被抛弃在滚滚人流之中。

停在1号轨上的开往太原方向的火车马上就要开车了。他茫然地沿着它朝后面走去，经过一个又一个车厢。绿色火车看起来就像一条大蟒蛇，而密密麻麻的人群就像数不清的蚂蚁趴在上面。汹涌的人潮似乎要把火车揪住，不让它开动。吵闹声此起彼伏，甚至盖过了火车的鸣笛声。

突然有人撞了阿坚一下。接着一个女人跑过来，她手里的扁担差点划到阿坚的脸。阿坚走到车厢的墙壁边。

"快，快点！火车开了，快！把背包扔上来，快！"一个男子从车厢里露出头来，他好像看了阿坚一眼，不，他其实是在朝另外一个地方大喊，"天啦，阿芳，好位置都被占了！阿芳，你还在看谁呢？"

听到男子的话，阿坚不禁左顾右盼地寻找，忽然，他情不自禁地脱口而出："阿芳！"

他的心刺痛起来。仿佛嘈杂的站台只剩下了一个人，正站在离他几步远的地方。

"阿芳！"他喃喃地重复道。

火车像是被吓了一跳，向后退了几步，然后徐徐开动。

阿芳仍然直直地站在那里，惊喜地瞪大了眼睛。

风吹动着她的长发，几缕发丝飘散下来，盖在她的脸上。

那个年轻男子从车窗上猛冲下来，抓住阿芳的手腕喊道："你疯啦！"

阿芳愣愣地站着，接着后退几步，甩开他的手，脸色苍白起来，但她仍然微笑着快速说道："我再待几天，你先上车！记得帮我去拿自行车！哦，算了。"

年轻男子愣了几秒钟，身子晃动了几下，不高兴地撇了撇嘴，脸上也闪现出疯狂的神色。

阿坚以为他要朝自己冲过来，没想到那男子却伸手抓住了最后一节车厢的扶手，跟着行进的列车紧跑了几步，然后像荡秋千一样跳进了车厢。

等火车消失在视野中，阿芳才走过来，轻轻将手放在阿坚的肩上，柔声说："我们出去吧，真是幸运，要是再晚一会儿就见不到你了。"

阿坚的心迅速奇迹般地平静下来，刚才那突然的悸动好像立刻消失了。

阿芳为他误了一趟火车，错过了一个真心实意朋友，他却马上要将她一个人留在这车站里。

阿坚不知所措地笑了，笑容有些苍白。阿芳又问了些什么，但是他没听见。他接过阿芳的背包，两人牵着手穿过人群。

"我们赶快回家先吃点东西再说吧，今晚不会因为警报而停电吧。"阿芳兴奋地说，"你穿军装真好看，不过好像有点土气，不知道为什么……"

"阿芳，真是命啊！我的意思是……"阿坚想解释，可是舌头像打了结，无法让他找到合适的表达，他的声音渐渐低了下来。

此刻，他才充分领会到这次分离意味着什么，他就要奔赴几百公里甚至上千公里之外的南部，准备跟阿芳真的分开了。

一想到这里，他的心就好像被刺了一刀一样难过。他头一次深切地感到，在这苍茫的人世间自己是多么无助，个人是多么卑微，他们两人的感情又是那么漂泊无依。

想到这里，他开始哽咽，说不出话来。但是，阿芳似乎什么都明白。

"这样吧，我们回去，到你父亲和母亲的牌位前上炷香。别担心，阿坚，别管那么多了。6点半是来不及了，但火车7点才开呢，我们坐三轮车回去吧。"

"算了吧，我跑过去还更快呢，谁要坐三轮车啊。"

"那我呢？你总不能让我也跑着回去吧？"

"不是……但……"

阿芳叫了一辆三轮车，很快谈好了价钱。她要求20分钟内到达，每快1分钟就加两毛钱。

"你还愣着干什么，快上车呀。我看到军官们都只能在车厢顶坐呢！"

刚走到街上就听到空袭警报响了。

阿坚很着急，他可以跑出去，但现在不行。他忧心如焚，而此时跟阿芳在一起的时光每一分每一秒都弥足珍贵，仿佛一不注意，世界就会变了样。

那个骑三轮车的车夫慌慌张张扔下车去找防空洞了，阿坚却仍然让阿芳跟他一起坐在车上。

街道上一片漆黑，时间一分一秒地过去，那么漫长，又那么飞快。

"阿坚，今晚就先回家吧……"阿芳小声说，"怎么说都耽误了，而且还有一会儿才会解除警报呢。回去吧，啊。"

阿坚默默地摇了摇头，长叹一声。

阿芳坐直身子，从阿坚怀里挣脱出来，轻声说："如果你已经决定了，那还等什么呢，只能暂时借一下这辆车，马上出发呀！"

"但……"

"你别管了，赶快骑着走吧。就算是给那个胆小如鼠的三轮车夫的一个教训，而且，宣传画上不是说了吗，一切为前线服务！"

阿坚扑哧笑了。当然，她是对的。他跳上车坐稳，慢慢骑了起来。他们才出了鱼尾路，警报就解除了。

阿芳当时一定在想象那个三轮车主人懊恼的表情，所以情不自禁地笑了起来。

此刻，阿坚回忆起在三轮车上的那段时光还真开心，虽然实际上这与其他有关他俩的往事一样，本质上都是令人悲伤的。

那天晚上，他们最后匆匆赶回文典站时还是迟到了，在他们抵达之前几分钟，火车开走了，36营已经奔赴战场。

当时火车站笼罩在一片黑暗之中，寂寥无人。阿坚掉队了，一时吓得呆若木鸡，不知如何是好。

他们向火车站的工作人员询问那趟火车的行程，得到的回答是："那趟火车可能会在同文站或府里站停靠。具体行程不清楚，就算清楚也不会告诉我们，大伙儿说这是一辆军车，军事秘密是不能泄露的。"

"太好了。现在是一比一了。"阿芳开玩笑说，因为他们都是由于对方而错过了各自的一趟火车。

不过，看到阿坚失神的样子，她又轻声安慰道："别急着失望啊。咱们可以拦一辆车去沿途各站，追上那辆火车。战争年代嘛，有的是办法，别着急。现在先去找点东西填肚子，我饿死了，你看起来也很疲惫。"

后来才知道，就在他们俩站在文典火车站说话时，战争已经爆发。

新兵36营，也就是阿坚所在的营，那天从文典火车站出发后不久，在前往文斋站的路上遭遇敌军炸弹袭击，伤亡惨重，营长也死了。

火车上剩下的部队改为步行行军。可是，当他们走到巨南站的时候又遭到B-52轰炸机的轰炸。原本他们计划朝着南方的腹地前行，可是死伤令队伍变了形，最后只好分散到9号线阵地作为补充力量了。几十人分散到火线上就像几滴水落入沙漠，很快就消失得无影无踪了。

直到和平以后，乘坐"统一"号列车返回北方时，阿坚才得知36营的悲惨遭遇。那是在火车上碰巧遇到阿辉后，阿辉告诉他的。

阿辉是当年新兵营的副营长。他们已经10年不见，没想到在火车上被分到同一节车厢了。

10年不见，而且阿辉的脸上到处是伤疤，双眼也在战争中炸瞎了。可是，很奇怪，阿坚竟然立刻认出了他，喊出了他的名字。

阿辉却早已忘了阿坚。毕竟已经过去10年了。

这不堪的10年，简直比人的一生都还要漫长。

"祸兮福之所倚，阿坚啊。"一阵寒暄之后，阿辉说，"要不是那天晚上在文典耽搁，你可能早就不在人世了。你知道吗，36营除了我之外全都死在文斋了，就在第一波炸弹袭击之后。我侥幸活命是因为我恰巧在另外一节车厢。当时那辆车昼夜不停地奔驰，大家以为美国佬要在两天之后才返回攻打。可是谁想到他们那个时候会投下炸弹呢？那个时候就算你当逃兵也没人知道。说不定人家已经把你列入阵亡名单了呢，阿坚啊。对了，你滞留了，那后来呢？"

阿坚给他讲述了那段历程。

那天晚上，阿坚和阿芳两个人坐在路边小饭馆，阿坚甚至想：算了，今晚我跟她一起回家，回去算了。怎么可能靠一辆汽车追上火车呢，哪有这么碰巧的事情？但这个念头也只是一闪而过。阿芳也说一起回家好了，但最后他还是摇头否定了。

他站在路边挥手拦车，可是没有任何车愿意捎他。他拦了好久，手都挥酸了，也没拦到一辆车，只是身上徒增了一些灰尘和烟雾而已。

"让我来拦。"阿芳原本一直静静地坐在路边那个茅草顶的饭馆里，看到阿坚徒劳无获，她走到阿坚身边说，"我来拦，一定能拦到车，战争时期是妇女优先的。这么着吧，只要有车过来我就挥手，不管它是往南方还是北方，只要是头一个停下来的，不管是什么车我们都上去，好不好？"

"可是……"

"总是可是可是的，你害怕跟我一起回河内呀？真是的，说到底，你怕什么呀？又不是你的错，错在美国佬，错在我，行了吧？"

远远地，一束形如斗笠的灯光照进了黑暗中，一辆高高的货车开过来，放慢了车速。他们本来以为它不会停，可是它缓缓地停在路边，车轮冒出一股焦臭味。

"是南下的车吗？"

"去哪里？去兜风啊！"一个声音从黑暗的驾驶室呵斥过来。

"去前线。兜什么风呀！"阿芳大声叫喊着，也像是在训斥，接着又换成温柔的口吻说，"让我们搭您的便车去府里吧。"

"我的车不去府里，只到同文，去不去？"

"也行！"

"绕到那边的门口去，快点上！"

阿芳牵着阿坚的手绕过车头，到了驾驶室的右侧。司机开了车门，懒懒地站出来，热情地握住阿芳的手："车太高，台阶也坏了。我拉你上来吧。"

阿坚一惊，不知说什么好，他还没明白是怎么回事，阿芳就已经上了驾驶室。

"可是，阿芳啊！"

"上来！别总是可是可是的了！上来吧！"

司机轻轻吹了一声口哨，开始拉闸，汽车启动了。

阿坚猛地蹬了一下驾驶室的门，跟着上了车。然后就呆坐着，一言不发。

"谢谢你，你真是太好了！"阿芳对那个司机说。

"哦，又来小资产阶级那套客气。"

"真话嘛。"

"哦，那就好。喂，你真的要上前线？"

"我想是的。"

"可惜了。"

"为什么这么说呀？"

"啊，这么说吧。如果你真的是要去那里，你就明白了。但是为什么只到同文呢？同文，就算是府里，距离你这个资产阶级小姐的前线也还远着呢。"

"哦，不是，我们是去追一辆火车，上了火车才是真的要去前线。不知道你的车能否跑在火车前面呢？火车7点离开的文典。"

"可以。我会在你的那辆火车之前到达同文的。"

"火车会不会在同文站停靠啊？"

"肯定会啊，你怕它跑了呀？你的那个斗笠一挥，很值钱呢。他们肯定都会为你停下来的。"他调笑道。

"您可真会开玩笑啊。这可是在战争途中呢，您要是上了战场也还会这么谈笑风生吗？"

"当然啦。我跟他们都是政府部门的司机嘛，肯定比坐在你旁边的小哥强。我们不会像资产阶级青年们那样吹牛的，你很快会发现我说的没错。战争时期啊，前线很欢乐的，很愉快，也很浪漫。"

司机把驾驶室里的小灯都关了，所以车内一片漆黑，还很闷热，发动机的声音嘈杂不堪。

那司机开车的速度飞快，只见黑夜的影子在公路上滚滚向后。

阿坚都不明白自己在想什么，他惊奇地发现自己好像很快乐。他暗自感到庆幸，不是因为快要赶上部队，而是因为阿芳还在他身边。至于其他的事情，管他呢。

然而，他的心又收紧了，一种难以描述的担忧折磨着他的心。

在那漆黑的道路上，司机也不清楚路况。他紧张地握着方向盘飞快地行驶，不再吹口哨，也无心再勾引阿芳，只是偶尔冒出几句粗话，骂骂咧咧，也不知道在骂什么。

在阿坚内心深处，担忧越来越深重。似乎为了他，阿芳正把自己引向一种难以预测的危险之中。然而，她却一副坦然的样子，在汽车里程表的模糊的绿色光亮下，她的面容仿佛是一个正在睡梦中或陷入思考问题中的人。

由于一路颠簸，阿芳坐不稳，身子总在两个男人之间倾斜晃荡。有时候她忽然把头靠向阿坚的肩膀，然后又被甩向司机的肩膀，显得那么疲惫不堪。

夜幕仿佛突然变得更深重了。月亮从云层里冒出来，在挡风玻璃外洒下皎洁晶莹的月光。

"这样就来得及了！"司机突然说道，"快看！那边是你们的那列火车，太幸运了！我们会比他们早几分钟到达同文站！"

阿坚顺着司机的下巴往左边看去。

朦胧的月光下，起伏的原野里，铁轨有如一道堤坝，上面的一列火车像一条长蛇在向前爬行。车头喷出的火光像一群红色的萤火虫，在夜色里散发着光亮。

"他妈的，看来是暴露了。"司机说道，"这太明显了，都不需要照明弹，敌军飞行员就算是瞎子也能发现了。这列车上的人真是不要命，坐火车上前线打美国佬迟早是个死。"

阿芳笑笑，手轻轻绕过阿坚的手臂，握住他的手。他们十指紧扣，握在了一起。

汽车慢慢减速靠在路边，停车，但没有熄火。

司机说："到了，你们下车走过去吧。记得沿着铁轨进车站，别从车站大门走。啊，还有，你的斗笠可拦不住车站那帮人，两个小时后回到这里来等我，我会把你送回河内。现在你们先过去。"

阿坚谢过司机，还和他握了握手，之后提起自己的背包跳下车。他又回身扶阿芳下车，用了快一分钟阿芳才下来。

"两个小时，记住啊，记住啊！"司机歇斯底里的叫声盖过了引擎声，听起来十分绝望，"老天爷啊，你细皮嫩肉的，可千万别盲目地撞到天堂去了，你难道不觉得可惜吗？两个小时后，记住啊，老天爷啊！"

载阿坚他们来的那辆车恋恋不舍地发动起来，换挡开走了。

远处传来了火车长长的汽笛声，铁轨仿佛也开始晃动起来。

阿芳拉着阿坚的手走进车站广场，到处都是黑压压的人影，天上的那轮明月这时也被云遮盖起来。

阿坚的脚受伤了，一瘸一拐地走着，心里充满了无奈，又一阵阵发紧，难道就这样结束了吗，就要分别，彼此再也无法相见了吗？

他用力抱住阿芳，亲吻着她的脸、唇和肩，心里充满了痛苦和绝望，热泪止不住地奔涌。

一阵雷鸣般的隆隆声传来，列车的黑影笼罩过来，影子盖住了车站。火车头喷着水汽，在一片热气腾腾的烟雾中停了下来。

"那我……我……唉，要不我……要不，我……"阿芳也泣不成声。

她的声音被火车的轰鸣声音盖住了。火车完全停了下来，阿坚松开阿芳。

他们沿着火车慢慢地走，经过一节又一节车厢。

他们听不见车上人们说话的声音，车轮和铁轨的摩擦声以及火车喷出的热气响声太大了。

车上的货物很高，很多车厢里装着一门门大炮。最后一节列车有车棚但是门被锁上了，通过上面的缝隙看进去，里面没有人。

"这原来是列货车？"两人异口同声地说。

一个铁路工人提着一盏风灯走了过来，阿坚慌忙跑过去拉住那人的手，哆哆嗦嗦地问道："大哥……那趟军列……这不是那趟运兵的军列吗？……就是从河内到……那趟……"

那人举起风灯照了照阿坚的脸，恶狠狠地说道："你急什么呀，你疯了吗？你是想进监狱还是想吃枪子儿啊？快给我滚开，不然我叫警察了。"

那人说完就走开了。阿芳拉住阿坚的手轻轻地说道："让我来试一试。"然后加快脚步赶上提灯的那个人。过了一会儿她回来了。

"阿坚啊，我们真是不走运。那人说那趟军列20分钟前就离开这里了……这是列货车。这趟车也开往荣市，只是落在36营那列军车的后面了。"

阿坚长叹一声，紧紧抓住阿芳的手，好像要晕倒的样子。列车的汽笛声又响了起来，开始缓缓启动，司机加足车头的马力牵引整列火车。

"要不就坐这趟车吧，"阿芳说道，"反正都是去荣市那边，只是比前面那趟车慢20分钟而已。就这样吧，阿坚，我们看看哪节车厢没有锁门，我们就坐进去。阿坚啊，如果实在没地方坐，我们坐在装货的车皮上也行啊。走了算了，别担心。到了荣市你就可以见到战友们了！"

最后，他们两个人在列车中部找到了一节没锁门的车厢，里面一团漆黑。

"就上这节车厢吧。"阿芳小声说道，去推车门。车门的滑槽被泥土堵塞了，很难滑动。

"喂，你是谁呀，别推门了，挤进来就可以了。"门后一个沙哑的声音骂道，"你别把我们害得都要下车，要上就快点上来，把手给我！"

"不用，你让开。"阿芳回答道，然后把门推开爬了上去。

"啊，怎么是个女的？"那个声音沙哑的人吃了一惊。

"我就是个女的，怎么样？你快让开，还有一个人要上来！"阿芳呵斥道。

列车两头都响起汽笛声，车厢里又热了起来。火车的气阀呼呼地喷出热气。阿坚愣了一下，然后急急忙忙跳上列车。

"车就要开了，阿芳你快下去吧。"阿坚一边在黑暗中摸索，一边说道。

"你要把我一个人丢在这个地方吗？"阿芳轻轻拉住阿坚的手，手指冰凉得发抖，"让我再陪你一段路吧？"

"不，不行！"阿坚有些生气，"阿芳，你别开玩笑了！"

阿芳用力抓着阿坚的手，摇了摇，说道："别生气，我没开玩笑。"

火车开动了，阿芳由于害怕，一下子倒向阿坚怀里。车门哐当一声关上了。车厢里一片黑暗，只听得到呼吸的声音。阿坚迷迷糊糊的，有些不知所措。车厢的连接处还不断碰撞发出声响。火车头呼呼地喷着水汽，不断加速向前行驶。

"那边角落里还有位置吗？"

那个沙哑的嗓音又开腔了："放心，你们俩只管先抱着睡一觉吧。约翰逊总统休假去啦，今晚不会来打搅的。"

阿坚和阿芳顺着箱子，顺着成堆的货物，沿着中间的小缝隙，钻进了车厢靠里面的角落。黑暗中，两人感觉到有人的手或脚在往回缩。他们越往里爬，呼噜声、咒骂声就越来越清晰。

"往里靠，往里靠，"一个声音轻轻说道，"给这姑娘让个位置吧，各位。"

阿坚扶阿芳坐下。阿芳捧着阿坚的脸吻了一下以示安慰，仿佛在跟他说："现在火车正在飞驰，而阿芳仍在阿坚身边，荣市马上就到了。"

阿坚怀疑自己是不是有些神志不清了。破旧的车厢很高，底下的三对车轮正在飞快地旋转。车厢门和车厢壁在不断地晃动，发出咔嚓咔嚓的声音，火车驶过铁轨连接处时，车厢的地板还会被顶起来。风透过车厢壁的缝隙吹进来，令人感到丝丝寒冷。

他的眼睛渐渐习惯了黑暗，慢慢能分辨出阿芳的肩膀、头发、细长的脖子和苗条的身材。他把头靠在阿芳肩上，透过她薄薄的衣服亲吻她。

她则把手插进他的头发里，轻轻问道："为什么，为什么不让我和你一起走？"

阿坚泪如泉涌，爱、感恩、担忧，以及一种超越他承受能力的巨大幸福令他感到很沉重。

他脚下的车厢底部有一道裂缝，透过它可以看到飞转的火车轮轴以及下面的铁轨和枕木。车厢壁上也有很大的缝隙，风把外面刺鼻难闻的热气灌进来，使得车厢里的空气混杂着煤屑味、泥土味和燃烧的烟味。

一切就这样自然而然地发生了，完全不以人的意志为转移。

"说起来，我们今晚能在一起也真是神奇，却又是别无选择的，你说对吗，阿坚？"

车轮在铁轨上不停地滚动着，路边的树木在窗前飞掠而过。每隔一段时间，火车就会路过一些小站，然后又消失在黑暗中。有些车站非常小，小到只有铁轨边上一盏信号灯证明它的存在。偶尔过桥的时候火车会发出惊天动地的轰隆声。在这漆黑的夜晚，他们正向爆发战事的红河三角洲前进。阿坚的心里忽然冒出些疯狂的想法。那一刻他想：罢了，把一切都扔到一边去吧，去他的部队，去他的战争！就这样一直跟阿芳依偎在一起，永不分离！

这段在火车上的经历，阿坚隔了起码10年才重新想起，这时距离阿芳再次离开他已经很久了。

那天，她毅然斩断情丝离开他，但走的时候忘了关灯。阿坚依然经常熬夜写作，因此，阿芳屋里的电灯在很长一段时间里，几乎每晚都与他屋里的灯光相依相伴。

阿芳房间的那盏灯通宵达旦地亮着，灯光穿过门缝，就像投射过来某种忧愁，萦绕在阿坚心头。

无数个夜晚，阿坚从外面回来，看到阿芳屋里的那缕灯光，总会心跳加速。尤其是在喝得微醉的夜晚，他常常会踉踉跄跄地走到她门前，不停地敲门，一直敲到发疯。

因为心中充满沉重如铁的痛苦，他常常出去买醉，性格也越来越怪异。所谓借酒浇愁愁更愁，痛苦依然日复一日地加重，锥心刺骨，令他眩晕，令他觉得灵魂出窍，充满一种诡异的气氛。

自从阿芳离开，他生活里的一切都变得多余。他变得麻木，失去了对生活的感觉，唯有记忆让他知道自己是活着的。痛苦和思念成了阿坚幻想的源泉，时常将他拉进想象世界里那最深邃最幽暗的角落。

阿芳离开后，他夜夜失眠，陷入幻觉中，这些幻觉以一种奇怪的方式重现他的人生，令他难以入睡。

过去那些不同阶段的生活会突然一起涌现在他的脑海里，记忆中的事情相互交错穿插，生成一种新的模式，就好像他的过去也变得完全不同了。

他的灵魂沉浸在痛苦中，好像也变了形。

现在他似乎又跟阿芳重新相恋了，是一种新的爱情，完全不同于过往，但这爱情依然与自己的过去纠缠不清。那是记忆天空下的另一场战争，另一场狂风暴雨，而且已经很久了……是一种亲切却又遥远的、令人伤感的记忆。

那时，他和阿芳才16岁，刚念完九年级。

他记得那是1964年的8月，对，是8月初，朱文安学校校团委组织团员们到茶山野营，阿芳和阿坚这种非团员学生也可以参加。

野营的头几天天气不好，海里浪大，整日下雨。一天下午，乌云倏地散去，天气转晴。

大家兴奋地拥出酒店，到外面的沙滩上支起帐篷。花花绿绿的帐篷远远看去就像一个个彩色蘑菇。

晚上，大家燃起篝火联欢，很是欢乐。篝火越来越旺，把沙滩都照亮了。

啤酒、葡萄酒、风琴、吉他，学生们开始唱起歌来，先是独唱，之后是合唱："茫茫大海，波涛轻抚船舷……"

大家尽情地唱着，谈话声和歌唱声回荡在辽阔的大海边，构成美妙的和声。

夜色愈来愈深，同学们都去睡觉了，有的钻进了帐篷，有的干脆睡在了沙滩上。

阿芳整晚都没有唱歌，只给大家伴奏，她也不和别人讲话，看上去好像很不安的样子。

"你怎么这么不开心？"阿坚问道，"是有什么事吗？"

"大海有点诡异，令人害怕啊，你感觉到了吗？"

海风送来阵阵凉意，海浪也格外轻柔，泛着雪白的浪花。晶莹的月光照耀在波浪上，头顶的星光看起来也是一片祥和。阿坚看不出有什么怪异的地方，他往火堆里又丢了一些干柴，阿芳轻轻地拨着吉他，却并不唱歌。

接着，他们听见附近传来了缓缓的脚步声，几个黑影伴随着手电的灯光停在木麻黄树下。一个人靠了过来，走进篝火淡红的光圈里。"你们怎么还不把火弄灭？"那人压着嗓子说道。

"弄灭？为什么啊？"阿坚不解地望着那个水兵答道，"这是我们野营的篝火！"

那个肩挎步枪的水兵，脸庞十分粗糙。听了阿坚的话，不加任何解释，只是生硬地命令道："赶快用沙子扑灭它！"

"为什么啊？"

"别问为什么。刚天黑的时候就传令让你们灭火，全都当耳旁风啊？海滩上的所有灯火全都要熄灭。这是命令，快执行，别问那么多。不让点就是不让点，这是军令！"

“那，禁止唱歌吗？”阿芳问了一句。

水兵看了看阿芳，脸色柔和起来，他放下枪，坐在火堆边。

“那倒不会，谁会禁止别人唱歌呢，再怎么说也不能没有歌声。你想为我们唱一曲吗？”

巡查小组里又有两个人走了过来，坐在火堆旁，看着阿芳。

“啊，我只是问问罢了，我没说要唱啊。”阿芳不情愿地转过身子，笑着摇头。

“唱吧！”一个水兵说道，嗓音里透出忧愁，“就当是告别曲，告别我们，告别大海。明天……实不相瞒，要打仗了！要跟美国人打。”

“是吗？肯定吗？还早着呢，还远着呢。别怕，你给我们唱首歌吧。”

“好的。”阿芳颤抖地小声说了一句，脸都吓白了。

阿芳端端正正地坐着，把吉他轻轻地抱在怀里，纤细的手指慢慢地抚在琴弦上，然后深呼吸了一下，好像要让自己镇静下来，又像是在心中酝酿感情。

她长叹了一口气，掀开披在肩上的围巾，仰起头放声唱了起来。她的歌声犹如一支箭，立刻射进了听众的内心。

阿坚感到周身的血液在沸腾，泪水夺眶而出。歌声起初很低沉忧伤，接着渐渐上扬，声音不断变高，最后飞扬起来，就像狂风在吹一样。

“这个世界上，从此将刮起冷酷无情的风……”阿芳唱道。

歌词和曲调都有些悲伤，有一种幻灭的伤痛，很切合眼下的时局，又仿佛是一种预言。她仿佛在缓缓地吐露着他们那一代年轻人的心声，诉说着他们注定陷入战争的宿命。

她的歌声引起了大家的共鸣，那三个水兵中最严肃的一个都不禁动容，眼泪从他那对紧锁的眉头下涌出。

战争！战争！1965年8月5日凌晨4点，即将天亮时的大海仿佛在怒吼着这讯息。长长的弧形沙滩上，大浪迭起，隆隆作响。

突然，两团火从天空的一角斜穿过来，迅速分散成两股明亮的火弧，瞬间坠落。

睡在沙滩上的人，睡在帐篷里的人全都起来了，围聚在已近消残的火堆旁。大家似乎都屏住了呼吸，静悄悄的。直到阿芳的歌声终止，他们都还是一动不动。

阿芳放下吉他，站起来，走开了，消失在黑夜中。阿坚悄悄地跟在她后边，穿过一排木麻黄树。脚下的沙粒又湿又冷，萤火虫的绿色荧光一闪一闪的。

阿芳停下来，靠在一棵树上，双手伸向阿坚。尽管夜色下什么也看不见，但是阿坚头一次感到自己要陷入一种令人沉沦的感情中了。

"我们永远都不要分开，好吗，阿坚？就是死，我们也死在一起吧。"阿芳在阿坚的耳边祈求道。

那个晚上，夜空中好像时不时有流星划过，如同银河里的星星在渐渐坠落。天快亮时，一阵暴风雨席卷而来，大海上浪涛滚滚。

"怎么会死呢？'战争'这个词才是真的活着的意思嘛。"

"真的是活着啊……也许是吧。我只怕我们没法活下来，来不及相爱……来不及做什么，一切就已失去了！"

他们两人手挽着手，顺着那排木麻黄树跑着，返回扎营的地方。

海上的风暴很快朝他们袭来，帐篷被掀翻了，沙子漫天飞舞，几床被子也被风卷走了，支帐篷的绳子被扯断了，拴绳子的木桩也被完全拔起来。大雨倾泻在灰色的海面。

这就是恐怖战争的开始，紧随着暴风雨袭来。

现在，20多年过去了。很难想象当年的情景了。如今，我们的国家已经变得面目全非，阿坚自己，也已判若两人。

岁月仿佛只漏掉了阿芳，她还是阿坚的那个她，棕色的眼睛依然闪亮，妩媚动人。岁月流转，人事变迁，她却依然如故，不曾有丝毫改变。

虽然这些年她的确犯了不少错，做了不少无法见光的事情，弄得声名狼藉，但是，即便如此，对阿坚来说，她依旧仿佛永远处在时间轮回之外，永远纯洁，永远年轻。

阿坚是在1965年的夏天志愿入伍的，同年秋天收到召集令。没多久他就奔向那被称作"长B"的南方战场，但他不是一个人去的，而是和阿芳一起，一起走完了初恋的最后一程。

当时他们搭乘的那列货车并没有像预期的那样停靠在府里，而是微微向东，沿着海岸全速行驶，就像是在不确定的漫漫长路上迷失了方向一样飞驰。

府里，接着是南定、宁平，火车都呼啸而过，没有在这些北方车站停留，只在路过时响起绵长而忧伤的汽笛声。

"这样更好吧？"阿芳似乎非常开心，她抱着阿坚的肩膀低声说道，"我们走得越远，我就觉得越茫然，也觉得越来越好，就让我们看看枪林弹雨是怎样的吧。"

"可是……我上战场后你怎么回去呢？"阿坚磕磕巴巴地说。

"唉，我根本就不想去任何地方，我就跟着你，陪着你，谁会阻止我们呢！"

现在回忆起来，那趟不要命的行程就像是虚构出来的战争故事，但其实真实得不能再真实。那近乎荒诞的冒险旅程，开启了他日后沉重的戎马生涯。

那晚，火车在夜色中疾驰，所有车站，无论大站小站都不停。只有一两次，在空荡荡的稻田边逗留了几分钟。

不少人趁机拼命挤进车厢，空间变得更加拥挤不堪。他们主要是部队里的，有的是伤员，有的是掉队的。也有普通老百姓，有商人，甚至还有沿途的小偷和强盗。

火车车厢里混乱得简直就像集市一样。有些人在车厢里抽烟，烟味与拥挤的人的气息混杂在一起，实在令人难受。阿坚和阿芳所在的那个温馨角落也被挤得愈来愈狭窄。

火车因速度过快，颠簸不堪，摇摆不定。

"同交站，啊，还没到啊……"蓦地一个悲惨的声音大呼起来。晚风也透过车厢在吼叫。

"我们距离杀人不眨眼的战场还很远吧？"阿芳轻声笑着，

凑在阿坚的耳边说。

"怎么，你也睡不着啊？"

"想睡，可是睡不着啊。"

"努力睡吧，明天……"

"万一没有明天了怎么办？"

"别那样说……闭上眼，从一开始数数……"

也许，第二天天亮的时候灾难就会来临，但是眼前的黑夜还在继续。火车仍然无休止地前进着。破旧车轮的声响一路上都很均匀。

"嗯，那一起数吧。要不还是算了……我们一起做个梦吧，阿坚啊。——梦什么呢？"

"梦什么，"阿坚小声说，"那还用问……咱们到那边躺着去吧，没人会看到……"

那个夜晚也许是他一生中睡得最美好、最安心的一个夜晚。多年以后，那一夜的浪漫缠绵都还会在阿坚的潜意识里苏醒。

在战后回家乘坐的"统一"号列车上，阿坚遇到一个叫阿贤的退伍女兵，她在战争中伤了腿。

当时车厢里挤满了退伍兵，阿坚似乎怎么也睡不着。最后一个晚上他跟阿贤睡在同一张吊床上。阿贤是南定人，眼神哀怨而甜美。她当时也睡不着，于是他们俩低声聊天，直到天快亮时才睡去。

他想起当兵的头一天，他跟阿芳一起坐火车路过南定，而在他退伍的前一天，则是与从南定来的阿贤路过当时经过的地方。

走过这漫漫长路就像是眨眼间的事，在静默中，阿坚忽然想起了过往的一切。

火车在晨曦中经过清化省后，阿坚把身子从阿贤的怀抱中抽出来，站起来，眼睛望向窗外。田野、堆垛、薄雾、竹林、椰林、池沼、山坡、河滩……全都在秋日清晨的天空下一闪而逝。

在火车车轮单调得令人忧愁的咔嚓咔嚓声里，他一时间好像又回到10年前，回到17岁时跟阿芳在往南的火车上依偎私语的夜晚。

那天晚上，整个车厢混乱不堪，仿佛随时处于灾难边缘。阿坚和阿芳两人则完全是一副豁出命去相爱的样子。他们两人紧紧地搂着，两张脸紧紧地贴在一起，沉醉在盲目的爱恋中，极尽缠绵。

在阿坚的臂弯中，阿芳是那么娇媚，又是那么温柔可亲，她时而轻轻地挣扎，时而乖巧地迎合；身子时而蜷曲，时而伸直，享受着激情带来的愉悦。那一刻，他们仿佛舒舒服服地躺在头等列车的软卧里。阿坚觉得燥热难耐，很想再进一步贴紧她，想要插入她的身体里，但是忽然，他内心升起一点点不安，令他出鞘一半的剑又犹犹豫豫地收回去了。

"来呀，阿坚，你怕什么？来吧，亲爱的……"

现在他回忆起当时阿芳在他耳边呢喃的话语，那么遥远，就像黑幕中点点闪烁的尘埃，却又如此清晰。

"阿坚啊，咱们两个，难道一直到死都要保持贞洁吗？既然我们相爱，还顾忌什么呀！"

阿坚把脸贴到阿芳身上，觉得自己犹如经历了一场又一场梦境。这些美梦绵长而幽远，亦真亦幻，好似二人身临其境。

阿坚喃喃自语："战争，我的爱情！"

一声奇怪的汽笛声从上面传下来，接着是引擎在空中震动的声音。"敌机！炸弹！"有人叫着，与此同时，炸弹在黑夜的空中开始引爆。

"糟糕，兄弟们啊！"

"啊！啊！"

一时间，喊叫声四起。火车行驶的节奏被打破了，夜色中温柔的天幕被撕得粉碎。天还没亮，火车还在飞速行驶，但整辆车都乱了起来。

火车开始颠簸，变得很恐怖。车厢开始倾斜，歪倒。阿坚感到头晕，马上爬了起来。在这令人恐惧的氛围里，他觉得自己的神经都不正常了，一时难以反应过来。

"警报！"只听见有人用绝望的声音在大喊，"停车！停车！！"

飞机在上空盘旋，发动机的声音慢慢追近。阿坚被挤到一个角落，又被推到车厢门附近。车厢里混乱不堪，人们拼命往门口挤，有人撞到了他，接着又一个人撞了他，他感到无边的恐惧。

最后，车厢门轰地一下打开了，列车制动装置收紧，却还是无法停下。人们互相推搡，大声叫着，扑通扑通地跳下车，疯狂地拥向车外那一团漆黑的地方。似乎整个大地都在震动。

"阿芳！"

阿坚突然想到了阿芳。他紧紧抓住车门旁的一块木板，让自己稳定下来。

"阿芳！"他再一次呼喊她的名字，可他的声音被飞机的轰鸣声和火车车轮摩擦发出的尖锐噪声盖过了。

后来火车像是咬紧牙关，非常努力地停了下来。

因为没有找到阿芳，阿坚十分惊恐。头顶敌机的轰鸣也令人丧胆，他觉得自己好像被劈成了两半。

"阿坚！阿坚！"他听见另一个车厢的角落有人在哭着喊他，但那声音又倏地终止，就像被人为地掐断。

他有点不确定到底是不是阿芳在叫，也不确定到底是不是在叫自己。他竭力四处寻觅，但是一片黑暗，什么也看不见。

敌机再度俯冲投弹，顷刻之间，天空中忽然像开启了一个巨大的瓶塞，然后一股令人恐惧的白色瀑布从天空倾泻而下，爆发出一阵阵的巨响。

阿坚吓得又退回了车厢。火光瞬间照亮了车厢，在一片惨白的光亮中，车厢里的人就像白色幕布上的鬼影和野兽一般不堪。

接着，阿坚看到了一副难以令人置信的景象：阿芳跟一个彪形大汉扭打在一起。那男人把她压在地上，她披头散发，绝望地挣扎。衣服被掀开了，嘴巴被一双粗壮的大手蛮横地捂住。她的双眼瞪得大大的。

可怜的阿坚啊，早就被敌机的轰鸣声吓得六神无主，此刻见到这样的情景，更是充满了一种深深的恐惧和绝望。他脑子里一片空白，甚至一时没搞清楚那个彪形大汉骑在阿芳身上那粗暴的场景意味着什么。他没有时间仔细想，只觉得有些不正常。

"无耻！下流！"他张大嘴巴想喊叫，却喊不出声来。

一道闪电划过，他的视线一片模糊。惊慌之中，阿坚松开了抓紧门沿的手，他被抛出了车门，背部被重重地撞击了一下，整个身子都飞了起来，他的胸口撞到了一个硬物，疼痛难忍，晕了过去。可是，阿芳，阿芳怎么办！潜意识里他还在不断地叫喊着阿芳，竭力想清醒过来。

他醒来的时候，胸口还像被火烧一样剧痛，嘴角流着血，掺杂着一股咸咸的味道。他挣扎着爬向车厢，可是无法控制身体，再一次滑倒。一阵恶心袭来，他的视线也模糊了。

列车在黎明的晨光下死一般寂静，没有人拉起号角。

阿坚再次跌跌撞撞地站起来，舔了舔嘴唇。他挣扎着推开车厢门，准备爬上去。但是，好像阿芳不在里面，也不在下一节车厢，下下节也没有。他急急忙忙地一节一节地找，实在无法确定到底哪个是自己和阿芳的车厢。

突然，一阵嘈杂声里，列车被拉动，车轮转起。两头都有牵引动力，列车迅速开动。

阿坚跳上了火车头的扶梯，他怕不这样做就会被留在荒郊野外了。几个穿着工作服，全身沾满油渍的技工充满同情地看着阿坚，一言不发。他们的脸上同样沾满油渍，眼睛显得灰白，眉毛涂上了一层厚厚的黑色。

一个年轻壮实的技工铲了一铲子煤放入炉内，又把煤扔到火烧得最旺的地方。最年长的工人拉响了汽笛，火车发出一声振聋发聩的长鸣，一股腾腾的白汽涌了出来。

阿坚有些头晕，眼前的一切都抖动起来，飞快地旋转着。他觉得那么虚弱无力，心中又有一种此生从未有过的浸入骨髓的痛。他的面容仿佛经历了重创，麻木不堪，整个人几乎就要倒下了。

那位年轻的工人赶紧放下铲子，扶住了阿坚，让他坐在地上。他脱下手套，轻轻地擦拭着阿坚的下巴。在那个沾满煤灰的粗布手套上，阿坚看到了自己的血。

"勇敢些，孩子！"年长的工人对阿坚说，"这不过是小儿科，不算什么吃亏失败，跟真正的战斗相比，这不过是和风细雨罢了！"

当早晨在一片白雾中来临，阿坚也在剧烈的疼痛中醒来。他立刻想起在车厢中看到的事情，猜想在那节车厢中可能正在发生的事情。

后来他回想起来，战争的第一个伤痕，并不是他流在手套上的鲜血。

战争跟他从前想象的不一样。

他从军之后第一次感到的伤痛，不是他自己身体的疼痛，而是阿芳被暴力从他身边抢走的一瞬间，那令他觉得自己的生命浸满了鲜血，充满了失败和痛苦。

后来与枪为伴的10年里，阿坚总是冲锋在前，和战友一步一步走完了伟大而又充满波折的千里抗战征程，取得了最终的胜利。在那样的过程中，他曾无数次舍弃青春时光的享受，将生命置于残酷无情的战场；但是他从来没有感受到胜利的喜悦，他的心就像死去了一般沉寂，再也无法抬头直面人生。

其实，阿坚在战争中比在和平时幸运，因为在充满流血与牺牲的战斗中，他侥幸逃过一切劫难，活了下来，而且总是与优秀的战友为伍，不断地成长。

不过，伴随着战场上的幸运，他一次次失去了亲近的朋友、兄弟和战友。他们有的在他眼前死去，有的死在他怀里。有不少人是为救他一命而死，也有很多人因他的错误而牺牲。

无数个夜晚，他盯着窗外的暗夜，有一种错觉，仿佛他看到了阴间，看到了一个个死去的战友，他们是那么优秀，他们比任何幸存的人都应该活下来。然而，他们却用自己的生命维护了内心的战争法则：牺牲自己，让战友活下来。

1975年4月30日的早上，在战争结束前的最后一刻，他和先遣小分队一起进攻百多禄陵墓岗哨的时候，他曾有片刻的踌躇。就是这片刻的踌躇，葬送了阿慈的性命。侦察排的战友，在攻打西贡之前大都牺牲了，只有阿慈跟他一起战斗到了西贡。可是，就在胜利前夕，阿慈也牺牲了。

在岗哨拱形门口响起M-79冲锋枪枪声之前，他们已经仔仔细细地清理过每个角落了，确定不可能还有枪手藏匿，但是枪声的确是从里面传出来的。阿坚放慢进攻的步伐，俯下身子倾听，小心地移动，但是在他身后半步的阿慈突然出现在他前面。他上前关门掩护阿坚，让阿坚幸运地躲过了敌人的榴弹，他自己则在一声惨叫后牺牲了，临死前他还催促阿坚快跑，鲜血都溅到了阿坚脸上。

阿坚也想起在邦美蜀警察署三楼阵亡的战友，跟这情形也差不多。那次是阿莹为他挡了子弹。当时朝他们疯狂射击的是一个女人，他们疏忽了，把她当作了普通妇女，留了她一命，没料到她反而开枪朝他们射击。

还有一次在凤凰岭上，阿坚的侦察小组突击敌军指挥所未遂，阿渠开枪阻击敌军，掩护阿坚和另外两个战友逃走。在这次不走运的侦察中，阿渠当场牺牲。随后，阿坚又失去了两位亲密战友——大个子阿盛和阿心。

阿坚还记得，那天因为被敌人一路追赶，他们必须绕着圈子逃跑，到了庆阳方向才下山。三个人精疲力竭，在丛林里地势比较低的地方稍事休息。阿心还把自己的衣服撕了一块下来，为阿盛包扎头上的伤口。阿坚靠在土墙上坐着，把头垂在两腿之间休息。他解下肩上的步枪，把它放在旁边的石头上。庆阳山岭上的敌军和我军正相互开炮。四周响起炮弹爆炸的声音和机关枪的声音，空中也冒着滚滚的战火，只有那片森林是双方交战之外的无人地带，显得格外宁静。

"我们排只剩下三个人了吗？"阿坚低声说道。

"别难过，阿坚！"阿心说，"你看我们多走运……这样有惊无险，想起来都觉得不可思议啊。"

"多亏了阿慈，要不是他，我们都不可能逃出来。"

他们说话的时候完全没有注意到头顶的森林降下一团黑影，呼的一声落在河流里。阿坚惊讶地望过去，吓了一大跳：难道是一个伞兵？

天哪，正是伞兵！

阿坚正要去拿AK步枪的时候，三发子弹打在他手掌边，扬起阵阵尘土。敌人双腿叉站在河边，看着他们狂笑。阿坚哆哆嗦嗦地站起来，眼睛一直注视着那把瞄准自己胸口的AR-15的黑色枪口。阿心和阿盛也慢慢地站了起来，举起了双手。三把AK步枪凌乱地摆在他们脚下。

那个伞兵留着长发，个子很高，看起来很年轻，他的两只袖子卷着，肩章底下塞着贝雷帽，军服上沾满了红色的泥土。他狂笑着，动了动枪口，手指扣上扳机。阿坚愣在一旁，不吭声，只等着子弹穿过他的胸膛，打碎他的脊骨，鲜血四溅。想到这些，他的胸口猛烈地颤动起来，脖子也因哽咽而收缩，头在痛苦中摇动。

"别开枪！我……我们投降！"阿心呻吟着。

伪军突然笑了起来。他用手比画着："过来！快点！你们这三个蠢货！"

他们三人立即推搡着走过去，显出一副十分害怕、十分顺从的样子。

"快给我过来！"伪军咆哮道。

"马上，马上啊！不要开枪！"阿心惊慌地说道，然后插到阿坚身前。

当他们靠近河边时，阿心突然冲了上去，用力抱住敌人的腿，使劲拽着。然后用一连串迅速的动作抢过敌人的扳机，朝空中开了一枪。接着，他和敌人撕扯着掉进了河里。

"跑！阿盛，阿坚！快跑啊！"

听着阿心撕心裂肺的喊叫声，他们本该合力杀敌，夺取敌人的武器，可当时阿坚已经跳到了河岸上，而且他突然看到一帮穿迷彩的敌人正从树林里冲出来。阿坚和背后的大个子阿盛只得立即顺着河岸逃走。五六把机枪在他们身后扫射。阿坚趴下，匍匐前进。子弹擦过他的脚后跟，从他的耳边和头顶飞过。

"喂！"阿盛大叫一声，跳起来露出头。他那一声喊叫把敌人的注意力都吸引过去了，那群拿着枪的敌人追着他，朝着他的方向射击。

阿坚只顾低头匍匐前进，脑袋因吸入了过多的土而缺氧，身子还在打转，都不知道敌人已经转移了方向。他连滚带爬地跑，直到全身瘫软，跪在地上跑不动为止。当他爬回阵地，肉体上的疼痛和精神上的折磨让他的内心犹如经历了狂风暴雨，既因失去亲爱的战友而阵阵悲哀，又因死里逃生而庆幸不已。

不过，这些都还不是他最深刻的战争记忆。在他有关战争的记忆中，最悲惨、最痛心、最危急的是关于阿和的故事。

那是戊申年，当时正值新春攻势撤退，那是一段充满不幸的、无比痛苦的时期。那些日子，阿坚他们都感觉走到了穷途末路，插翅难飞了。撤退的路上，他们捂着头上的伤口，相互搀扶，拖着脚步穿过树林，向西面逃跑。在进入旱季不到半个月的时间里，阿坚的部队两次被包围，又两次拼命杀出了血路，队伍被打散成了几个小队，只得一边撤退，一边战斗。阿坚和营里另外三个战士组成一个小组，渡过波谷河，然后穿过被B-52飞机轰炸过的黑山岗，向着日落的方向逃命。穿过玉博瑞山脚下的树林时，他们遇到了一支朝着沙泰河边向柬埔寨方向前进的队伍，这支队伍约20人，用担架抬着伤员。既然碰到了就只好加入他们，虽然实际上阿坚心里是一点也不情愿的。这队人马力量太薄弱了，弹尽粮绝，精疲力竭。他们有一个交通员，却是一个女的，而且她不是当地人，并不熟悉当地山区状况，她是从北方来的。美军也在那附近巡查，在树林的每一个角落，都可能碰到他们，或者发现他们走过的痕迹。

那里靠近水源，当时正处于旱季，仅有的几个清水源头格外珍贵，自然也是敌人最好的埋伏地点。他们每次走进干枯的芦苇丛寻找水源，都有落入敌人埋伏圈的可能。头顶上，敌人的直升机还在空中巡视，炮弹乱飞，地面上又四处都是敌人的巡哨。阿坚他们遭到几次偷袭后，伤员增加了不少，相应地，抬伤员的人日渐减少。现在是平均三个人抬两个伤员，所以，他们行军也就格外艰难，走了很久都没有听到沙泰河的水声，依然在玉博瑞的山坡下蜿蜒前行。阿坚怀疑走错路了，然而阿和，那个北方来的女交通员，斩钉截铁地说他们没有迷路。在没有地图，也没有指南针的情况下，除了仰仗她之外，别无他法，所以大家都盲目地跟着她走。

到了第三天早上，人们绝望了：他们并没有到达设想中的柬埔寨边境的沙泰河岸，反而到了一片无法穿越的潭水边。

"天哪，咱们死定了。"阿和脱口而出，"这是鳄鱼湖啊。"

阿坚站在湖边的草滩上，看着直冒恶臭泡泡的湖水，只见脏脏的泥水时不时漾上湖边的芦苇丛。水面上还有几只鳄鱼瞪着令人恐怖的双眼。

"才知道是鳄鱼湖啊？你是故意把我们带到这个臭水滩送命的吧？"阿坚板起脸，声音沙哑而粗暴。

"我错了！"阿和低下头，小声说道。

"这不是错误，这是犯罪！"阿坚压低了声音，残酷无情地批评道，"要不是因为子弹珍贵，我现在就毙了你，你信不信？……"

阿和抬起头，一双大眼睛里噙满了泪水，嘴唇开始颤抖："我会赎罪的，我会将功补过的……我会找到路的……"

"你想让伤员兄弟们蹚泥潭？"

"不，不是这样的。鳄鱼湖距沙泰河很近的……同志，请再给我一次机会，我会很快找到路的……现在我们先撤回刚才经过的山沟。给我点时间去探探怎么去河边，然后我们再行军。"

L-19敌机在森林上空低飞盘旋，在湖对岸投下炸弹，听起来就像一声声悲鸣。大地开始颤抖，水波从对岸震荡过来，像悲伤的面容上泛起了皱纹。

"同志们，我错了，我会将功补过的。"阿和焦急地又说了一遍，"我现在就去探路，但我们要先把伤员送到山沟里隐藏起来。"

阿坚这时已经对阿和不抱任何信心，也不愿听她指挥，但别无他法，也只能把最后的希望寄托在她身上。伤员们以及抬伤员的几十个人都精疲力竭了。连续多日穿越森林，他们看起来都已面如死灰，累得不成人形。他们离开湖边，撤退到石块密布的山沟里，那里还有一片干枯的竹林。中午，烈日炎炎，竹林里闷热难耐。那里听不见大炮声，也没有直升机的轰鸣声，只有不知从哪儿传来的零星的机枪声和对面什么东西在燃烧的噼啪声，以及伤员们因为疼痛和饥渴而发出的呻吟声。这份难得的安静不可思议，甚至令人害怕。闷热的空气让人喘不过气来，好像要让人窒息一般。

阿坚觉得又闷又渴，暴脾气也上来了，他呵斥阿和道："不管是远还是近，今晚之前你必须找到去沙泰河边的路，否则，你吃不了兜着走！"

"明白。我现在就去。"

阿坚取下肩上的AK步枪，放到一个蜷缩在地上的士兵怀里，然后对阿和说："你的AK步枪也留给弟兄们，万一美军来了还可以抵抗一阵。子弹快用完了，我用这个手榴弹就够了，你拿着这把手枪，还有4发子弹。"

说完，他从鼓鼓囊囊的裤兜里掏出一把K-59手枪递给阿和："尽量别开枪！我们的任务是找路，不是开枪射击，明白吗？"

阿和放下AK步枪，接过手枪。她看着阿坚，疑惑地说："我一个人去就行了，你别去，你要保存体力。"

"不，我跟你一起去。"

"你不相信我？我保证找得到路，别担心。"

"我不信任你，"阿坚皱了皱眉，"眼见为实。这关系到伤员的生命，咱们就算付出一切代价也要找到去河边的路。"

"我明白了！"阿和难过地叹了一口气，低下了头。

两人返回鳄鱼湖边的树林中去探路。

当一块人头形状的石头出现在眼前时，阿和连忙低声说："对了，就是这个方向！"阿和指着一片深黑色的树林。这片森林十分寂静，就像一群不声不响的石像。

"你确定？"阿坚怀疑道。

她点点头，果断地说："记住这块人头形状的石头，我们现在离目标很近了。"

他们朝西北方向走，发现了一条已经干涸的河，很快就闻到、听到沙泰河的水汽和水声了。身边的树木绿多了，空气好像也凉爽了。这时阿和充满了自信，坚信不会再走错路了。她带着阿坚在或明或暗或干燥或潮湿的各种地形中穿行，走过大大小小的水坑，穿过空气中弥漫着腐坏气息的沼泽，也经过鲜花遍地、芳草茵茵、芬芳四溢的丛林。虽然由于草地上覆盖着腐烂物，并没有清晰的路径，但是他们越来越清晰地听见了沙泰河潺潺的水流声。最后，他们两人穿过一片抛荒的木薯地，在一道坡前停了下来，坡下就是碧绿的河水。

"沙泰河！"阿和看着阿坚说道。

不远的谷地深处，沙泰河在森林树冠的遮盖下隐隐约约露出来，河面上因为阳光的照耀而闪闪发光。河水发出低沉厚重的声音。那声音比树木发出的沙沙声还要低沉，不过，突然一下子又响亮起来。

"我们不用再往底下走了，路线已经很清楚了，赶快回去把大家都带到这里来吧。我估计我们天黑之前可以走到河边。"

"嗯。不过，先歇歇脚吧。"

"嗯，我也觉得好累。"

他们相互挨着，坐在坡顶上。他们下方不远处就是沙泰河。这时，阿坚才仔仔细细打量了一下阿和，他想表扬她，想要就先前对她说的过分的话道个歉，却不知怎么开口。

"你抽烟吗？"她打破僵局问道。

"哪儿有烟抽啊？"

"我有一支。你没注意刚才我在外面捡东西吗？是一个沙龙烟盒，不过只剩一根烟了。"

她从口袋里摸出烟盒，抽出那根烟，擦了根火柴，把烟点着，深吸了几口，然后递给阿坚。

"等于说，美国鬼子离这里不远了。"阿坚沉吟地吐了一口烟，看着烟盒。

"也不一定。我们也有很多沙龙烟啊。不过，我们确实应该带上一把AK步枪。"

"嗯，不过，我担心我们走了之后，万一美国佬靠近伤员们，他们没法逃跑，如果有枪，还能抵挡一下。所以，他们比我们更需要枪，毕竟子弹不多了。咱们要格外小心躲避敌人，避免交火。咱们的任务就是悄悄地把部队带到河对岸去，明白吗？"

阿和点了点头，向他伸手要烟抽。他直接把烟放到了她的双唇中间。

"你抽烟啊？"

"不，平时不抽的。只想和你一块儿抽着高兴一下。不知道为什么，我好紧张啊。"

"你当兵多久了？"

"我是1966年南下到B战区的，当兵两年了。但是我大部分时间都在西原地区，所以对这个地方不是很熟。这次伤亡最惨重了，真是太糟糕了。你说，战争是不是还要打很久啊？"

"我觉得战争才刚刚开始呢，现在到处都一样，都很惨。"

直升机的声音传过来了，还隐约听见远处大炮沉闷的响声。

"你一定要记住路线啊！"阿和忽然焦急地说。

"嗯，不过，你不是记得更牢吗？"

"是。可是万一我再犯错，你把我杀了怎么办？"

"啊？你在说什么呢！那不过是气头上说的话。"

"不，我知道是自己的错，我是认真的。我的老家在海后，我是在海边长大的。我对丛林里的道路老是容易搞混，所以到了岔口的时候你提醒我一声啊。那会儿你离开湖边的时候，我害怕极了，我不敢承认我忘了路。幸亏碰到了那块人头形状的石头我才想起来，才安心找到了路线。"

"你去B战区的时候多大啊？"

"18岁。当兵两年，不长，所以还没适应。"

"谁适应得了这种生活呢？"阿坚长叹一声，把烟扔到地上，然后说道，"在这儿等我。我一个人回去把大家接过来。你

· 231

就在这儿休息休息吧，我们还有很长的路要走，会很艰苦的。"

"不要，哪能这样呢？我是带队的，那是我的责任。而且一个人坐在这里，我会很害怕的。我想和你一起回去。"

"那就一起回去吧。"阿坚轻轻地说道，把手搭到她的肩膀上。

后来，她慢慢将头靠在了阿坚的肩膀上。他们那样甜蜜地依偎了好一会儿，直到一架敌机飞过来的呼呼声惊动了他们的恬静。阿坚把阿和扶起来，他们赶紧往回走。这时太阳已经隐遁在山峰背后，夕阳染红了山坡。阳光下，他们的影子越拉越长。天快黑了，他们在沉默中焦急地赶路，空气中有种紧张的气氛，黄昏的树林是那样寂静，只能听见他们踩在草地上的沙沙声。

阵阵晚风吹过，传来些许枯树枝断裂的声音。一条响尾蛇在他们眼前摇摆了一下就不见了踪影。他们原路返回，刚刚经过人头形状的石头，转弯，就闻到了从鳄鱼湖刮来的风中浓重的土腥味。大约再走10分钟，他们就能回到伤员们藏身的那片竹林了。然而，当他们快走到竹林边时，发现有异常的动静，鸟儿显然是受到了惊扰，从林子里飞了出来，有的落到林外的空地上，有的飞上天空消失了。等他们靠近密密麻麻的竹林时，阿坚愣住了，喉咙中发出一声闷响，他脸色苍白地拉着阿和蹲下。

是美国鬼子！

距离他们只有几步之遥，就隔着一片树林。敌人还没有发现他们，显然敌人也是刚走入这片林子。不过他们是从另外一个方向来的，和他俩来的方向只差一个很小的角度。要是他俩再晚那么一点点，就会和美国鬼子的排头兵遇上。实际上，阿坚最先看见的是一条军犬。那条军犬从林子里蹿出来，然后像一尊雕像一样站在阿坚的左边，只隔了一片草丛。

那条军犬很大，跟一头小牛一样，毛是灰色的，两肋旁边还有斑点。它用鼻子在地上不停地嗅着，很快站在了阿坚面前。跟在军犬身后的尖兵是个黑人，穿着防弹衣，头上戴着配有伪装网的头盔，脚蹬作战靴，手上的皮带被军犬拉得直直的。跟在他身后的，也是一个黑人，光着膀子，强壮的肩膀上挎着几条子弹带。接着的第三个人，头发金黄，也差不多是光着膀子，身材高大，像大象一样健壮，手上握着冲锋枪。第四个人……阿坚隐隐约约地看到敌人的影子在林子后面闪现，看不清楚到底有多少人。他们排成稀稀拉拉的一列在行进，个个人高马大，行进速度很快，但是脚步很轻，几乎没有任何声响，样子像恶狼一般凶残和野蛮。

大军犬在阿坚藏身的树丛前撕咬着什么。军犬训练员走过去用枪杆挑起了那东西。阿坚整个人缩成一团，瞪着眼，认出是M-16枪口上的一条绷带。他摩挲着手榴弹，心中却忐忑不安。他曾想，只要军犬探查不到他跟阿和的气息，只要美军士兵们不对这附近进行搜查，他们就能安全逃出。但他没料到美军士兵会根据一条绷带追踪过来，那是他们从鳄鱼湖转移到那条干涸的小河的路上不慎留下的。他甚至没有发觉，阿和悄悄地匍匐到了远离他的地方。

几个美军士兵在竹丛中高声说着什么，好像是在叫骂。驯犬师拉了拉皮带，军犬便把鼻子移向地面追踪，然后朝着它听觉捕捉到的目标跑去。阿坚浅浅呼吸了几下。就在这时，忽然传来一声枪响。枪声极短，但划破了午后树林中的平静。军犬痛苦地大叫一声，美军士兵们反应极快，纷纷卧倒。驯犬师放开了军犬的皮带。等到第二次K-59的枪声响起，阿坚才意识到是阿和开枪了。他惊得失魂落魄。军犬或许是中弹了，被激怒了，凶狠得像头老虎，吼叫着向发出枪声的地方横冲过去。阿和在距离阿坚十来步的斜坡后探出了身子。太阳正在落山，阳光穿过树林，残阳如血。阿和背对着太阳站在那里，挺着她玲珑的身躯，不偏不倚地朝着军犬开火。来自鳄鱼湖背面的晚霞映照着她丰满的古铜色肌肤，她就像是一座雕像一样。她的长发披在肩上，短裤下的双腿上满是被荆棘刮破的伤痕。军犬向她冲上去，高高地跳起往前扑。阿和狠狠地朝它胸口开了两枪，那军犬一下子向后跌去，直挺挺地躺倒了。阿和把打光了子弹的枪朝美军士兵藏身的方向扔过去，然后转身离开林子，向空地冲去。美军士兵并没有开枪，而是紧紧地跟着她跑。他们从阿坚藏身的地方跑过去了，有个美军差点踩到他的手。这帮美军有十来个人，大部分是黑人。他们身体强壮，行动迅捷，如风一般迅疾地冲过去，离阿和越来越近。阿和将他们带离了阿坚的藏身之地，同时也让他们偏离了那条通向干涸的小河的路线。

阿坚沿着树丛爬到了竹林口，哆哆嗦嗦地站起来，单脚跪地，向林间空地望去。只见那长满青苔的人头形状的石头旁，那被踩得稀巴烂的菩提树下，一团恐怖的黑影压在阿和身上，那黑影身上满是汗水，还能听见他气喘吁吁的声音。他身后站着一排美军士兵，全都跃跃欲试，等着轮到自己，显然他们的侦察工作要以强暴结束。阿坚听不到阿和的叫声，但他觉得她一定在喊叫。

他眼前一阵晕眩，下意识地把手榴弹拔了扣。他的手冰凉，手指颤抖，整个身子也都开始颤抖，头晕乎乎的好像已经不能控制自己了。他和他们相距也就30尺，他完全有力气将手榴弹扔向那群混蛋。他真想把这群野蛮的家伙千刀万剐，想让那些该死的大猩猩马上从地球上消失。那个足以令他们消失的手榴弹此刻正被他紧紧地握在手心，但他不能那么做。万一他不能摆脱这些人，那些伤员怎么办？他强忍着，连呼吸都忍着，就那么一直跪着，隐藏在竹林边的树丛中。天色已经黄昏，雾气开始浮动，成群的蚊子在林间飞舞。阿坚静静地查看了手榴弹扣，然后徐徐匍匐，在一层层笼罩着树林的阴影的掩蔽下悄悄回到了伤兵藏身的那片竹林。

他立刻组织伤员运输团，或牵着或抬着伤员们转移。虽然天色很黑了，但是靠着那块标志性的人头形大石，阿坚选定了方向，带领队伍沿着下午阿和跟他找到的小路来到沙泰河边并安全地渡了河。因为后来没有再碰到敌人，阿坚那天就没用上那颗手榴弹。那天夜里，阿坚将那颗手榴弹紧紧握在手中，握了一整夜，把它的铁皮都焐热了。

没有人向阿坚问起过阿和，他也不说，就如同遗忘了一样。也许，战场上的这种牺牲再普通不过了，不必追问。一个人倒下了，为的是其他人能继续活下去，这在战争时期实在是司空见惯的事情。多年以后，由于参加了收尸队，阿坚才有机会重返鳄鱼湖地区。很自然地，他想起了阿和，想要去找找那条林间小道。但那片林间空地不知为何已经消失了，唯一的证据，那块人头形的大石头，也随着时间的流逝而风化了。眼前只有茂密的树木，树下有厚厚的一层腐败落叶。林中传来清脆的鸟叫声，呼呼的风声以及水流的淙淙之声，弥漫着翘枝花和象鼻花的香味。过去的一切就像完全坠入了一个隐秘而模糊的地方，再也无法找寻。

阿坚坐在黄昏的林边，闭上眼睛，让思绪回到那遥远而隐蔽的地方。他发现了这些年自己一直逃避的东西，仿佛先前那颗已经拔了扣却没敢扔出去的手榴弹，依然被他握在手心，有着沉甸甸的分量。不过，当看到阿和被轮奸时他心中的害怕、痛苦、愤怒以及内心剧烈的挣扎，他已经忘记了。现在他心中剩下的只有痛苦，无止境的痛苦，死里逃生的痛苦，战争的痛苦。

在这场战争中，如果不是因为有阿和那样舍己为人的人，如果没有那些高举祖国旗帜为祖国献身的人，没有他们身上体现出的崇高精神，那么对阿坚来说，那就只是一场有着凶恶利爪的惨无人道的恐怖战争，就只是人们无法回避的一段可怕的生活。如果不是那么多可爱的战友保护他、拯救他、为他牺牲，他早就死了，即使不被杀死，也可能因不断杀人的心理重负而自杀。1975年以后，一切平息下来，杀戮已经逝去，风静树止。我们胜利了，是正义的胜利，这的确是一种巨大的安慰。

但果真如此吗？

每当他细心思量自己死里逃生的经历，认真观察眼前的和平生活，就觉得有无边的痛苦、酸涩和忧伤袭上心头。在战争中，一个烈士的倒下是为了让更多的人能够活下来，这不是什么新鲜事，真的。但是对活下来的人来说，眼前的景象却自相矛盾。最优秀、最可爱的人死了，他们比任何人都更应该活在这世上，可是他们都倒下了。他们的身体被碾碎，被血淋淋的战争机器蹂躏、折磨，在黑漆漆的夜里，他们被虐待、被凌辱、被杀害。当他们被埋葬、被毁尸灭迹之后，我们却留下来平静地生活，这教人情何以堪。损失可以弥补，破坏的东西可以重建，伤口也会愈合，但是战争给人带来的心灵深处的伤疤是永远无法忘记的。战争的苦痛将会越来越深入人心，无论何时都无法消散。

　　早在那一年去扫墓的路上，去上香的途中，穿过纵横交错的茂密树林中那些被遗忘的脚印时，在跟阿和一起穿过鳄鱼湖，跟侦察排的战友们一起穿过招魂林时，阿坚便开始了之后有关战争的长期思索与感悟。阿坚一步一步地走着，每走一步，每过一天，过去的事情都以一种宁静而忧伤的方式重现。悲伤的阳光照进了过去，那阳光对阿坚的人生来说，是唤醒他的阳光，是拯救他灵魂的阳光。

　　只有深深地沉浸在大量的回忆之中，在那永远都无法消散的战争带来的苦痛之中，阿坚才会觉得自己的存在是完整的。这存在感让他拥有了一项使命，那就是：他要成为记录逝去的人们的一支笔，要忠实地抒写他们过去的生活，记录那段难忘的时光。

过去的岁月在渐渐远去。如今继续这样漂泊不定地活着，越来越没有什么意义，甚至好像没必要再活下去了。阿芳已经走了，这一次，他是永远地失去了她。他实在不清楚从今往后，在没有她的日子里，他要怎样活下去。似乎只有眼下这部长篇小说处女作的手稿，是他最后活下去的唯一寄托。然而，纵使手稿尚未完成，却也有过时的那一天。可能用不了多久，可能他隔壁阿芳屋里那盏忘记关掉的灯耗尽能量之后，所有的一切，连同这些稿纸，也都将随之模糊乃至消失吧。不过，现在既然还活着，那就必须得活着，明天还要继续，日复一日。当还生活在这儿的时候，就应当也必须一直活下去。日子一天天地过去了，每天他都在挑灯夜战，借着酒劲不停地写，稿子也渐渐堆得像小山一样高。

　　每天早上，阿坚都会喝掉剩下的半杯酒，一扫整晚的昏昏沉沉。之后他便会离开写字台，走到街上，到禅光湖边上的一家咖啡馆去。早晨的阳光很灿烂，湖面上微波荡漾。阿坚喝着咖啡，点燃一支烟，买一份日报来读。对阿坚来说，哪份报纸都差不多，所以他总是随便买一份，然后一页一页地翻看。报纸上的一行行字让他觉得昏昏沉沉的，插图也很难看。路上车来人往，扬起缕缕灰尘。随着太阳威力的增强，咖啡馆里的人也渐渐地多起来，人们有的吸着烟读报，有的用勺子快速地搅拌着咖啡，有的坐着聊天，谈笑风生。生活里充满了故事，但人们还是异常穷困。阿坚再次思忖夜里刚刚写过的句子，不禁耸耸肩膀笑了，自己都觉得很奇怪。20世纪已经结束了，在人们的内心里，过去早被抛到九霄云外，不会再提了。既然这样，自己干吗还要抓着不放，还想要挽救什么，有什么意义呢？活着就只想着活着吧，这样就好了，大家都是这样，随大溜吧。阿坚长长地叹了一口气，把报纸撂在了一边。这时，一个看着略有些眼熟的人对着阿坚摆了摆手打招呼，阿坚点头回应。

"写作进展如何呀？"那人问道。

"烦死了！别提了。"阿坚说完便匆忙离开了。

"那是住在我们街巷的一个作家。"他听见一个坐在角落里的男人对另一个人说。

阿坚走在人行道上，经过一个在路上坐着卖毒蛇的男人。他看了看那些蛇，蛇身很长，但看起来很呆。它们直挺挺地躺着，没有不安，也没有挣扎，一副厌世的样子。路旁有一群孩子围着一个老盲人，老人在卖五颜六色的气球。还有几个乞丐躺在湖边的石凳上。树上的黄叶凋零飘落，城市里拥挤不堪，看着令人忧伤。他本想去编辑部，可后来还是回家去了。走上楼梯，进到屋里，插上门闩。他坐到桌边，翻开手稿，却又立即合上。他点燃了一支烟，望向窗外。现在要做些什么呢？能去哪儿呢？他想要闭上眼睛小憩一会儿，但一闭上眼睛就会想到阿芳，内心便又开始一阵刺痛。他不想这样，假如有谁可以帮他缓解这样的情绪就好了。可是好长一段时间里，战友们已经散落四方，信件往来也渐渐少了。长久以来，除了隐居在屋顶阁楼的哑女之外，阿坚没有任何其他的朋友可以倾诉内心的想法和感受。即使是哑女，他也只是在酩酊大醉的晚上，头脑已经完全发木的情况下，才会上楼找她倾诉……

他的思绪在不知不觉中跳跃着，时不时想起某件久远的往事，然后就沉浸到沉甸甸的回忆里。回忆除了带来痛苦之外，实在毫无益处，但他就是抑制不住。

有时候，他正在稿子上叙述某件事的时候，笔尖会突然像着了魔似的开始写一些他并不知道的事情。等他意识到，他不得不用笔划掉再写，或者有时候就干脆留下那些文字，撒手不管。

蓦地，阿坚想到了一件事。那是在得苏地区参加72战役时受伤的情形。无端地就想起了那件事。一开始他觉得这个伤有点可笑，但似乎留下了着实严重的后果。现如今想起来更可笑的是，当时他根本不知道自己的伤情到底是怎样的。在军队医院治疗的时候，有一个工兵小子的病情和阿坚几乎一模一样。但令阿坚惊讶的是，那个工兵总是露出十分痛苦的神情，不断地大声哭喊着、咒骂着，哀叹命运的不公。

"我不觉得这个伤跟其他的伤相比有什么特别痛苦的啊，"阿坚对他说，"为什么你这么难受呢？"

那人骂他是蠢材，还说与其那个部位受伤还不如瞎了的好。

现在，阿坚特别想知道那个工兵小子后来怎么样了，想知道那个小子和包括他在内的那些人是否已经顺利地成家。这事想起来还真是好玩，不是吗？直到占领西贡之后，人们检举阿坚营里的士兵半夜里偷跑出营房去跟新山一、新山二机场的女人们鬼混，他才明白当时他跟那个工兵小子所受的"伤"其实是性病，才有点后悔。实际上，大家觉得他不可能有犯罪的条件。总之，真是笑死人了。

他躺回床上，头枕在双手上，呆呆地看着自己的身体。如果是那样，他不应该回河内，不应该见阿芳。假如那样，他早就认命了，不会像现在这样终日惴惴不安，也不会写作，不会有后来发生的一切。

过去的这几年，从战争结束、与阿芳重逢以来，他又重新燃起了希望。他希望自己彻底与过去告别。那份忧愁将会随着岁月的流逝、新工作的到来和生活中新的转变而渐渐退去。

每年一到春天，他的心中就有一丝希望蠢蠢欲动，似乎伴着春天，他的青春也回来了。当然不是要回到年轻时的身体，而是回到年轻时的心理状态。他期待自己的健康与热情重新储满，还能有正常的性生活，再度点燃爱情和生活。

可现在，他不再有这种感觉了，他不再回望过去。这不是什么新的思考，而是一份沉甸甸的感悟。走在时间之水匆匆流过的人生旷野上，从前设想的美丽的未来已经退却在身后，消失在一片黯淡的光景之中了。

当然，这样的感悟也不完全是出于绝望。幸福总在身后，一年年越发遥远。但这有什么关系呢！今天，他要走出平常的生活，转身回到往日，张开双臂，快步走向已经逝去的岁月。他将回到过去美好的某一天，在遥远的时空中回归，回到命运引领自己走过的道路。

那些已经错过的时机一去不复返了。

战争结束之后，不少战友选择留在南方，或者去西原地区，到波谷河、沙泰河、雅穆河岸边或塞里坡脚下盖一所房子，过上一种山水田园的简单自由的生活。总之，他们是要与从前北方的生活一刀两断。

现在，他后悔没有像他们那样做。

"在B-3前线当兵多年，青春挥洒在这里，双手沾满鲜血，现在和平了，应该重归自然，与劳动人民亲近，才能感受到生活的祥和，才能化解内心的痛苦。"当时有人曾经这样劝过他，具体是谁，他已经不记得了，好像是团里的政委呢。

唉，一句话怎会轻易改变一个人呢。

在梦一般的战争岁月里，阿坚偶尔还会记起B-3前线战士们生活和劳动的场景。旱季里在山上开荒种植，雨季里在稻田拔草。雨季时还经常到森林里挖竹笋、采蘑菇。旱季则结网捕鱼，布陷阱捉猎物，或是背着竹篓去采摘。由于当时经常进行生产劳动，他们都很健壮，双手也变得粗糙。但是一米一饭，一块木薯，流的每一滴汗，都充满了生活的乐趣。

现在，这些乐趣都消失了，无影无踪了。

过去匆匆掠过的那些地方，现在却常常浮现在眼前，似乎已经成为过去岁月的象征。

他想起西原地区那广袤的草原，从玩目山南下丹阳到德重，再顺着20号公路直通颐京，那一望无际的地方留下了当年行军的美好时光。他的耳边又回响起第10师"加速！加速前进！"的口令。

除此之外，也是在这里，在南部高原的苍穹下，在战争结束前夕，他心中第一次燃起了对和平生活的向往。他开始羡慕劳动人民安宁、朴素、温暖的生活，那是与战争的暴力、杀戮和破坏形成鲜明对比的生活。也许他的记忆并不准确，但这份向往一直萦绕在他心头，让他没有完全丧失乐观。

一天下午，他和侦察排的战友一起坐在一辆载有重机枪的军车上，汽车离开20号公路，行驶在红色的土地上，无边无际的咖啡林绵延至远方。

远处，有一座漂亮的房子孤零零地立在那里，他们停下车，准备去讨口水喝，休息片刻。

那是一座很小的高脚木楼，用原木和木板搭成，屋顶尖而高，是公共活动房的样式。房子很宽敞，里面的布置简洁美观。院中拖拉机、发动机，还有灌溉咖啡树的管道都正在工作，但是噪声并不大。房前屋后种着花，房后还有一片果园。房子里只有三个人，一对年轻的夫妻和他们六七岁的孩子，他们是从北部搬来的。起初看到阿坚他们走进来，背着武器，身穿皱巴巴的军服，还沾满泥土和汗水，那家人有点紧张，但并未显露出惊慌失措、惧怕万分的样子。主人和他妻子的态度恰到好处，他们热情周到又不失沉稳自重。他们还善意地留阿坚他们吃饭，而阿坚他们婉拒的时候也没强求。女主人给他们泡了咖啡，男主人坐下来跟他们一起喝。他谦虚有礼，学识丰富，又真诚坦率。他说："说实话，我们连南边的游击队都没见过，更不用说你们北越的战士了，但你们是好人，我们不怕。我们靠种咖啡、甘蔗和果树生活，南方北方谁输谁赢我们不关心。你们也是人，也都渴望和平安稳的生活，都想有个家。靠天靠地，靠庄稼、靠两只手，靠着自己挣来的钱，有了这些谁还管时局呢，是不是啊？"

他说话的时候没有人插嘴，在当时，说这么诚实的话是相当冒险的。还好，他们之中没有人觉得这是统战思想，也没对那家人进行宣传教育。跟男主人的谈话着实让人感到放松，聊天的内容也只围绕生产劳作、家庭幸福、风土人情，没有人提起政治和战争。等女主人奉上咖啡，气氛就更加温馨和融洽了。她温和友善地看着他们，男主人则自信坦然地说着话。

一切都是那么美好：在漂亮的屋子里喝着新鲜的咖啡，墙边散发着新锯下的松木的香气，窗外传来树林里轻风吹过的沙沙声，他们坐的椅子虽然是用废弃的弹壳和荆棘编成，却令人感到非常舒适。那是一种远离政治的生活，是心满意足的安闲的生活，是自由自在的家庭生活。在那间屋子里，他们俨然是一家人，可屋外是无尽的战争。想到这些，阿坚的内心充满了一种甜蜜的痛苦。

夜里离开那户人家，坐上车时，大家都默默无语，最后是阿云，这个曾经在大学里读过计划经济专业的大学生打破了沉寂。"你们看，这才是生活！多么平静、多么幸福的生活啊！我现在一想到上大学时的老师和他们那些宏伟的理论就觉得可怕。倘若我们打了胜仗，和平之后，按照那些老家伙的理论搞经济，怕是得毁掉这里的一切呢。我实在不敢想象到时候这对夫妇将面临怎样的命运，他们肯定不得不服从新时代的政治命令吧？"

"嗯，他们是要吃苦头的。我怀疑等我们打了胜仗回来，他们要遭遇某种区别对待。"

"那是肯定的。除非你来这里当生产队队长。"

"要是和平之后他们反而受苦的话，那可真叫人难过啊。我多么希望我老家的人以后能像他们一样生活啊。木珠的风景跟这里差不多，但穷得可怕啊。"

阿坚太疲劳了，坐在那里没有吭声，但是他想了很多。后来好几次去南方出差，他都想去故地重游，但一次都没有成行。而阿云、阿慈、阿清，他们这些曾经跟他一起探访过那家人的战友，已经全都牺牲了。

其实，在打仗的时候偶尔经过那么一次的地方，当时的印象都不太深，可是后来它们深深地镌刻在了阿坚的回忆中，而且似乎越来越深刻，甚至渗透到了他的灵魂里。当然，不可避免地，他又想起了阿芳。思维不再那么跳跃，而是开始在温和的记忆之河上飘荡。他感觉舒服了许多，闭上眼睛沉浸到回忆里。但是，突然有什么东西像刀一样剁着他的心。他猛地站起来，点燃香烟，在房间里踱来踱去。他又要失眠了。

他的房间跟隔壁阿芳的房间几乎一模一样，都是方形，面积都是20多平方米，地板上都有像国际象棋似的红白相间的瓷砖，墙角和炉子也都是用蓝色瓷砖做的，都有一个临街的窗户。两个房间里的家具也都差不多。但最相似的可能是两个房间的气氛，寂寞、贫困和失落。当然，那是在阿芳的母亲还活着的时候。现在，她房间里的家具已经完全变了。

阿坚阔别10年后从南方回来，第一次去她房间探望的时候，最吃惊的就是那架黑色的钢琴不见了踪影，那是一架古老的钢琴，是她母亲的宝物，以前就放在窗下。

"我把它卖了。那琴太占地儿了，况且，我一个歌伎，哪还用得上钢琴啊。"

那架钢琴是她父亲的遗物。她父亲是钢琴艺术家，在首都解放前就去世了。她母亲是音乐教师，在阿芳16岁的时候退休，开始全身心地培养她练琴。与老天赐给的宝贵女儿完全不同的是，阿芳母亲身材瘦小，面庞消瘦，慈祥的脸上饱含忧愁，说话的声音很微弱，总像是在喃喃自语。

"我最大的愿望是引领阿芳像她父亲一样走向高雅艺术，希望她学习古典音乐和钢琴。我很怕吉他，怕她迷恋的那些流行歌曲。阿坚啊，你帮我劝劝她，让她别去参加聚会，别上联欢性质的舞台。"

可能由于爱好音乐，尤其是从小得到母亲的教导，阿芳的钢琴弹得很好，但她越大越懒于练习。

"钢琴太庄重、太高雅、太笨重了，我们身处大动乱时代，要轻松简单明快一些才能跟上潮流。"阿芳曾这么宣称。

阿坚也同意她的说法。因为他并不擅长古典音乐，所以他更喜欢听阿芳唱歌，她的嗓子实在是太美妙了。

她母亲却不那么想。有一次，他听到她老人家低声叹息："阿芳的性格跟她爸爸一样，都是完美主义者，不管做什么都要尽善尽美。她就像一个圣人，或者一个仙女。可追求完美是无止境的。她的这种完美主义是天生的，是遗传的，不是后天养成的。她骨子里纯洁高雅，我觉得她应该潜心学习古典音乐，如果不学古琴，等她沾染世俗的一些东西后会崩溃的。我清楚这一点。我很怕她一头栽进那些世俗的东西里，那样，她天生的纯洁和完美主义就会变成一把利刃把她给彻底毁了。你懂吗？绘画、诗歌和流行歌曲虽然都美好，但那些并不适合阿芳。对她来说，唯一能在未来多灾多难的生活里保护她的就是古典音乐。我真的很担心她，但是她听不进去我的一字一句，倒是很听你爸爸的话。我很尊敬你的父亲，可我很怕她会被你爸爸那些可怕的画作迷住。你懂我的意思吗？"

当时阿坚不过十六七岁，怎么可能懂呢？他完全不明白阿芳的母亲在说什么。但是多年以后，他无数次回想起阿芳母亲说过的这些话。思来想去，才明白她妈妈的很多预感都是对的。不过，即使当时他和阿芳能够理解那些话，生活也不会有什么两样，因为接着就爆发了战争。都打仗了，还有什么可说的呢？

大概就是命中注定的吧，这种生活机遇也被错过了，他们错过了这崇高完美的精神生活的机遇。他们原本生活在艺术世家，先天具有那样的禀赋。虽然那种极具人文价值的艺术一度遭遇冷落，但是一旦错过，何尝不是一种遗憾。

在战后最初重逢的那些日子里，表面上是欢乐的，实际上却充满不和谐的因子。

阿坚偶尔顺着阿芳，去剧院观看一些有阿芳出演的歌剧，尽管他并不喜欢那些演出。夜晚去看那种演出，对他来说简直是一种难言的酷刑。丝绒幕布拉开后的头几分钟，他就羞愧得不知道眼睛该朝哪儿看，他实在为阿芳他们那群演员感到难为情，也替编剧、导演、乐师、舞台设计的美工、化妆师以及观众感到难为情。他实在无法欣赏那些毫无才华的粗浅表演，那些俗气的、赤裸裸的表演，简直是对战后精神生活的一种残害。不过，这种难为情比起看那些轻音乐的舞台剧来说，程度还要轻一些。

节目开始之后，他总是伺机悄悄溜到外面去。夜色中，他独自坐在剧院旁边的椅子上，感觉比在剧院里要轻松畅快许多。他通常一直坐到演出结束。随着阵阵脚步声和谈笑声，人们纷纷走出剧院，边走边谈论那些粗俗的表演。听到这些，他为阿芳而痛惜，心里无比难受。

战争结束后，人们可以重建家园，可以恢复从前的生活，但是精神财产，那些崇高的东西一旦受到破坏，出现断层，就很难再恢复原貌了。

他想起很久以前的一天，那是他入伍的前一天。那天夜晚，他去向阿芳的母亲辞行。老人家正生着病，静静地坐在太师椅里，面容苍白，几乎没有跟他说什么，只是无声地流泪。

深夜，阿坚预备告辞，跪下去亲吻阿芳母亲那双瘦削的手，而她吻了吻他的前额，轻轻地捋了捋他的头发，跟阿芳说：“你替我为阿坚弹一首告别曲吧。”

虽然面有难色，阿芳还是听话地坐在钢琴前，把头抬起来，看着阿坚问：“你喜欢哪一首呢？”

“我呀？就弹一首伯母和阿芳你喜欢的吧。”阿坚不知所措地回答，然后看着手抄乐谱旁边的半身铜像，补充说道，“好像阿芳喜欢莫扎特，我也喜欢。"

"哦，不会是《生在此死亦在此》吧？"阿芳轻轻地笑了，"还是《泸江长歌》？"

"也不错，阿芳，文高作曲的嘛。"阿芳的母亲说道，"不过，你还是弹莫扎特或《月光曲》更好些，更适合送人上战场。"

阿芳木然地开始弹奏，琴声起初有点游离，而且显得死气沉沉。当她全身心投入演奏之后，就好像突然迸发出了灵感，弹得好极了。她忘我地弹奏着，脸颊渐渐变得绯红，一小缕头发从额头上散落下来都浑然不知。

阿坚起初还因为自己不懂音乐有点难为情，可是，阿芳妙手弹奏出来的梦幻般的音乐深深吸引了他，让他听呆了。曲子进入第三乐章的尾声时，阿芳摁在琴弦上的双手突然将欢快的曲调转成深沉的悲伤。那悲伤好像是来自弹琴人的内心，而不是曲子原有的乐章。阿坚禁不住热泪盈眶，伸手捂住眼睛以掩藏他流淌的眼泪。这是一份伟大的感情，他的心里充满一种至高无上、无边无际的爱恋，那是一种对阿芳彻底的仰慕和臣服。

"正是那一刻，我彻底明白了。"阿坚想道，他极力地想描绘出阿芳低头的面容，她忘情弹奏的样子简直就像仙女一样美，"我在少年时期就预感到自己之所以出生在这个世界上，在那个地方长大，然后参军，无论死活，一切都是有缘由的。那就是为了爱，就是要爱她，这爱会永久持续，但这也是一种痛苦。"

可是现在，那一切都到哪里去了呢？几乎从那一刻起，无情的风就一直吹向他们的世界。多年以后，他只能独自沮丧地坐在桌边写作。从早上开始，他就一直坐在桌边，很快到了中午，又到了晚上，一天就那么过去了。在静悄悄的房间里，他独自一人，在一摞稿子里写那些熟悉而亲切的英雄，那些已经牺牲的英雄，他们仿佛是从遥远的洪荒时代来到他的书稿里。写他们的故事时，阿坚暗自垂泪。他的心是那么沉重，那么痛苦。不过，眼泪和忧伤对他来说又常常是一种无声的安慰，一直是这样，总是这样。

阿坚又想起了20多年前的那个清晨，他猜想一定有什么事情发生在阿芳身上，在那节他不知道的车厢里。他希望自己忘记那件事情，毕竟时间过去太久了。

老天啊，为什么要做如此的安排，为什么要让他和阿芳在草市火车站碰见，又是什么力量驱使她产生了要送他一程的念头？他怎么也想不明白，或许这就是命运。

是的，这是他已经很久不去想却又从未忘记的事情。

那天夜晚，在遭遇空袭警报之后，火车不得不停下来，可是很快又豁出命去似的开动了。它疯狂地穿过咸龙桥的时候天已经发白了。早上不知道又接到什么乱七八糟的命令，火车在清化车站停下来，避让逆行而来的列车。

火车的鸣笛声刺耳地响起，同时还有车厢里发疯似的叫骂声，吵醒了昏睡在角落里的阿坚。他腾地一下起身，来不及跟任何人打招呼就跑到车头的门边，跳了下去。火车站破破烂烂的，月台上有一些弹坑，在早晨的阳光下看起来很恐怖。四周一片死寂，看不见一个活物的影子。

阿坚跳上一节车厢去找阿芳，匆忙地在车厢中间穿行。这些简陋的黑乎乎的车厢，每一节都差不多，都静静地关着门。

车门打开，有几个人从上面跳下来，分不清他们是士兵还是老百姓，衣衫褴褛，头发也十分蓬乱，边走边打哈欠，嘴里还骂骂咧咧的，夹杂着酒气。他们进了车站，消失在那破破烂烂的物品堆里。不知为何，直觉告诉阿坚，这几个刚刚下来的人，就是那天夜晚跟阿坚和阿芳同一个车厢的人。

他赶快把门打开冲了进去。车厢里还有点黑，晨光从铁栅栏的缝隙里照射到地板上。那节车厢那天晚上遭受了太多轰炸，车壁和车厢顶都被炸开了几个洞。好多麻包被炸开了，大米撒得满地都是。

阿坚一眼看见阿芳靠在一堆装大米的麻包上坐着，她的两条腿蜷缩着，头深深地埋在臂弯里，头发披散在肩膀上。

"阿芳。我说，那边的那位是阿芳吧？"阿坚的声音怯怯的，有一点不自信，他轻轻地呼唤着。等他走近，他的膝盖就像瘫软了一样，突然跪了下去。

阿芳抬起头来。她双颊惨白，似乎消瘦了很多，看起来是那么陌生，仿佛从来没有见过他似的。她的胸衣被扯坏了，脖子上还留有很多擦破的伤痕。

"阿芳！我是阿坚啊，是我呀！"他咧开嘴笑了，异常高兴，跪下去，一把抓住阿芳的肩膀，"你认不出我了，难道认不出我了？我身上到处是炭灰，我在车头，我不得不趴在车头嘛，阿芳你明白吗？为了不被甩下去。实在是幸运啊，你……这是怎么啦？"

阿芳紧咬着双唇，任凭双肩被阿坚紧紧抓住，一声不吭，毫无表情地凝视着他，那种茫然和陌生仿佛要阻止阿坚继续问，也阻隔了他的感情。阿坚很惊慌，他摇着阿芳的肩膀："你别害怕，会回去的。我送你出去，别担心。不过，你没事吧？你怎么啦？发生什么事情了？"

阿芳摇了摇头，又低下头去。

阿坚用手把阿芳的衣襟合拢起来，想给她扣上扣子，可是扣子都被扯掉了，一粒都不剩。胸罩露了出来，一根肩带还长长地垂了下来。在惊恐和颤抖中，阿坚帮她拉紧衣服，扣住，又为她遮挡身子。

阿芳的胸部冰凉，沾了很多汗水。那时阿坚才17岁，在这样的年龄，他哪里懂得什么人生，他什么也不懂，什么也不明白。他只是觉得伤心，一种莫名的痛苦袭来，眼泪不知不觉地涌了出来，流淌到脸颊上，咸咸的。他的喉咙不知为何好像也被堵塞了，嘴颤抖着，好久才说出一句："我们下去吧，离开这个地方。你能站起来吗？我们下去吧？"

"好的。"阿芳轻轻说道，她抓住阿坚的手，慢慢地站起来，跟跟跄跄的好像无法立直。

"哎哟。"阿坚吓了一跳，伸手抓住阿芳的肩膀。

阿芳是什么时候受伤的呢？她右腿上的绸裤也被扯坏了，露出了大腿，还留有从大腿流到膝盖上的血痕。

阿芳并拢双腿往下看，原来血流了那么多，湿乎乎的，一直流到小腿上，流到脚跟上。

"坐下，你先坐下。"阿坚又慌忙说道，"你受伤了为什么不说啊，你不知道吗？痛不痛啊？"

阿芳摇了摇头。

"坐下，我把衣服撕下来给你包上。"

"不要！"阿芳轻轻地叫着，就像一声叹息，她推开阿坚，"不用包扎，没什么事情，没有受伤。"

"可是……"阿坚慌忙放开了阿芳，怔怔地看着她。

她颤抖着走向门边，下身还流着血，可能她真的不觉得痛，只是眼里有一种麻木和惊慌。她的样子是那么憔悴，而且衣衫褴褛，头发像是被风吹乱了，皮肤上到处是擦破的伤痕。这难道不是受伤了吗？

阿芳突然停下来，站住了，阿坚急忙上前搀扶着她。一个男人爬上车厢，他宽阔的腰身把车厢开着的门缝给堵上了。车厢外面已经阳光灿烂。沉重的声音回响起来，火车的鸣笛也响了起来。火车往回开了！阿坚想。

"下去干吗？想在这里下去呀？"刚出现的男人凶巴巴地站在阿芳面前大声说道，他说话带南方口音，十分粗鲁。

"火车就要开了！你袒胸露腿的还想在这里下车，成何体统？真是不知羞耻！回去，坐下！我买了水和吃的，还给你买了一条裤子。那几个家伙去哪里了？这个家伙又是谁？"他一口气说着，声音很大，眼睛死死地盯着阿芳，像是要把她吃掉似的。

"好。"阿芳的声音细细的。憔悴、无力、惊慌、害怕令她低下头，显露出一种从未有过的顺从。阿坚很惊讶，不明白到底发生了什么。

　　"喂，你这小子是谁？稀里糊涂地在这里干吗？"那个家伙傲慢地说道，"不知道这列火车是运载军需品的？"

　　火车避开进站的路线，轰隆隆地开到了旁边的线路上，地面都开始转动起来。

　　"关你什么事！我们是朋友！"阿坚大叫起来，年轻的声音急促、无力却又慌乱，"你让开，让我们下去，火车到站了。下去，阿芳，快点下去。"

　　那个家伙用力把阿坚从阿芳身边推开了。

　　"这算怎么回事？"他大模大样地把手放到阿芳肩膀上，粗大的手掌摁住阿芳，说，"你真的准备下去？这个脏兮兮的家伙真的是你的朋友？"

　　阿芳没有看阿坚，点了点头。

　　"原来是这样。"男人脱口而出。

　　那个家伙三十来岁，方脸，下巴也是方的，额头很低，鼻子大而扁，下颌很硬，嘴角露出凶相，双眼咄咄逼人。他身穿一件像海军服那样的蓝色条纹上衣，绷得紧紧的，肩膀和前胸都显露出结实的肌肉。这是一个身体健壮得异常可怕的人，神色里充满了傲慢，一看就是一个残暴的家伙。

　　"这样啊，我还以为你会跟我一起到荣市站去呢。"

　　"真讨厌！"他耸了耸肩，声音像是叹息，"我这样你不喜欢啊？是我救了你，不是吗？我还什么都没有得到呢，不能这样吧，朋友们？"

阿坚走到他身边，结结巴巴地祈求道："好了，您让我们下去吧，不然就错过火车了，火车要开始跑了。"

四周开始震动，地面猛然转动起来，倏忽传来几声巨响。不知道是谁在车下大喊一声："不是火车在跑。"那个家伙说道："是高射炮在射击，是飞机，咱们死到临头了。"

"阿芳，快点下去吧。"阿坚抓住阿芳的手腕，拉着她朝门边跑。他呼吸紧张，下巴在颤抖，胸口也在颤抖。敌机在头顶攻击，地对空武器在反击。车厢外，人们都在拼命奔跑。

"不要慌，"那个男人大声说道，神色很平静，很果断，"那是在攻打咸龙。阿妹你就在这里，跟我在一起，吃得饱睡得稳，别管其他的！至于你这小子，你害怕就下去。下去！"

阿坚浑身颤抖。飞机的声音像是贴着河面在横飞，炸弹炸裂的声音传到了车厢，虽然并没有炸中车站，但近得就像在眼前。阿坚抓住阿芳的手，惶恐地催促道："赶快下去吧，阿芳！快下去吧，老天啊！"

但是那个男子有力的大手依然像螺丝一样紧紧地扣在阿芳的肩膀上。他对阿坚说："都跟你说了，你害怕就滚下去，别要什么面子。打仗了，该死就会死的，害怕有什么用，阿妹你说是不是？你就跟我在一起，别走，可怜可怜我吧。"

又一阵敌机飞过。阿坚颤抖着，大声咆哮起来："放开，把她放开，你这没教养的东西！"

阿坚冲过去，极力把那个家伙的手从阿芳肩膀上掰开。那家伙虎起脸，猛地推了阿坚的前胸一把，把阿坚一下子推飞了，跌倒在地板上。阿芳吓了一跳，抬起头来茫然地看着阿坚，又看着那个穿条纹上衣的家伙。她似乎还不明白发生了什么事情，也不知道敌机的声音和炸弹的声音已经传来了。她呆若木鸡地站在那里。

阿坚的眼里噙满了泪，他咬紧牙关，头很疼，脑子像是绷住了。那一刻，他也没留意到什么飞机的轰鸣声了。但此时穿条纹衫的那个家伙突然侧耳倾听，他走到车门边，伸出头去，大声叫起来："他妈的！搞不好咱们要留在这个车站了，必须下去了。"

阿坚缩起双腿，用手撑在地板上想站起来，可是他浑身颤抖不已，又无比难过，觉得那么无助，那么疲惫。他用手使劲戳了戳地板，碰到一块冰凉的东西。穿条纹衫的家伙拽着阿芳走到门边，但是她停下来，朝阿坚看了一眼。防空炮像鼓点一样密集，机枪像鞭子一样抽下来。气氛变得很诡异。

那个家伙放开阿芳，走到阿坚面前，说："抓紧时间，干什么吃的，让她下去。"他抓起阿坚的肩膀，阿坚耸了一下肩，推开他，颤抖着，极力稳住身子。

"摔疼了吧？对不起啊！我玩玩就给你，我也不想霸占她，她是属于你的嘛。可是你这么骂我，太不够意思了。乖乖地起来吧，我送你们去防空洞。快点！真磨蹭！你肯定是资产阶级的小崽子吧？"

阿坚站起来，把刚才地板上那根铁棒藏在身后，等他站定，立刻朝那个条纹衫抡了过去。

"啊！你别胡来！"条纹衫还没说完，就一下子跌坐到了地板上，惊惶地用手捂着脸大声哀号起来。不过，他的惨叫声被一架俯冲过来的飞机声盖过。

阿坚又举起铁棒朝条纹衫的手臂猛地敲下去，一边敲，一边骂道："人渣！"

阿芳见此情景，不顾一切地冲过来，抓住阿坚的手腕，想拦住他。可是，不小心也挨了一下，她失声叫了一声。阿坚见是她，惊讶得目瞪口呆，铁棒掉到了地上。

他高兴地抓住阿芳的肩膀，把她拉近，然后扯着嗓子对那个畜生喊道："混账东西！我看你还敢不敢把阿芳拉到门边上去！"

那条纹衫的两只手都挨了铁棒，疼痛难忍，他吃力地从地板上站起来，愤怒的神色就像要把阿坚吃掉，不过，他受伤之后已经有气无力了。阿坚振作精神走过去，用两个膝盖去撞击他的胸膛，又朝他的脸部撞去。那人立刻血流满身，如同肥皂一样滑了下去，再也无法动弹了。

阿芳跪在地板上，像看疯子一样看着阿坚。只见他慢慢地站起来，把两只流血的手插入裤兜，踉踉跄跄地走过来。

"别碰我。"他靠近她时，她喊了一声，因为声音很低，更像是在呻吟。她嘴唇很脏，神情木然，就像是一只落入陷阱的野兽，正静静地等待着布设陷阱的人来收拾。

"站起来，下去，咱们离开这里吧。"阿坚坦然地说，双手把车厢门推开。他看了看天空，确定那里没有飞机，低头拉起阿芳："站起来。"他强迫她站起来，把她推向门边。

"下去！"阿坚说道，他弯腰抱起她，把她放到车外，自己也跟着跳了下去。火车站很大，由于没有什么人，显得格外空旷。车站广场是用砖和石块铺成的，因为遭到轰炸而一片狼藉。天空中尘土飞扬，乍一看就像白色的雾。阿坚拉着阿芳的手，跑向弯弯曲曲的道路，朝着车站大门跑去。

"卧倒！"他们还没跑多远，就看见一架喷气式飞机朝火车站俯冲而下。他把阿芳推倒在地上，自己也紧贴着她趴下，整个人都吓呆了。"死定了，这次死定了，完蛋了！"

仿佛没有爆炸声，只看见一道黑烟笼罩在车站上空。接着，飞机像被打破了的镜子，碎片纷纷落下。周围安静了片刻之后，又是一阵轰炸，随后又安静了下来。爆炸的气流拍击在他们脸上。冲击波好几次把阿坚的肩膀掀起来又压下去。他紧紧握住阿芳的手，他们冰冷发抖的手指密实地扣在一起。

突然，阿芳挣脱他的手，滚了一圈，逆向跑回火车，当时正好处于轰炸间歇期，她有足够的时间安全逃走。阿坚急忙追了过去。风在耳边呼呼地吹，他隐约感到车轮在慢慢转动，火车头开始冒出白色的青烟，缓慢地行进起来。对面铁轨上那列他们刚乘坐过的火车已经在一片火光中焚毁，只剩下一团冒烟的灰烬。

"阿芳？"阿坚失声大叫，伸手去抓阿芳的衣领。

她转过头来，眼中满是痛苦，脸上是一种无言的、痛苦的、呐喊的表情，令阿坚非常惊慌，非常害怕。

火车开始全速行进。

就在这时，四架高射炮又开始密集地射击。

阿坚知道是敌机回来了，虽然没有听到轰炸声，但是他感到头脑被某种刺耳的声音强烈地冲击着。

阿芳再次挣脱阿坚的手，疯狂地跑。阿坚大声地叫着，冲向她，阿芳急跑着摔倒了，跌倒在地，阿坚躺倒在她旁边。

炸弹一个接一个地爆炸，遮蔽了天空，眼前一片黑暗。他们身后落下一连串炸弹，一个落在他们正前方，还有一个正中目标，打到火车头上。爆炸的威力无比巨大，火车头被炸裂了，煤炭和铁片四处乱飞，水汽形成的热浪像雨点一样倾盆而下。另外一架敌机又破空而来，集中火力对着火车发射炮弹，红色的炮弹垂直砸向所有的车厢。整列火车，从中间到两头，都开始燃烧起来。火舌从车厢里喷射出来，蔓延到车顶。地面摇晃起来，一抖一抖的。

这次必死无疑了。阿坚紧紧抱住阿芳，她却挣扎着，扭动着要离开他，两人就像在进行一场摔跤。他们其实都陷入了恐惧中，像两头野兽般猛烈地扭打着。爆炸的热气不断冲入肺部，刺鼻的气味不断袭来。

阿坚仿佛疯了一般，嘴唇紧紧地贴在阿芳的后颈窝上，十个手指青筋暴露，嵌入了她的皮肤里，仿佛要牢牢抓住他们两人的命运。他又仿佛觉得自己不再是自己，变成了一个血淋淋的、冷冰冰的、没有知觉的人，一个垂死挣扎的人。不料，一片火光又在火车上亮起来，火车被烧成了两半，散开了。火车头跟后面几节正在燃烧的车厢断裂了，高速向前倾斜下去。

爆炸过程中，阿坚在想：那个条纹衫的尸体在哪节车厢，他是葬身火海了，还是被扯成碎片了呢？在敌机的轰鸣声与爆炸声里，在烟雾与火光的交织下，什么都无法看清，也没有时间去看，没有人会去顾及他人的生命。这真是压抑到了极点，令人惊恐到要窒息。

那一刻，头顶没有太阳，人似乎也无法呼吸。等最后一颗炮弹爆炸过后，一切才平息下来。天空突然间也好像关闭了那灼热的阀门，冷却下来，四周一下子陷入死一般的寂静。

摇摇摆摆中，阿坚扶起阿芳，也不知道他是哪里来的一股力量，背起阿芳跟跟跄跄地逃离了那片火烫的地方。之后阿坚放下她，两人紧紧搀扶着寻找离开车站的道路。他们顾不了那么多了，只想先出去再说，至于接着去哪里还来不及考虑。

车站周围也是一片火海。能烧的都被烧得精光，到处一片狼藉。浓烟四处飘散，就像是在荒原蔓延，落入那些呼救声中，印在潮流般的身影里。阿坚隐隐约约地看见几个奔跑的身影。他觉得自己的心坚硬得像化石一样，一路上到处是尸体，他都没有叫喊一声。

他们来到了一间被损毁的房子前，他正想让阿芳坐到台阶上休息一会儿时，看到了一辆倒在路边的自行车。他走过去把车扶正了一看，那是一辆凤凰牌自行车，虽然有点旧，但令人惊讶的是，车子的性能还很好。前后车胎都还有气，链条、车把手都完好无损，车闸、铃铛是全的，横梁靠近龙头的地方还缠着一个挎包。

阿坚推测自行车的主人可能就躺在那堆尸体里。那些一丝不挂的尸体都被烧焦了，估计衣服都被炸没了，或是被烧成了灰烬。阿坚不声不响地坐上自行车，摁了几下铃，从容地骑起来。

阿芳在旁边一言不发地看着。他在她身边停下来的时候，她也没有任何反抗，熟练地坐上后座，就像学生时代他们一起骑车上学时那样。

道路两旁的房子，有的被火烧了，有的被震塌了。地上横七竖八地躺着被炸断的树木和电线杆。阿坚小心翼翼地绕开那些东西。路面上时不时冒出一个大弹坑，他不得不时常下来推车，但依然让阿芳坐在车上。

他突然想起就在十几个小时前，他还骑着三轮车带着阿芳，从容地在西湖边的鱼尾路上前行。现在看来，那可真是一场踏进战争大殿前的戏剧般的入场式啊！

又一次空袭警报，更多的美军飞机盘旋在他们上空。他能听见远处的回声。不过，现在他们在郊区的乡村路上，已经远离火车站了。

看来，敌机又要在咸龙桥投放炸弹。

听到空袭警报，阿坚吓得双腿发软。他发现路边有一个"A"字形防空洞，就把车子放在路边，搂着阿芳的腰，扶着她一起走过去，坐到洞口边。

路上依然有人不顾危险地行走，也有人在这个"A"字形洞口停留。炸弹在空中爆炸后落到地面，距离他们有点远，但是脚下的大地还是有所震动。

此时已近中午，太阳升得很高了，阳光很刺眼。走在路上的人们好像对蓝天上的威胁毫不在意，对阿坚和阿芳的出现也抱着同样冷淡的态度。那种死里逃生的沧桑感只有他们两人自己清楚。当然，如果放到其他环境里，他们这一对特殊的情侣很可能会吸引不少眼球。可是，这里的灾难如此深重，人们的好奇心和同情心都早已饱和，像大地一样平静了。

过了一会儿，有个老人拄着拐杖，背着一个蒲草编织袋走过来，站在洞口伸手向他们要饭。阿坚摇了摇头。老人并没有马上离开，反而说起他家就在火车站附近，但是现在毁了，房子被烧了，亲人和邻居们都死光了。他现在无家可归，也没有钱和粮食，他搞不懂老天爷为什么还要他这把老骨头活下去。现在他准备去松林那边投奔一个同乡，但还不知道自己能否活着走到那个地方，也不知道那个同乡是否活着。"唉，我们都会死光的。"他感慨地说。

阿坚和阿芳两人静静地听着，实在不知道说什么好。老人就那样用他那沙哑的嗓子兀自不停地说。过了一会儿，他离开了，一边走，一边还不停地嘟囔着什么。

阿坚和阿芳一动不动地坐在防空洞里，也不言语，阿坚的脑子里一片空白。他们对前面不远处的战事毫不关心，对从城里扶老携幼，肩挑背扛着家当跑过来的人也无动于衷。因为周围满是这种悲惨的景象。他们两个好像决定彼此间不讲话了，连眼神也不再交会，也忘了饥渴，虽然其实他们口渴难耐，肚子也早饿扁了。

在后来的岁月里，阿坚也体验过几次类似的时刻。在战场几天几夜，他和身边的人都像无限接近死亡一般，不再害怕，没有热情，没有悲喜，对周遭的一切都不再关心，也不抱什么希望。情感完全麻木了，陷入了一种痴傻迷糊的状态，分不清聪明或愚笨、勇敢或怯懦、士兵或军官、敌人或朋友、活着或死亡、幸福或痛苦，觉得似乎什么都一个样，没有任何意义。

过了一会儿，发生了一件相当不同寻常的事。一个小眼睛的矮个子中年男人背着一个包扎着双腿的胖妇人来到他们面前。胖女人的头歪向一边，在男人肩膀上沉沉地睡着。那男人先是高兴地发现了那辆倒在路边的自行车，接着才看见阿坚和阿芳呆呆地坐在那里。他问车子是不是他们两个的，能不能卖，他想买。阿芳坐着默默地看着他，阿坚也是。

那男人轻轻把车子扶起来，小心翼翼地把背上的女人挪到后座上。那女人醒了，轻轻地呻吟，用手紧紧地抓住男人的大腿根。车子突然歪倒了，矮个子男人赶紧把车子推到洞边，对那个女人喃喃地说着什么。

男人把车龙头那里的挎包解下来放到阿芳旁边，然后在衣兜里摸了好久，掏出几张折了两折的钞票放到挎包上，接着又用义安口音慌忙说了几句话，估计是感谢或告别之类的话，而后就一只手扶着老婆，一只手扶着自行车龙头，歪歪扭扭地骑走了。

眼前发生的这戏剧性的一切，简直叫人难以置信。

不过，那时阿坚的脑子还晕乎乎的，无论事情多么奇特，都勾不起他的兴趣。

"看来他是买了那辆车。"阿坚懒洋洋地想着，又想到真正的自行车主人的尸体都还不知道在哪里呢，是躺在旁边那堆尸体里还是已经被清走了，都不能确定。

敌人还在继续投放炸弹，令人毛骨悚然。敌机还在远方的天空中呼啸，高射炮也继续在这炎热的白天隆隆地扫射，真是令人窒息的日子啊。

阿坚坦然地把那几张钱放进了衣兜，拿起挎包，打开来看。里面有一个水瓶，一个印有"BA70"字样的干粮包，一个手电筒，一个小本子，还有一把伞和一支K-59手枪。阿芳也飞快地瞟了一眼。

阿坚说："咱们吃点东西吧，这里还有水呢。"

阿芳漫不经心地答道："好，吃吧，随便。"

阿坚打开水壶的盖子，闻了闻，看了看，然后交给阿芳，接着他又把干粮包打开。里面有绿茶、砂糖，还有褐色的咸饼干，闻起来香香的，非常好吃。

阿芳坐在那里，坦然地有滋有味地吃起来。这让阿坚觉得很意外，也突然很伤心。他本以为经历了刚刚过去的生死劫难，她可能不太有胃口，而且这些东西还是从沾满鲜血的死尸堆里弄出来的。也许不必考虑这些食物的来源，也不要在乎阿芳的态度，他不正希望阿芳能借着这些食物和水，恢复意识，恢复元气吗？

不过，看着阿芳的举止，看她仰着脖子咕咚咕咚地喝水，用手掰着干粮大吃特吃的样子，他总觉得阿芳除了饥饿、干渴、疲劳、痛苦之外，还被一股不同寻常的力量所操控着。但具体是什么，他说不上来，只感到惊惶、伤感以及一种无法承受的痛苦。他自己吃得很慢，几乎什么都没吃，一直在用一种研究的神色端详阿芳的吃相。

这时他才发现她伤得有多严重。他自己的衣服已经是又脏又破，不堪入目了。可是，跟他相比，阿芳简直是衣不蔽体。她的衣服被撕扯得破破烂烂的，在风中一片片地飞起来，露出她白皙的肌肤，上面还有带血的伤口。她的脸被煤烟熏黑了，嘴唇红肿，目光呆滞。她换了一个姿势坐，她原来坐过的草地上留下了一摊血，而且还有少量的血从她的大腿经过膝盖流下来。

阿坚突然想起了什么，这些血不是其他的伤，而是在火车上那骚乱的几个钟头里造成的。

她突然把剩下一半的干粮放下，开始搓手上的面包屑。见此情景，阿坚对她说：“阿芳，把那些吃完吧。吃了就有力气，回河内还有很长的道路要走呢，吃了才有力气。”

阿芳摇了摇头，眼睛朝下看。他本想让她把腿上的血擦擦，因为不忍看着它那样流，但他忍住没说。

他们两个人之间，仿佛有什么已经失去了，改变了。这是显而易见的，也是十分沉重的，是无法用言语表达的。就像他们之间青梅竹马的爱情，此刻也无法言说，只能用一种让彼此安静的东西来表达。不过，总这么化石一般地坐下去也不行。最后阿坚忍不住开腔了，他轻轻地说：“我们现在走到前面的村子里去吧。你需要找个地方躺一躺，恢复一下体力，然后我们再想办法回家。"

阿芳什么也没说，连眼皮也没抬一下。

中午的天空湛蓝清澈，一片祥和。前边路旁一片稀疏的草丛尽头有一片树林，大约是一个果园。果林中依稀可见几间低矮的茅草屋。

阿坚提议："我们走吧，没多远。阿芳，你能走吗？"

阿芳点了点头，依然是一副愁眉苦脸的样子。

阿坚伸手解开自己的衣服，说："阿芳，你暂时穿上我的衣服吧，怎么着也……"

她抬起头来，双眼无声地看了阿坚一眼，轻轻地但语带严厉地说："'怎么着也'什么？怎么着啊？看着很恶心是吧？不！干吗穿你的衣服呀？反正再恶心也不过如此了，你就少为我操心了。你的任务就是赶上部队，至于我去哪儿，你就甭管了！"

阿坚的手垂了下来，不再脱衣服，尴尬地为自己辩解道："不是那样的，你误会我了。我们要是不相互照顾，那还有谁来照顾我们呢？不管发生了什么事情，都忘了吧。照我说……"

阿芳生气地打断了他："你如果要埋葬一段记忆，那就什么也别提，也指望别人不要提起它。"

她听起来那么冷漠，果断，无可辩驳。他还从来没有听她这样对他讲过话，只觉得内心一阵刺痛。忍了一会儿，他沉重地站起身来，顺从地答道："嗯，好吧。"然后把手伸给阿芳："咱们走吧！"

“好。”阿芳长叹了一声，抓住阿坚的手，弯着腰站了起来。

他们牵手走着，正午的阳光直射下来，将他们的影子都收拢到脚下。他们那衣衫褴褛又面无表情的样子看起来就像是午间出来晒太阳的两个孤魂。路上的行人都不免朝他们看，尤其对阿芳。像她这样年轻漂亮的女孩，浑身却又脏又破，而且一副有气无力的样子，实在是令人感到奇怪，也令人无比失望，无限感伤。

“瞧瞧他们！那两人还真是很般配的一对呢，是吧？”有人大声说道。

他们过了马路，穿过一片空地，来到了果园。果园其实已经荒芜了，连太阳都只是有气无力地照耀着。地面上满是弹坑，热风吹在身上，让人更加觉得无精打采。这里可能已经没有人住了。之前看到的那几间茅草屋，阿坚原本以为是一个小村庄，没料到是一所前不着村后不着店的小学。估计那小学已经被废弃很久了，潮湿的操场上长满了荒草，还有不少交通战壕，战壕旁还堆着一人来高的泥土。

阿坚和阿芳顺着交通壕走进一间教室，里面残存着一些破破烂烂的桌椅，东倒西歪地堆积在一起。讲台上积满了灰尘，黑板已经掉到了地上。教室中央还有一堆炭灰和一些用桌子腿劈成的木棍，屋顶的茅草已经烂了，所以，教室内外看起来一样亮堂。这破败的景象让阿坚心口一缩。不管怎样，学校的教室对阿坚来说还是很亲切的。他轻轻地叹了一口气，说道：“怎么有人可以这么破坏教室啊！实在是太过分了，那些人难道不懂得尊重生活吗？"

"可能是有部队经过这里吧，军人就是会搞破坏嘛。战争就是这么回事嘛。士兵嘛，在战争中有什么东西是不可践踏的！"阿芳说着，这种话后来她经常说。

不过，当时阿坚沮丧到没有注意到她话里的尖酸刻薄。他当时只是脸色一沉，很想张口骂人，但忍住了。他注意到，尽管阿芳说得这么轻松自然，但态度十分冷淡，眼神空洞。这令他彷徨，他不禁担心她生病了或是精神出了问题。他决定不再往前去找什么民居了，而是赶快整理好一个地方让阿芳躺下休息。这里很安静，很自在，不用跟人打招呼，不必顾及烦琐的礼节，还有现成的防空洞。他挑选了几把结实又干净的椅子，静静地把它们拼成一张床。

"躺下来，阿芳，你闭上眼休息一下吧。"

阿芳轻轻地坐到椅子上，靠着阿坚，说："你也睡吧。还有吊床呢，为什么不支起来呢？"

"不要。"阿坚轻轻地说，"那是别人的，搞不好是死人的呢。"

"死人的？那也没什么，有什么可怕的？"

"算了。"阿坚皱了皱眉，挥挥手，"可别这么说。"

"要是不支吊床，你睡哪儿呢？只能跟我躺在一起了，你不害怕吗？"

阿坚机械地摇了摇头，说："嗯，就这样吧。"

阿芳叹了一口气，转身枕着胳膊侧身躺下，给阿坚留了位子。但阿坚还是坐着，一副很颓唐的样子。

"要是这附近有水就好了。"阿芳拉着阿坚的手喃喃自语地说，"我应该先洗个澡，是不是？"

"可能也有，我去看看。你先睡吧。"

"不，别走。算了吧，我只是说说罢了。我是想说，如果这是我们分手之前最后一次躺在一起睡觉，那我应该弄得好看一些。唉，实际上，即便是洗了澡，就是把我这身皮肉都换了，也是不干不净的了。人生就是这样，一切都是天注定的，不是吗？"

"你在说什么呢？真奇怪，我怎么一点都不明白。干吗要说'分手'，又说什么'最后一次'呀？"

"唉，我是说也许我们以后再也见不到了，但也许不是这样吧，希望不是这样。"

"哪能说得那么绝对，要自己给自己打气。"阿坚说道，"这又不是在家里，这是战场，是战争时期，我们要满怀信心。"

"那你放心去打你的仗吧。我这一趟，起初就是为你上战场送行的，不是吗？"

"起初？那么之后呢？"

"老天，之后？阿坚啊，你还用问吗？算了，提它干吗。一切都是上天注定的，下一步要发生什么，谁能预言呢？"

"阿芳啊，你为什么要这样讲？！"阿坚痛苦地叫喊道，"把你害到这种地步，我很痛苦。但这完全是偶然的，无法掌控，无法遏制。咱们都没想到会遭遇空袭，不管怎样，我们已经逃出来，来到这里了，现在好多了。我一定想办法把你送回河内。一切都会回归正常，都会像从前一样的。为什么要这么悲观？到底为什么呀？何苦自己折磨自己呢？”

“像从前一样？你的意思是，太阳会从西边出来？算了，阿坚，我们别再像小孩子一样了。尽管我们真的还只是两个孩子，但我们再也回不到纯洁无邪的少年时代了。你不觉得是这样吗？”

“不，咱们都不是孩子了。阿芳，你自己不是说过你是我的老婆吗，你记得吗？我们不再是小孩子了，没什么可以阻挡我们。阿芳，你跟以前不一样了。”

“算了，睡吧。我好困，别再胡思乱想了。咱们都没有错，谁都没错。咱们从童年到现在一直都这么纯洁，这么相爱。我爱你，你也爱我。一切那么美好，充满梦想和希望。我妈妈也是这么认为的，你爸爸也是这么认为的。多么美好的人生啊。我是你的妻子，难道不是吗？但是，那是从前，现在命运改变了，我们要面对新的未来，新的人生，尽管这不是我们主动选择的，是不可抗拒的被动选择。把过去的一切忘了吧，也别为未来担忧，谁知道将来会发生什么，干吗要担忧呢？更用不着折磨，用不着痛苦，干吗要那样？听我的，睡吧，不要再想了，还想那些干什么呢。你已经成这样了，而我也失去了很多。”

阿芳把手从阿坚手里抽出来，还没说完那番半睡半醒的呓语，就倒头睡着了。阿坚怔怔地看着阿芳。

"你已经成这样了，而我也失去了很多。"阿芳承认了那个夜晚的事情，仿佛在真理面前低下了头。阿坚不禁咬紧了牙关，他是那么无助，又是那么愤怒，仿佛在阿芳灵魂中有什么东西驾驭着他。他想，可能之前他们一直匍匐在所谓崭新的生活面前，但现在阿芳已经回过神来了，她已经平静下来，掌握好了平衡。她已经坦然地埋葬了昨夜的痛苦，放弃了所有的纯洁和美好。这是否意味着一切都结束了？

阿坚想着，他觉得自己要失去阿芳了，无法跟她的命运抗争了。他眼前的阿芳似乎已经截然不同，她变化这么大，就好像一下子站到了阿坚的对立面，就像白色一下子变成了黑色。在发生了巨大的变故之后，难道只有说完那一番莫名其妙的话，她才可以睡得这么香甜？她在他眼前的样子是这么令人心痛：衣衫褴褛，身上血迹斑斑，身体那么丰满，皮肤那么白皙，神态那么温柔。她侧躺着，给他留了位置，可阿坚一直没有躺下，身边空着，她渐渐觉得冷，两个膝盖蜷缩起来，几乎要贴到胸膛了。那姿势，就像熟睡的婴儿。大概此时已没有什么值得她伤心的了，她完全不再忧伤，她彻底放松了，彻底摆脱了恐惧吧。

阿坚这么想着，踟蹰了一会儿，他把手伸到阿芳的胳膊下面，轻轻地帮她脱下了她那破烂的丝绸上衣，把它叠起来，然后给她擦脸、擦脖子和身体。又帮她把裤子脱下来，把她大腿上的血擦干净。然后喘着粗气，颤抖着把自己的衣服给她穿上。最后他支起吊床躺下了。

他原本以为自己肯定无法入睡，可是竟然很快就睡得不省人事了。他睡得太沉了，醒来时已经是下午。

可是，阿芳不见了。他中午给她穿上的衣服，此时却搭在他的胸前。长裤和挎包在他的腋窝下。他坐了起来，空气中有一股香烟味，地上还有几个烟头。他吃了一惊，奇怪的是，当时他卷成一团放在"床"尾的阿芳的破衣服现在堆在地上。

他穿上外套，从挎包里拿出手枪插入衣兜，悄悄地走出了教室。他抬头看了看太阳，感觉差不多是下午4点了。他在四周仔细地寻找阿芳，但没有出声喊她。他注意到另外几间教室里有一些士兵，里面横七竖八地支起了不少吊床，他们有的在睡觉，有的围坐在一起打牌。阿坚顺着中午走过的路来到那片空地，朝早上待过的防空洞前的那条石子路望去。可是路上空无一人，根本没有阿芳的影子。

唉，这一觉睡得太长了，他头脑僵硬，反应能力和判断能力都不知道哪里去了。他甚至感受不到内心的担心，只是懒洋洋地走着，找着，走进了学校周围的树林。他没料到学校的院子那么大，就像一片稀疏的森林。树下很凉爽，四周很寂静，只听见树叶间风吹过的沙沙声，鸟儿不停的叫唤声，以及他自己的脚步声。操场上还有两辆伪装成古树的载重车。不知为何，走过那两辆车的时候，阿坚的心怦怦直跳，他张口呼唤阿芳。但是，没有任何回音。他又接着往深处走了一段，停了下来。院子的前面是一个水潭，想必潭水很深，因为看起来十分清澈。水潭的另一边是一条柏油马路，可能就是1号公路。

阿坚对着那微波荡漾的水潭出神地望了好久。他捧起水来洗了洗脸，就转身回学校了。

他抱着最后一线希望，飞快地跑回教室去查看。然而，迎接他的还是失望，教室里依然空无一人，只有一堆蚊子。那几把椅子，那堆破烂的衣服，血迹和那吊床，还在。算了，也就这样吧。阿芳走了，这也许最好不过了，阿坚这么想着。现在他唯一要做的事情就是到市区去，去赶上他的部队。他一屁股坐进吊床里，但又立刻跳起来，带着一种侥幸的想法，他跑到隔壁的教室。吊床、手枪、背包、挎包，显然他们不是士兵就是军官。他们有的躺着，有的在打牌。阿坚踌躇了一会儿才结结巴巴地向他们打听阿芳。

一个坐在地上尼龙布上的胡子拉碴、满脸麻点的人，出了牌，意味深长地抬头看了阿坚一眼后大声地说："你女朋友啊？这样啊，是一个很正点的女的吧？文雅点说就是很漂亮，是吧？脖子细细长长的，皮肤白嫩，脸蛋不赖……是吧？走路的样子挺骚的，很养眼，你说的是她吗？"

"报告首长，是的，就是她。您在哪里看到她的？"

"我看到她的时候，她在潭边洗澡，真不错。"

"是吗？"阿坚吓了一跳，"在水潭里吗？"

"是啊，就在水潭里。干吗吓成这样？她没有淹死。我看见她洗完澡就走了，好长时间了，那会儿还是中午。你一直没看见她？"

"找那个骚货干吗！"一个人从吊床上下来，那人看起来很俗气，样子就像摔跤选手，他怪腔怪调地说，"那骚货刚才还在驾驶室鬼混呢，你不知道？！"

"这……可是……"

"可是，可是什么呀？！你真是一个小资产阶级，被娇生惯养坏了！别忘了你现在也是一个军人，把过去的什么儿女情长都收起来吧，啊？"

"是。"阿坚结结巴巴地说，"嗯，可是……"

"又'可是'！"那身材魁梧的家伙站起来，"不过，你是什么兵种啊，真奇怪。都到这个时候了，还有时间儿女情长。你是咸龙的高射炮兵还是一个逃兵？"

"唉，干吗要跟他散布谣言啊，阿福。"那个麻脸赶紧制止道，又转向阿坚，"你呀，既然当兵了，就要坚强点啊！没他说的那么悬乎，那个女孩可能是在那帮司机手里。那帮家伙把车藏在水潭那边，两辆第八公司的GA重型车，就在那棵树下。"

"那棵树下呀。"阿坚怯怯地小声说道，"可是刚才我经过那里，没看见人啊。"

"如果他们在车厢里玩她，你能看见什么啊？"那个粗俗的家伙坏笑起来，"那骚货胆子也够大的，肯定是城里人，是不是？"

"可是，我喊了，没人回答。可能不是那样的。"

"没人回答啊。"那个叫阿福的五大三粗的家伙接着粗鄙地说，"我要是你，我就走进去看。那女的长得倒是好看，不过，这种妓女送给我，我也不要。"

没等他说完，阿坚一拳朝他的嘴巴和下巴打过去，又从裤兜里掏出K-59手枪来。牌场的气氛一下子僵住了。

阿坚装上子弹，平静地举起枪来，丝毫没有颤抖，径直将枪口对准阿福的胸口。"你又愚蠢又下流，首长！"阿坚对他说，然后把枪口朝下，转身走了出去，众人一阵沉默。没有人追他，也没有人生气。赌徒继续他们的牌桌游戏，仿佛什么事情都没有发生过。

阿坚摇摇晃晃地走到操场上。他垂着头径直走，不看方向，不看路，不管前面是什么，好像他的头插入了阴影里。那棵树下的两辆苏联嘎斯卡车映入他的眼帘时，阿坚惊慌地站住了。他没料到又来到了这里，他根本不想到这个地方来。他什么也不想看，也不需要看。可是，他的两条腿就是不听使唤地往前走。尽管他意识到了奇耻大辱，行动上却不由自主。他悄悄地往驾驶室和车厢看。

第一辆车里一个人也没有，后面的一辆车里也是鬼影都没一个。他握着上了子弹的手枪悄悄地走过去，一股混着酒精味、饭味、烟味、汗味的味道扑鼻而来，车厢里打嗝声、打鼾声以及醉醺醺的梦话此起彼伏。三四个穿着短裤背心的男人挤着躺在车厢里睡得正酣，他们的腿相互交叠着。阿芳不在里面。阿坚跳下来，用最快的速度跑开，干呕得肠子都快翻出来了。不知道是剩饭的气味令他作呕，还是恐惧使他恶心。他跌跌撞撞地跑着，只想尽快逃离那辆车。头上飞机还在嗡嗡地叫着，看样子高射炮又要进行射击了。院子里的鸟儿都飞散了。

阿坚在潭水边停下来，站在一片高过人头的树丛里。此刻夕阳西下，红霞灿烂，可是天空又出现了敌机，黑压压地排山倒海一般冲过来。他们疯狂地扫射，同时还轰隆隆地投下一枚枚炸弹。飞机飞行的高度大约是3000尺，看起来就像一只张开的巨大手掌。阿坚很清楚这铺天盖地的炸弹会四处炸开，带来无法想象的毁灭力量，于是他卧倒在了地上。

就在那一刻，在垂直落下的炸弹的火光里，在潭水都颤抖着的黄昏中，他看见了阿芳，她在淋浴。她就在他左边不到10米远的地方，在一块乌黑发亮的石头旁，露出一张紧贴着岸边的湿漉漉的脸，那正是他的阿芳。

她一丝不挂地在洗澡。尽管她是跪着朝着潭水在洗，但她白皙的皮肤依然能看得清清楚楚，她身后是低矮的草丛和稀疏的矮树。阿芳抬头看着飞机，看着像雨点一样的炮弹炸裂，露出火光和浓浓的烟雾，之后又升腾起来，但她似乎毫无惧怕和惊慌，就那么静静地看着。然后继续从从容容地洗澡。她屈下双膝，用一只钢盔舀水，浇到肩膀上，脖子上，又挺起身子，浇到胸前。

阿坚咬住双唇以免叫出声来，他默默地看着阿芳。她洗得那么从容，那么毫无顾忌。她直直地站在那里，湿漉漉的裸体真是绝美。最后她用手整理了一下头发，朝那黄莺兀地飞走的方向看了看，然后轻轻地像是跳舞一般转过身子，婉转地走上岸。她朝四周看了看，脸上没有露出一丝难过的神色，毫不在乎是否有人窥视。她从草地上拾起一条深绿色的棉毛巾，仔细地擦干身子。她的双臂那么美丽，两个肩膀浑圆，两只优雅的乳房高高挺起；腰身则光滑而平坦，小腹紧致，两条大腿之间的黑毛就像一块丝绒；长长的双腿像雕塑一样美，又像浓浓的牛奶一样温润。

阿坚在那浓密的树丛后，目不转睛地盯着阿芳看，眼光随着她的每一个举止流转。他看着她扭动着屁股穿上薄薄的内裤，扣上胸罩，又穿上一件很好看的外套。阿坚咬紧了牙。看来他以为降临在他们两人身上的灾祸，对阿芳来说，仿佛不是灾祸；相反，她似乎认为那是新的生活要素，她随时准备接受，准备适应，甚至颇为满意。阿坚甚至想，阿芳身上的那份带有完美主义倾向的纯洁现在已经完全丧失了。这种丧失不是由于外在环境的破坏，恰恰是她自己造成的，而且毫无遗憾。她用一种坦然的态度接受了新生活，就像刚才在潭水里那样赤裸裸，那样炫耀她的耻辱一样。实在是不可救药！他的阿芳，从一个美丽的、深情的、内心阳光的女孩子，突然之间变成了一个完全不同的女人。

他的内心充满了一种陌生的伤痛，这个女人用一种残忍的方式埋葬了她自己和阿坚内心残存的希望。她正在走出她从前的生活、她的过去、她的故乡，而且义无反顾。阿坚的心非常沉痛，他就那么静静地看着她从容地穿上衣服，摇曳多姿地离开，直到她的身影完全消失。失望和痛苦充满了他的内心，他知道他们两个人从此再也不会见面了，因为他已经决定离开她。这或许都是他的错，或许将来有一天，她会原谅他把她拖进那辆让她遭到轮奸的列车，眼睁睁地看着他打破那个大汉的头，或许以后她会宽恕他的，因为她的本性就是健忘的，阿坚知道。但是，他是无论如何也不会原谅阿芳了。

他一动不动地坐着，脑子里一片空白。在他的面前，潭水的对岸，炸弹冒出的白烟正在升起，好像水雾在向空中蒸发，四处飘散。整个晚上没有一丝风，那么寂静，那么无力。他一整天都保持可怕的沉默，内心一直隐隐作痛。他缓缓地举起手枪，先看看枪口，接着慢慢举到头边，手指放在扳机上，茫然地望着眼前无边无际的夜色。为什么人们总是说"好死不如赖活着"？实际上并非如此啊。可是为什么他的身体遭遇致命的打击时都没有颤抖，现在想跟自己决裂时却会颤抖？他自己问自己。他并不害怕结束自己的生命，他把手枪移到鼻子下面，手指放到扳机上，闭上眼睛，准备结束自己的生命。

可是，突然，他仿佛听见远方有人在呼唤他的名字。那声音从很远很远的地方传来。"阿……坚……"声音绵长而又忧伤，在水面上懊恼地萦回，"阿坚……坚……"

阿坚猛然握紧枪，然后又把它放到草地上。

阿芳跑到潭水边，与他擦身而过，然后渐渐远去。阿坚用脚把枪踢进水里，那把手枪像鱼儿在水面上翻腾了一下就没入了水里。四周的草木零乱，散发出浓浓的湿气，水雾与夜色一起升起来。

"阿坚……！"阿芳一声声呼唤着他，他不得不在那树丛里多坐了好久。

直到阿芳的声音完全消失之后，他才起身悄悄地走了。

他没有再回到那所学校。夜色下，潮湿的气息使潭水显得更加宽阔，院子更加阴森。阿坚摸到了一条经过院子的近路上，很快通过那条石子路回到了市区。那天中午，他们两人从车站跑到这里，在这条路上走过，但现在只有他独自低头迈步，飞奔着离开。回到市区之后，他猛然听到不知从哪个方向传来阿芳那热切却又柔弱的呼唤声。那声声呼唤在深夜里也不断回响。

当天晚上，阿坚到省队报到了。

第二天，他跟一些被收容的士兵一起行军到侬贡，进入了战区。从那以后，他跟阿芳失去了联络，直到战后重逢。

不过，实际上，也不完全是这样。他在多博拉河边时，收到过一封信，当时他跟侦察班的战友们在一起，正享受着《巴黎协定》签订后平安得像在天堂一般的日子。那封信不是从北方寄来的，而是从第五战区的第二师寄来的。

那封信的开头是这么说的：

我是阿奇，人称蜂窝奇，现在是珍先生的侦察助理。当时在昆嵩镇的两个大尉，你们连的侦察班都曾经来配合帮助过我们。今年刚刚过去的事情你肯定还记得，但恐怕你是一点都不记得我了。这也是自然的。可我只要一见到你，就能马上认出你来，我也知道只要我一提起那件事情，你就会立刻明白我是谁。但是几次在战场上碰见你，我都没跟你打招呼，一方面是战事吃紧，大家就像疯了一般；另一方面是觉得难为情。因为那件事情已经过去很久了，跟你在战场上提陈年往事，我担心对你造成不好的影响。但据我现在观察，你已经走出了过去，成了一名沙场老将，有足够坚强的意志来抵抗一切了，况且现在也已经和平了，过去的一切也都恢复了平静。所以，我一回到平原地区，就决定马上给你写这封信。是这样的，阿坚啊，你还记得在清化镇附近那个废弃的学校吗？在跟你发生争执之后……

信中接着写道：

我们都觉得很不安。那时，虽然我们都是军官了，但我们还是那么年轻无知，根本不懂得为人处世。这些年，我一直感到悔恨，但同时又劝慰自己，因为你当时亮了枪，我们害怕了，才打消了跟你解释的念头。你走后没多久，那个女孩来问我们是否看见过你。我们又胡乱解释了一下，让她更加着急了。可能到了半夜，她还在寻找你，喊你的名字，直到嗓子说不出话来。过了好久，我才劝她回教室，因为显然你已经走了。你的行为是对还是错，很难判断，但是我们的错误实在是太严重了。因为事实跟我们刺激你的那些话相反，阿坚啊，你女朋友什么都没有做，她美丽又纯洁，还深深地爱着你。我们第二天又在那个学校住了一天，走的时候她还待在那里，她固执地要在那里等你。我们要载她去松林，可以想办法帮她找一辆回河内的军车，我们可以帮忙找一个最可靠的司机。但是她拒绝了。她说她要继续往南走。我问她如果还找不到怎么办，她说那也认了，尽管她看起来很忧伤。可惜我们不能够继续逗留，第二天晚上就要上路了。她依然留在空无一人的学校里。你看，事情就是这样的。这件事情一直萦绕在我的心头。因此经过了战火纷飞的7年，我依然能认出你。

也是因为这个，我给你写这封信。如果在读这封信之前你已经见到那个女孩子了，那就真是太好了。如果还没有见到的话，希望这封信对你有所帮助。战争已经过去，遇到故知的希望也会大一些。你一定要去找那个女孩，阿坚啊，只要你还活着。人生在世，很多事情是我们应该了解的时候不了解，等到明白了的时候却已经什么都没有了。然而，了解了总比不了解好一些。

战友的信温暖了阿坚的心，抚慰和鼓励了他，给他带来一种奇异的希望，那其实也是生活中不能丧失的信念。一切他原以为丧失的东西，依然还在那里。

越经历战争，越能见证毁灭的力量吗？那种把一切变成灰烬的强大力量？但阿坚越发相信，战争其实不能完全毁灭任何东西。

一切都还在那里，都还是原样。那些丑恶的不用说，那些美好的也都依然还在。他自己也没有变化，尽管很显然他已经完全成了另外一个人。他相信他的阿芳也是这样。总而言之，一切人，一切被战争改变的人，他们依然永远跟过去的他们是一样的。

无论战争有多么恐怖，多么残暴，多么耻辱，多么充满成见，多么泯灭人性，无论岁月怎样流转，时空如何变幻，他的阿芳永远青春永驻，她永远那么美，没有任何人可以企及。她就像刚刚沐浴过春雨的绿草一样清新，又像盛开的鲜花一般迷人。她那么美，那么迷人，美到让人心痛。那是一种被损害的美，一种临危的美，一种缺陷美。

多年以后，一个绝望的夜晚，他梦见自己的人生变成了一条河流，他眼睁睁地看着自己漂向死亡，但是到了最后，垂死的那一刹那，他突然听到多年前阿芳在黄昏中苦苦呼唤他的声音，那声音立刻唤醒了他。初恋的呼唤声仿佛让他迈入幸福的人生，看到了光明的未来，那是他一度放弃的东西，但它们并没有消失，依然还在那里，在过去的道路上静候着他。

过去40年的人生里，充满回忆。回忆，无数的回忆依然在呼唤他，催促他踏上征程。过往的一切是无尽的，过往的一切永远忠诚，它关乎同学情、兄弟情、同志情，总之，关乎不灭的人之常情。

他永远无法忘记过去，那些灿烂时光犹如火把在熊熊燃烧。战争时期第一枚炸弹爆炸的时刻，他生命中的第一次冒险，都曾令他心痛，但是那从孩提时代就萌发的爱情，也像灿烂的火光一样，一直照耀着他。

当我们街区的作家离开这个街区的时候，他谁都没有告诉。老实说，也没有人留意这个。他一向就爱玩失踪，有时候是一个星期，有时候是一个月，这次也许是一年，也许永不归来。没什么好大惊小怪的，这不会给任何人造成困扰。人活在世上，如果懂得让自己自由，总会遇到好运，我们的生活也就不会是千篇一律的，而是有万种道路可以选择，就像空中的风，有无数的方向。

　　他那天离开的时候，没关房门。天亮以后，窗帘被东北风刮得飞舞起来，蒙蒙细雨夹着轻尘飘进了房间，洒落在简陋的家具上。炉子里的炭灰被吹了起来，一些文件和纸张从供桌上、书架上四处飞散，掉得满地都是。

　　哑女醒来后发现阿坚已经不在了。她静静地收拾了那间破破烂烂、乱七八糟的屋子，把散落在地的纸张统统都捡起来，叠放到那堆稿子里，堆得像小山一样高。后来，她把那座沉重的纸山搬到了自己住的阁楼上。

　　她对阿坚的行为感到费解。他为什么要离开，他去哪里了，她不知道。她不能说话，自然也不能向别人打听他。她只能默默地用辛勤劳作来舒缓心中的苦闷和忧愁。她已经忘了他在离开前就有焚毁手稿的行为，她小心地把那些沾满尘土的稿子好好地保持着原样。

人家都以为她被神仙附体，成了物品的守护神。只有我觉得她是在默默等待阿坚——那个作家邻居的归来，就像一个忠诚的读者，对待搁在床边枕头下的作品会有一种特殊的偏爱。

若果真如此，那么这部没有问世的作品，我想，它至少也得到了某种肯定，或者换句话说，它受到了它独一无二的读者的欣赏。

后来，我偶然从哑女的阁楼那里得到了这珍藏的手稿。我不知道为什么自己会答应她那无言的要求，耐心地、仔细地读完每一页上的每一个字。当然，我也努力这样做了，那是因为好奇心的驱使，我想了解阿坚到底是一个怎样的人。

街上的人都觉得他是一个怪胎，难以理喻。大家说，他被鬼魂迷住了，得了战争后遗症。也有人说，他是活在人间的一个长毛鬼，活着就是为了忏悔，为了埋葬他的委屈以及他半生犯下的种种过错。他在精神上是雌雄同体的，不少女人喜欢他，愿意帮助他。他还是这附近街区的最后一个小资产阶级，满脑子叛逆思想，好走极端；可他又是一个胆小鬼，办事优柔寡断。大体如此吧，一句话说不清楚。

然而，在大家口径一致的情况下，我还是常常被他的分裂型人格特征所吸引，所以，我要尝试去阅读他的手稿，尽管读起来是那么费劲。

　　起初，我也努力想按照一般小说的发展脉络把稿子重新编排一下，但一切都是徒劳。这稿子根本就没有脉络可寻，每一页都像第一页，又都像最后一页。我想，即使原稿有页码，即使稿子齐全，即使被作者烧掉、丢掉或被蚂蚁蛀蚀的那些内容都还在，我也依然无法想象这个手稿是在什么状态下创作的。我不想说它是在癫狂状态的产物。

　　不过，小说的情节基本连贯，有些地方还很吸引人。尤其是看到昔日战场上的那些地名时，我特别有感触，那些地方我们曾经那么熟悉，但现在早已被人遗忘，无人提及了。

　　作者用十分简洁的语言描述了近距离战斗的场景，军旅生涯的点点滴滴，还有战友们的音容笑貌等，有的地方虽只是一带而过，却也给人留下了深刻的印象，让人感到十分真切，犹如身临其境。故事的脉络随时在变，有些事件彼此串联，又彼此分离。作品从头到尾没有统一的线索，完全是一块块意象的拼接，颇似蒙太奇手法。当然，你也可以说这是一部结构不严谨、脉络不清晰、概括性不强且存在明显思维短板的作品，作者心有余而力不足。

　　例如，明明都是写侦察排，前一页形容他们骁勇善战，令敌人闻风丧胆；可到了下一页又把他们描述成全世界最瘫软无力、最弱不禁风、最无精打采的人。甚至还把其中一些人写成鬼魂，悲伤地出没在丛林、黑暗的角落和噩梦里。战士们最后全都死了，只是死法各不相同。可是，接着，你又看到他们成群结队地在街头游荡，在战后过着惨淡的小市民生活。

最终，作品里的人物同作者本人一样，都陷入了深深的迷惘。这是为什么呢？难道是因为他们都再也无法回到遥远的过去？战前，他们都曾经有过那么快乐的日子，那么诗意的童年，还有青梅竹马的女朋友，有梦幻般纯洁的理想和信念。说起来真是令人感到悲哀，他们曾经是最好的恋人，却又注定永远孤独。他们不仅失去了年轻时候的伴侣，还失去了爱的能力，还要继续在阴影下一天天老去。

尽管作品以"我"的口吻来叙述，但实际上作者可能把自己化身为其中的诸多人物，不过，他到底更像谁呢？是某个侦察兵还是某个鬼魂？又或是埋在丛林深处的骨骸？他是那个来自良好的家庭，后来被战争断送了学习机会的人呢，还是那种曾经自由自在、无拘无束却又充满偏见的人？我实在弄不清楚。

我只是明白了为什么他不想办法出版自己的手稿，明白了为什么他托付给一个哑女来保管，那完全是因为哑女绝对可以为他保守秘密，他相信随着岁月的流逝，他在手稿里表现出来的那些混乱的思绪也将沉入历史的废墟。他不在乎那些，因为他不是为了出版而写的，他写那些东西只是因为他非写不可，他要借着纸来思考。

慢慢地，我开始用一种随意的、简单的方式来阅读那摞厚厚的手稿，我不管页码顺序，不管它看起来是否连贯。我一页页地看着，有的纸上就是一封信，有的是从笔记本里掉出来的一页日记，还有的是准备给报纸和杂志投稿的草稿。我把它们合并起来，然后一页接一页地读下去。我发现其中还有几张照片，几首诗，几张手抄的乐谱，几张简历，还有勋章证书、伤残证以及一副不太完整的、破破烂烂且脏兮兮的扑克牌。

这种随意的阅读方式有助于我了解作者。我现在觉得，眼前这部作品出现了另一种全新的样貌，展现出作者生活的真实而非虚构的一面。

我重新按照自己偶然得到的顺序将它们编排了，只抽去了其中一些字迹模糊，或字迹潦草而无法阅读的部分，以及重复书写的部分，还有那些涉及他人隐私的书信和他摘抄的很隐晦的故事。

在新的文稿中，我并没有增添一个字，我只是像一个玩魔方的人将它们进行翻转和编排。但是，当我抄完之后重新阅读，我惊讶地发现，里面的故事其实体现出的是我自己的想法和情感状态，好像从这种文字和结构的巧合中，我和作者的思想不期而遇，变得很亲近，令我甚至疑心自己在战争中就认识他。

是的，我一定见过他。尽管他跟以前反差巨大，但我还是认出了他。他瘦高个儿，皮肤黝黑、干燥，长得不帅，脸上有火药烧伤后留下的斑点，还有一个深及骨头的伤痕。他沉默寡言，看人的眼神有点粗野。

我们曾经在战争征途中见过面。我们一起拖着身子逃离血腥的战场，一起走过泥泞的道路，肩上扛着半自动步枪，背上还有行囊，有时候还光着脚丫。我跟他一样，跟一切越美战争中的战士一样，曾经生死同命，分担所有的胜利与失败，分享幸福与痛苦，承受得与失。

但是我们都被战争毁掉了，只是各自被毁的方式不同。

在共同的战争背景下，我们每个人心中都有一场自己的战争，内心深处都有自己对人性、对战争年代的独特看法。当然，在战争过后，我们每个人的命运也不尽相同。可以说，我们相似的地方恰恰在于：我们都经历了沉重的战争，但又有各自不同的命运。

我们还有一个共同点，那就是战争之痛。那是一种崇高的痛苦，甚至比幸福还要崇高，超越折磨本身。正因为这种痛苦，我们逃过了战争的劫数，逃过了无尽的杀戮。我们经历过扛枪战斗的困苦，经历过那些暴行，又重新回到各自的生活道路上，可能不会有欢乐，甚至会犯很多错。不过，我们还是可以期待最美好的生活，因为这是和平时期的生活。我想，这一定是这部小说的作者最想表达的观点吧。

然而，跟我比起来，战争的痛苦在他身上要深重得多。那痛苦令他在当下的生活里感受不到片刻的轻松。他的人生只能不断地回首过去，不断地向从前追溯。

这可能就是人们常说的悲观自闭，是一种无望的精神生活。尽管如此，我相信他在不断回忆过去时，也曾引发出一些快乐。他的精神并没有完全被记忆侵蚀，他的心灵永远生活在情感的春天，尽管那些情感时常深埋心底，而且随着时间的流逝也改变了它当初的模样。他一遍又一遍地回顾爱情、友情、同志情，那些珍贵的情谊啊，曾经陪我们走过战争中的千辛万苦。我甚至有点忌妒他的灵感，忌妒他在回忆过去时的乐观了。因为这样，他就永远生活在那些虽然痛苦却又辉煌的日子里，永远生活在那些充满不幸却又充满人情的日子里。那些日子让我们清楚自己为何而生、为何而战，清楚我们必须承受痛苦、付出牺牲，那就是我们年轻、纯洁、诚挚的岁月。

战争哀歌
The Sorrow
of War

译后记

　　2月的洛杉矶，温暖如春。阳光灿烂的午后，我坐在寓所，望着窗外的花园和泳池，竟然有些梦回越南的感觉。因为眼前的三角梅和棕榈树都令我想起热带的越南，想起在那里度过的几个春节，特别是2015年春节期间在河内见到保宁先生的情景。

　　多年从事越南文学的教学与研究，加上本身对文学创作的热爱，使我有幸结识了不少越南作家、诗人。但是，对保宁先生本人及其作品，我是相见恨晚的。我从大约2007年开始接触他享誉世界的代表作《战争哀歌》（此时距离这部小说初版近20年，距离我初次接触越南文学近15年），他的文学语言和创作风格都完全不同于我从前读过的其他越南作品，一经阅读就忍不住想译介。得益于北京大学教师对讲课材料选择的相对自由，我很快把这部小说带入了我所教专业的本科生和研究生的文学课堂。

2012年年初我就已经翻译完成了初稿，并指导了几个学生以此为题材的毕业论文，但是由于种种原因，译稿一直压在箱底，我也从未想过有一天会见到作家本人。也许是冥冥之中自有安排，2015年冬天，在越南文学院著名文学评论家范春原先生的安排下，我见到了保宁先生。令我惊诧的是，他竟然跟北京大学有很深的渊源，20世纪60年代，他身为语言学家的父亲被邀请来北京大学东语系越南语教研室担任外籍专家，他随父亲来到北京大学，并在这里度过了一段童年时光。长久以来，他对中国、对北京有着一份非常特殊的感情。他曾对我说："这些年他凭借《战争哀歌》去过不少国家，但最想去的是中国。"

《战争哀歌》出版不久就在美国有了英译本，至今已经有20多个不同语言的译本。国外对这部小说不吝赞美之词，我最同意英国《独立报》的话："这部小说完全可以与本世纪（20世纪）以来最伟大的战争小说《西线无战事》媲美，甚至要超越《西线无战事》，因为与《西线无战事》不同，这是一部超越战争的小说，是一部关于创作，关于逝去的青春，也关于美和伤痛的爱情小说。"所以，这绝不仅仅是一部有关越战的小说，它所涉及的情感超越战争，超越时空，适用于任何正在经历或走过动荡不安的青春的人，我想这是它作为一部经典名著的特征之一。

其实《战争哀歌》初版的小说名是《爱情的不幸》，1993年译介到美国时被更名为The Sorrow of War，一出版就大受欢迎，以至越南的出版社再版《爱情的不幸》时，读者竟然不知道它就是《战争哀歌》，所以越南的出版社也就索性使用了《战争哀歌》这一书名。但本质上这是一部爱情小说或者说心理小说。小说中并没有太多关于战争本身的描写，更多的是对战争的反思，对青春的回忆。1996年，中国台湾麦田出版社出版了从英译本转译过来的《战争哀歌》，取名为《青春的悲怆》。不过，非常可惜的是，当时出版社和译者本人大概都不清楚这是越南小说，将作者的名字译为鲍宁，而且直接在封底说明这是一部美国小说。

有关小说整体艺术的讨论，我想就由读者来进行。我只想说，《战争哀歌》的语言艺术十分高超，充分地体现了越南语的复杂性、优美性以及强大的表现力。可是，对外国人来说，要读懂和翻译这样的语言都是艰难的，尤其是开头部分，读起来如同小说中写的雨季里的丛林道路一般难以逾越。作为女性，且是远离战争的女性，阅读和下决心翻译一本战争方面的外国小说并非易事。我在翻译的过程中，虽然尽量忠实于原著，但有些地方因考虑中文的语言表达习惯而有所增减，尤其是对段落的处理，很多地方我进行了拆开重组，将大量的长段落拆分成简短的段落。为了便于读者阅读，我曾想学习日文译者的方法，把每一章加上主题性的标题，甚至都列好了那些标题，但我最后放弃了。我并无翻译长篇小说的经验，一切都是在摸索中进行。虽然竭力追求完美，但不足之处一定在所难免。

　　我要感谢越南河内国家大学所属社会人文与社会科学大学文学系的青年教师阮秋贤在2009年夏天赠送我《战争哀歌》的原著，使我下决心阅读和翻译此书；感谢北京大学2009级、2012级、2015级越南语专业本科生（我们专业是3年招一届学生）以及2015年以来越南语研究生同学和几位来旁听的云南民族大学越南语专业的研究生。在这个浮躁的年代，中国乃至世界经典文学都遭受了忽视。他们依然那么兴趣盎然地跟我一起阅读、讨论这部不曾进入中国普通人视野的越南小说。

　　感谢青年作家刘丽朵、颜牧对译文提出的宝贵意见。感谢越南河内师范大学文学系讲师阮氏明商，她不仅经常回答我在翻译中提出的疑问，还把我的初稿推荐给著名作家阎连科（明商曾在中国人民大学文学院攻读当代文学专业的博士学位，其间，她翻译出版了阎连科的《坚硬如水》，2015年，这部译著还获得了越南"河内作协奖"）。在此，我要特别感谢阎连科老师在2015年大病初愈之际撰文评论《战争哀歌》，并将其纳入中国人民大学创意写作班必读的外国名著书目。我还要感谢美国加州大学富勒顿分校的孙来臣教授和他的研究生Tiffany Chen（陈予贤）在非常短的时间内认真细致地阅读译稿且提出了许多宝贵意见。我也要感谢洛阳外国语学院的越南语专家孙衍峰、广东外语外贸大学林明华教授在百忙之中对译稿提出的宝贵意见。感谢青年作家郑小驴，他读完我的译稿之后立刻将其推荐到他所在的海南《天涯》杂志，2015年，《天涯》第6

期率先刊登了《战争哀歌》的第一部分和阎连科先生写的评论《东方战争文学的标高》。感谢作家远人在他主编的《当代中国生态文学读本》中刊发《战争哀歌》的部分内容。

最后，我要特别感谢博集天卷和湖南文艺出版社将《战争哀歌》列入出版计划，感谢编辑王远哲先生对译稿进行呕心沥血的编辑。《战争哀歌》中文版出版，是中越文学交流的幸事，也是译者的荣幸。

夏露

美国洛杉矶，2019年 2月17日

图书在版编目（CIP）数据

战争哀歌 /（越）保宁著；夏露译 . -- 长沙：湖
南文艺出版社，2019.4
ISBN 978-7-5404-9088-1

Ⅰ . ①战… Ⅱ . ①保… ②夏… Ⅲ . ①长篇小说 - 越
南 - 现代 Ⅳ . ① I333.45

中国版本图书馆 CIP 数据核字（2019）第 036725 号

上架建议：畅销小说

ZHANZHENG AIGE
战争哀歌

作　　者：[越] 保宁
译　　者：夏　露
出 版 人：曾赛丰
责任编辑：薛　健　刘诗哲
监　　制：于向勇　秦　青
策划编辑：王远哲
文字编辑：苏会领
营销编辑：刘晓晨　刘　迪　初　晨
装帧设计：李　洁
内文排版：麦莫瑞
出版发行：湖南文艺出版社
　　　　　（长沙市雨花区东二环一段 508 号　邮编：410014）
网　　址：www.hnwy.net
印　　刷：北京盛通印刷股份有限公司
经　　销：新华书店
开　　本：875mm×1270mm　1/32
字　　数：196 千字
印　　张：9.5
版　　次：2019 年 4 月第 1 版
印　　次：2019 年 10 月第 2 次印刷
书　　号：ISBN 978-7-5404-9088-1
定　　价：48.00 元

若有质量问题，请致电质量监督电话：010-59096394
团购电话：010-59320018